**COM
MEUS
DENTES
DE CÃO**

COM MEUS DENTES DE CÃO

PAULO PANIAGO

Copyright © 2022 by Editora Letramento
Copyright © 2022 by Paulo Paniago

Diretor Editorial | **Gustavo Abreu**
Diretor Administrativo | **Júnior Gaudereto**
Diretor Financeiro | **Cláudio Macedo**
Logística | **Vinícius Santiago**
Comunicação e Marketing | **Giulia Staar**
Assistente de Marketing | **Carol Pires**
Assistente Editorial | **Matteos Moreno e Sarah Júlia Guerra**
Designer Editorial | **Gustavo Zeferino e Luís Otávio Ferreira**
Revisão | **Daniel Rodrigues Aurélio**
Capa | **Fabio Brust**
Diagramação | **Isabela Brandão**

Todos os direitos reservados. Não é permitida a reprodução desta obra sem aprovação do Grupo Editorial Letramento.

Dados Internacionais de Catalogação na Publicação (CIP) de acordo com ISBD

P192c   Paniago, Paulo
           Com meus dentes de cão / Paulo Paniago. - Belo Horizonte, MG : Letramento ; Temporada, 2022.
           274 p. ; 15,5cm x 25,5cm.

           ISBN: 978-65-5932-262-6

           1. Literatura brasileira. 2. Romance. I. Título.

2022-3874   CDD 869.89923
                             CDU 821.134.3(81)-31

Elaborado por Odilio Hilario Moreira Junior - CRB-8/9949

Índice para catálogo sistemático:
1. Literatura brasileira : Romance 869.89923
2. Literatura brasileira : Romance 821.134.3(81)-31

Rua Magnólia, 1086 | Bairro Caiçara
Belo Horizonte, Minas Gerais | CEP 30770-020
Telefone 31 3327-5771

TEMPORADA
é o selo de novos autores do
Grupo Editorial Letramento

editoraletramento.com.br   •   contato@editoraletramento.com.br   •   editoracasadodireito.com

Dedicado a ninguém

Herdou dos cães a ira e o ferrão das vespas,

na boca ardiam os venenos de ambos

Calímaco

SUMÁRIO

1. Imperdoável — 13

2. Constrangimentos da hiperconsciência — 16

3. Um dos primeiros — 18

4. No ringue das ideias — 21

5. Breve interrupção — 22

6. Menos o sexo. Pula o sexo — 25

7. Ao falar de ensaio — 26

8. Invenção que deu certo — 28

9. Planejarei minha vingança à sombra — 30

10. Mora em qual filosofia — 31

11. Chefe do esquadrão antibomba — 32

12. Das vantagens da misantropia raiz — 34

13. Não se pode ser leviano com certos princípios — 35

14. Mas antes — 37

15. Desdobramento da ideia anterior — 39

16. Prêmio do silêncio — 41

17. Sujeito desenfreado — 42

18. Diminuir para ampliar — 46

19. Escala da felicidade — 49

19 ¹/². Subcapítulo de apêndice ao anterior — 51

20. Leitura subversiva — 53

21. História paralela — 55

22. Uma coisa é uma coisa — 57

23. Nada de Selma — 58

24. Volta, Selma — 59

25. Primórdios — 61

26. Uns e outros e o mesmo assunto — 63

27. Do lado do avesso — 65

28. Dois mundos incompatíveis — 67

29. Ainda mais embaixo — 71

30. Camadas e mais camadas — 72

31. Um título afinal — 73

32. Personagem que confirma a tese — 74

33. Um dos segredos — 76

34. De onde se conclui que — 78

35. Um idílio, interrompido por outro — 79

36. Mundo de extremos — 82

37. Mais um passo adiante — 83

38. Cogitado e imediatamente recusado — 86

39. A horta despreocupada de Montaigne — 87

40. Homem ao mar — 89

41. Outra ilha — 92

42. Arte da recusa — 94

43. Capítulo para ser incluído entre o anterior e o próximo — 97

44. Mais um pouco de recusa — 99

45. Daqui a outra parte — 101

46. O melhor dos mundos — 104

47. Diante de mim — 107

48. Fracassos nem sempre retumbantes — 111

49. Gigante minúsculo — 115

50. Elegância do desprezo — 118

51. Beleza e tristeza do comum — 121

52. Resumos acadêmicos — 123

53. Mordidas civilizadas — 127

54. Perfume de recusa — 129

55. Acordem, irmãos — 130

56. Curto-circuito do pensamento — 132

57. Pompeu não faz lista — 133

58. Capítulo desnecessário — 135

59. Cínico é o outro — 136

60. Contra tudo e todos — 138

61. Misantropo miniaturista — 140

62. Um pulo — 141

63. Ponderação brevíssima — 142

64. Farpas de misantropia — 143

65. Meu avô Valéry — 145

66. Dose extra de veneno — 147

67. Só não o chamem de escritor, pega mal — 148

68. Com a corda no pescoço ele se vinga — 150

69. Mais um capítulo inútil — 152

70. Um que escapou — 154

71. O nada que é tudo — 155

72. Máscara de sorrisos — 156

73. O fantasma nunca apareceu — 158

74. Século de horrores — 162

75. O caso brasileiro — 164

76. Fronteira final — 166

77. Um tempero — 173

78. Queda de braço — 174

79. Não se perde tudo — 176

80. Sei revidar — 177

81. Menos a palavra — 178

82. Último capítulo à toa — 180

83. Persistência universal — 182

84. Causa dos rebeldes — 184

85. Avanço por cima de todo mundo — 185

86. Conquista inconquistável — 187

87. É assim que Selma me trata — 190

88. Distâncias intransponíveis — 193

89. Um tipo de arte — 195

90. Grandes cretinos e o prejuízo da causa — 196

91. Mas antes (de novo) — 197

92. Capítulo do marquês — 198

93. Campo diferente de estudos — 200

94. Como se chama essa dança — 202

95. Vida e obra — 204

96. Pílulas enormes de sabedoria — 206

97. Selma e o mundo — 209

98. Nem remotamente feliz — 211

99. Dizer russo amargo é ser redundante — 213

100. Aforismo extra — 215

101. Pessimismo é revolta contra a humanidade — 216

102. Tolerância — 218

103. Micromisantropia estrutural — 219

104. Para além do humano — 221

105. Enclausurado no peito, no entanto livre — 223

106. Ritmo solitário — 224

107. Fora com a lei — 227

108. Desacertos do mundo — 230

109. Soa bem — 232

110. Meus fantasmas e eu — 233

111. Solução de momento — 235

112. Como pular para as conclusões — 236

113. Caro visconde, mui bela marquesa — 238

114. Infecção da língua — 240

115. Localização rigorosa — 243

116. Saída veloz — 244

117. De volta ao deserto — 246

118. É o fim — 248

119. O apanhador sai de cena — 250

120. Não tem outro — 252

121. Velha companheira — 253

122. Contrastes e diferenças — 254

123. O subsolo sombrio das ideias — 259

124. Sim, tem outro — 261

125. Esgrimir com veneno — 262

126. Não faz sentido mas não tem importância — 265

127. Enfim, título — 267

128. Alternativa — 268

129. Por que fui salvo pela leitura — 269

130. De quantos finais você precisa para concluir — 272

Imperdoável

A verdade, se alguém quer saber a verdade, é que cada vez mais aguento menos seres humanos a minha volta. Declaração um tanto óbvia para alguém que se reconhece misantropo, admito. Deixa tentar melhor: não são só os outros que me incomodam, sou eu mesmo. Outros, pelo menos, posso fechar portas e janelas na cara, consigo manter distância, mas não posso me retirar muito de mim. Como diria uma escritora brasileira, tu não te moves de ti, o que é um encalacramento dos infernos, para dizer pouco.

Livros me salvaram, essa é outra verdade. Embora, preciso dizer, nem todos sejam bons. Ao contrário, a parcela que merece atenção é mínima. Ainda assim, ouso dizer que são melhores que a maioria dos humanos, portanto podem entrar em categoria especial.

Não sei o que me leva a pensar que preciso explicar como foi que me tornei misantropo. Ninguém devia ser obrigado a justificar coisa alguma, muito menos a própria misantropia. Sou o que sou, tornei o que me tornei, não há explicações, seria fácil colocar na mesa e deixar para lá, esquecer o assunto, as pessoas que se virem para pensar o que quiserem e fazer o que acharem melhor com a informação. Além disso, justificar a misantropia significa dar atenção aos demais humanos, algo que um misantropo de verdade considera inadmissível, a própria negação da postura fundamental.

Todavia, o ensaísta que mora em mim não admite coisas pela metade, gosta de explicações, de cavoucar, esmiuçar, de olhar para detalhes por todos os ângulos possíveis. Vou começar pelo mais óbvio, o início. O título, portanto.

Eu colocaria no alto deste livro, se algum dia o entender como pronto, *Microensaios misantrópicos*. Aplico adjetivo um pouco diferente do convencional, que é justamente copiar o substantivo (*misantropo*, substantivo, *misantropo*, adjetivo) e, por essa razão estúpida e redundante, não me agrada. Mais tarde explico de onde saiu o título. O que é certo é que o mundo se tornou um lugar barulhento e animado, cheio de demandas e ofertas e, para um bom número de pessoas, palco de disputas para se esgrimir paixões e vaidades pessoais. A maior parte da humanidade se concentra justamente aí, nessa exibição pessoal da própria pavonice.

Quase escrevia parvoíce, o que seria mais correto, mas o que quis dizer foi mesmo *pavonice*, característica decorrente do exibicionismo dos pavões. A palavra não existe, tudo bem, fica aí inventada.

Nesse cenário do mundo em expansões, é fácil deixar muita coisa abaixo do alcance do radar, invisível. Misantropos não compartilham de expansões, isso é um fato importante. Não disputam palco com os outros vaidosos. Talvez, se não soasse tão presunçoso, eu poderia dizer que misantropos são a forma mais evoluída de seres humanos, a não ser pelo fato de que também possuem algumas pontas descosturadas de vaidade. Mas na briga por holofote, é evidente que frase como essa soaria como mera manifestação de ego inchado de minha parte. Melhor não.

É por isso que misantropos normalmente não se apresentam, estão abaixo do ponto de reconhecimento dos radares sociais, são parte muito pequena e retraída do tecido de convívio humano. Por motivos óbvios, a última coisa que o misantropo deseja é se ver incluído nesse tal *tecido de convívio*. Não se pode, por outra parte, confundir misantropos com eremitas, o sujeito não precisa se afastar fisicamente da sociedade para ser misantropo, como fez ao longo da história, para virar sócio fundador do clube, com carteirinha e tudo.

Ultimamente, comecei a cogitar a respeito dessas coisas e, sendo ensaísta, pensei se não estava na hora de dar início a um ensaio sério a respeito do assunto, ou nem tão sério, decidirei enquanto caminho. Então me pus a alinhavar aqui e ali algumas ideias.

Por exemplo, esta que agora explico.

Não conheço óperas nem me agrado delas, mesmo desconhecendo. Alguns dirão que assinei embaixo do meu preconceito e isso é tudo, podem esquecer o assunto. Dia desses, durante a leitura de um romance, me deparei com citação a trecho de ópera e não pude deixar de rir. *Perdono a tutti*, diz o libreto. O personagem que a enuncia se apresenta incapaz de ódio e então lembra a frase da ópera. Pensei comigo que está na hora de atualizar, não a falta de ódio do personagem, mas o perdão geral que ele acha por bem distribuir de maneira indiscriminada e tão fácil. Faz parte quem sabe da leva dos misantropos gentis, aqueles que manifestam aversão pelos demais seres humanos sem despertar qualquer tipo de atrito. Também podem ser chamados de *misantropos sutis*, forma bem elegante de postura. O sujeito que tem característica específica mas ninguém percebe, porque consegue disfarçar muito bem.

Imediatamente me ocorreu que não faço parte das categorias dos *gentis* ou dos *sutis*. Pensei em anotar que não odeio a ninguém, mas a verdade é que também não perdoo ninguém.

É talvez a principal característica de um misantropo: não perdoar.

2

Constrangimentos da
hiperconsciência

Livros me salvaram, disse, e em seguida mudei de assunto. O leitor deve ter estranhado, o ensaísta em mim estranhou, agora que fiz pausa e reli o primeiro capítulo. Então faço melhor se desenvolver um pouco mais o raciocínio em torno da frase. Misantropos precisam de salvaguardas. Se não podem recorrer a diferentes seres humanos, precisam buscar refúgio em outra parte.

Vou chegar aos livros, mas talvez antes seja necessário desencavar um pouco mais e procurar compreender de onde vem minha misantropia. Isso talvez explique como cheguei aos livros.

Admito que o processo não seja o mesmo para todo mundo. No meu caso, decorre de constrangimento eterno. Não consigo relaxar perto de alguém, como as pessoas em geral fazem de maneira normal. Simplesmente relaxam, assobiam, conversam a respeito de assunto qualquer ou não conversam, mas convivem uns com os outros ou com animais e plantas e fazem isso como se fosse a coisa mais fácil desse mundo. Como se fosse natural. Deixam-se estar no ambiente, completamente à vontade. A presença de outro não obstrui ou atrapalha, não impressiona nem provoca. Apenas estão ali ambos ou vários, juntos e tudo bem, você segue fazendo o que lhe agrada e não se incomoda com outra *presença*.

O que acontece é que sempre que alguém se aproxima de mim, internamente o sinal amarelo do perigo se levanta, é como se houvesse um disparo de aproximação de um inimigo, de um animal perigoso e ameaçador, da destruição que se levanta contra mim, o sangue é bombeado a toda força, suponho que fique ruborizado, embora isso talvez seja um pouco de exagero da minha parte. Nunca fui testado, mas é bem possível que tenha algum tipo de distúrbio que pode ser combatido por medicação. O mundo hoje vive à base de medicação, é impressionante como as doenças avançaram e como se inventam remédios para tudo e talvez algo pudesse entrar na esfera do que se conseguiu detectar no espectro do distúrbio de que devo padecer. Mas admitir isso é difícil para mim, significa que entendo que tenho um problema e que esse problema pode ser resolvido.

Entretanto, me vejo forçado a pensar de outro jeito, qual seja, e se a misantropia não for um problema, antes, se for a solução para a maior parte dos meus problemas? Não é natural o gregarismo humano, ele foi e continua a ser imposto às pessoas como resultado de milênios de civilização, verdade que talvez porque ajude a resolver boa parte das situações que se colocam e que coletivamente são mais bem resolvidas do que se você tiver que agir sozinho. Mas, de modo paradoxal, o ser humano não suporta viver com os limites de outro ser humano. Vizinhos são sempre incômodo, em qualquer altitude ou latitude. Promovem barulhos, ruídos, um infinito arrastar de móveis que nunca encontram posição ideal, música alta, furadeiras eternas, atitudes incompatíveis com vida social, vizinhos são fonte de transtorno e balbúrdia. Eles não são parte do convívio, estão na banda do que se é obrigado a tolerar.

Meu *problema*, se afinal decido chamá-lo por essa expressão equivocada, meu problema decorre da hiperconsciência que me atazana. Não consigo dar passo sem pensar que acabo de cometer um passo e tentar retirar disso todas as implicações possíveis, inventá-las mesmo que não existam. O tempo todo penso a respeito do que significa pensar e por que diabos estou pensando isso agora, como foi que o pensamento a respeito de pensar se criou na minha cabeça e por que é que justo esse e não outro pensamento me baratina nesse momento.

Meu cérebro se parece com o estômago da vaca, é dividido em quatro compartimentos e eles servem para moer e remoer de novo as ideias que por ali circulam. É muito difícil ser ruminante hiperconsciente. Aliás, esta semana vou dar ao livro o título de *Memórias de um hiperconsciente*. Não vai vender, claro, mas quem disse que misantropos querem ver o seu livro fazer sucesso e vender como água se equivocou.

O que a hiperconsciência me fornece é uma percepção de que há algo em mim que não concorda comigo. Sou dissidência de mim mesmo.

3

Um dos
primeiros

Imagino o desenho do que seria livro de ensaio a respeito de misantropia. Por onde começar? Certamente pela comédia *O misantropo*, de Menandro, encenada pela primeira vez em 318 a.C.[1] É até onde vai meu conhecimento do que seja algo relativo ao assunto no mundo antigo. Um momento em que misantropia era motivo de riso, talvez indicação de que, para os gregos, viver à parte da sociedade assume peso muito grande e se alguém tem tendência a separar-se dos demais deve receber antes de tudo puxão de orelha que lhe coloque no devido lugar, ou seja, em convívio com as gentes.

Não deixa de ser curioso que, das mais de cem peças escritas por Menandro, apenas essa sobreviveu quase integralmente. É encenada quando o autor tem 25 anos de idade e rende prêmio. Conta a história de um sujeito, Cnêmon, que se torna amargo e vive isolado. Ele foi casado com uma mulher que tinha filho. Do novo casamento resulta filha, chamada na peça apenas de Menina. A mulher, no entanto, não suporta o temperamento tempestuoso de Cnêmon e o deixa. No momento em que se isola, estão com ele a filha e uma criada. O deus Pã fala a respeito de Cnêmon, no início da peça, a quem chama de homem muito desumano: "Nunca se dirigiu primeiro a alguém, exceto, por necessidade, a mim, Pã, por ser seu vizinho e por passar perto. E disso logo se arrepende, bem o sei".

Alguém que se aproxima dele é recebido a pedradas e bolas de barro. Em outros pontos da peça o personagem é definido como "aquele homem difícil", "ele é o máximo dos problemas" e também se diz que "a melhor coisa para ele é não ver ninguém". Não vai ganhar jamais o prêmio de Senhor Simpatia. O miolo da peça, no entanto, meio que deixa esse personagem de lado para se concentrar no fato de que há um sujeito rico, Sóstrato, que se apaixona pela filha de Cnêmon. A peça, portanto, gira em torno das ações que se fazem para que o poder da paixão se realize em plenitude.

Como dobrar o arrepio do sogro potencial, como convertê-lo à causa da paixão que os jovens possuem? Nem consigo pensar em tratar do fato de que a paixão, no caso, é apenas a que sente o jovem Sóstrato, porque nunca se considera o que a tal Menina poderia pensar em sentir. A vontade feminina, nessa época, não é levada em consideração nem parece ter a menor importância. Mas, ainda assim, é sobre paixão. Não é disso que todo mundo trata no mundo desde que ele se tornou mundo? De paixões e de como elas se movimentam para aproximar as pessoas umas das outras? Sim, parece haver um desenho de situação que obriga o ser humano ao gregarismo. Nesse cenário, o misantropo sempre será visto como excrescência, como o estranho a ser combatido com todas as forças e repelido como potencial terrorista.

Num dos momentos em que Cnêmon se expressa na peça a respeito de si mesmo e do jeito próprio de ser, ele diz: "Se todos fossem assim, não haveria tribunais nem mandar uns aos outros para a prisão, nem haveria guerra, e cada um estaria satisfeito tendo o suficiente. Mas talvez estas coisas estejam mais ao seu gosto, então aproveitem! Este velho difícil, díscolo, está fora do caminho de vocês". A palavra complicada nessa citação, aliás, *díscolo*, sinônimo em português de pessoa mal-educada e agressiva, é a que se usa em grego para dar nome à peça, *Dyskolos*.

Há um contexto político adicional que também pode ser levado em consideração nesta análise. A comédia nova, da qual Menandro faz parte e que começa a entrar em cartaz em Atenas por volta do quarto século antes de Cristo, além das mudanças estruturais que se propõe a fazer, muda também a temática e passa a falar da vida privada mais do que da vida pública e geral. O tema de *O misantropo* é o do amor à primeira vista. Mas poderia ser o conflito de gerações ou o contraste entre a vida no campo, representante da virtude do trabalho, e a vida urbana, mais sofisticada e frívola, voltada para excessos e exibição de status. O que de alguma maneira está em jogo na peça é a tentativa de aproximar ricos e pobres, ou seja, o rico urbano, Sóstrato, com os pobres do campo, representado pelo misantropo Cnêmon e, mais especificamente, por sua filha, objeto (e creio que a palavra aqui é bastante apropriada) da paixão.

O importante a se guardar da peça, em resumo, é que o misantropo no fim cede aos apelos da vida social e deixa de lado a postura virulenta contra o conjunto da sociedade. A misantropia, no caso, é apenas sinônimo de fracasso retumbante.

4

No ringue das ideias

Parece haver uma conspiração da natureza que empurra cada ser humano em direção ao semelhante. É mais ou menos o que eu disse no capítulo anterior ao me referir a um desenho de situação que obriga o ser humano ao gregarismo. Meu próximo ponto seria falar a respeito disso. A força da genética na vida do humano, o quanto ele precisa se submeter ao desígnio fundamental que mais ou menos regulamenta desejos e volições. Mas a verdade é que tenho pouca paciência para esse assunto.

Quando li um estudo que menciona ser o humano nada mais é do que máquina de sobrevivência a serviço de um gene que, por mais que não pense, age como se pensasse e atrelado ao fundamento de que precisa a todo custo se reproduzir, desisti de continuar no tema por este caminho.

O ser humano é apenas maquinário que serve de veículo para o gene, cospe lá o tal ensaísta, e eu daqui dou banana para ele, por mais que os argumentos apresentados sejam lógicos e muito bem articulados, a ponto de o livro dele ter se transformado num campeão de vendas com várias e sucessivas edições em muitas línguas diferentes. Sim, falo do Richard Dawkins, autor de *O gene egoísta*.

Nesse ponto, o tópico muda, porque passo a tratar da inveja que sinto pelo sucesso alheio do meu colega ensaísta e não é disso que quero falar. Afinal, o meu ensaio de maior sucesso não passou da quinta reimpressão e obviamente que não fiquei rico nem posso me dar ao luxo de viver apenas de direitos autorais. Se quisesse comparar, eu não daria nem para o começo. Melhor não.

Adiante, portanto.

Breve interrupção

5

Toca o interfone e vou atender.

— Seu Otávio, dona Selma está aqui — me diz Hildegard, o porteiro. Pois é, ele tem esse nome muito incomum para um porteiro, que geralmente se chama José, Antônio, Raimundo ou tem um desses nomes cheios de *w* ou *y*. Vão me chamar de preconceituoso por declinar um fato mais ou menos trivial da vida porteirística urbana brasileira. Paciência, misantropo que se preze não deveria se assustar com isso. Hildegard não abre mão dos regimentos formais e usa os tratamentos de o senhor, a senhora, além de tolerar como pode a ironia na forma de tratamento que dispenso a ele.

— Pode deixar subir, dom Hilde, obrigado — respondo e devolvo o interfone ao gancho.

Lá vem Selma atrapalhar o avanço do meu ensaio narrativo. Sem ter ligado antes para saber se estou em casa (não precisa, sabe que estou, onde mais estaria?) ou se quero visita. Me ocorre pensar que para que este livro de defesa da misantropia seja um sucesso preciso mudar alguns pressupostos da minha vida, entre eles o de ser tão leniente com a presença de Selma na minha vida. Sou um fracasso de misantropo enquanto permitir que ela me perturbe sem ou com hora marcada.

Por outro lado, é bom, posso abandonar de vez o capítulo anterior a respeito dos avanços da genética, um assunto que ameaçava ser no mínimo muito áspero e difícil de concluir. Agora tenho uma boa desculpa. É inclusive o que digo a ela, ao abrir a porta.

— Chegou a minha desculpa para não escrever — declaro, tentando fazer uma careta que expresse ao mesmo tempo sarcasmo e má vontade. Sou péssimo ator, acho que fracasso também na dose de representação necessária.

— Oi, meu bem, estava com saudade e estava passando aqui pelo bairro, de modo que resolvi fazer uma visitinha — ela responde, ignora a minha queixa e entra, depois de se colocar na ponta dos pés, me segurar o rosto e me dar um beijo. Selma é especialista no assunto, aliás, conversa apenas a respeito do que lhe dá na telha e está mais do que claro que ela não tem qualquer interesse em me ouvir reclamar da vida de escritor. Entra toda animada pela sala, depois de rebolar pelo corredor da entrada como se estivesse numa passarela.

Selma é furacão, um dínamo, potência de ordem divina com sorriso de deboche muito secular. Mas também dondoca com tudo o que de frívolo se subentende da expressão, inclusive na voz melosinha que consegue imprimir à fala e que às vezes me leva ao exaspero. Como foi que me associei com uma criatura dessas, é o que costumo perguntar a mim mesmo, sem saber bem como responder e imaginando que, no fundo, a criatura sou eu. Na qualidade de ensaísta, deveria ter respostas para esse tipo de questão, deveria ter domínio e entendimento das minhas emoções pessoais, porque é isso que acredito que se reflete na potencial qualidade dos meus escritos. Do meu ponto de vista de misantropo, ela é o que existe de mais distante da minha postura pessoal. Representa o meu oposto absoluto e talvez tenha como função me forçar a ir mais fundo em todas as pontas do problema.

E, no entanto, é ela quem responde quando digo namorada. Nesse pormenor encontro uma vantagem no tipo de relacionamento que temos. Nem ela nem eu estamos dispostos a padecer novo casamento, pelo menos é o que costumamos dizer um ao outro. Às vezes desconfio que ela tem outros planos e que trabalha de maneira sorrateira para colocá-los em ação e, quem sabe, me convencer de que eu quero ou mesmo de que preciso me casar outra vez, mas não posso transformar minha desconfiança em argumento sem ouvir poucas e boas, porque então Selma desconversa e afirma, com veemência, que é ela quem não quer se casar de novo, nunca quis segundo casamento. Resta concordar.

Fomos ambos casados, numa outra vida; eu me tornei viúvo, ela se divorciou. Selma é mãe de um casal de filhos, dois jovens que moram em outra cidade, onde estudam, e a visitam nas férias e num ou outro feriado, nesse ensaio para a vida fora do ninho que é a estadia universitária e que tem gerado um grau elevado de angústia na minha parceira, agora que vislumbra velhice solitária. Ela antecipa o dia em que lhe comunicarão que em vez de voltar para casa, aceitaram emprego por lá mesmo ou ainda em outra cidade, talvez mais distante. É esse o resumo mal-acabado que posso fazer dela, por enquanto.

No meu caso, posso dizer que tive plantas, dois cães que eram mais de Raquel do que meus e hoje sou propriedade de um gato melindroso que me controla e me faz duvidar em profundidade dos meus princípios misantrópicos, uma vez que dou atenção talvez excessiva a um ser vivo que não seja eu mesmo e, gosto de pensar, sou a razão pela qual essa pequena criatura consegue sobreviver sem grandes sobressaltos na existência felina.

— Passava pelo bairro — insinuo, tentando adicionar uma camada de acusação na redundância da frase que devolvo a ela. Não se trata de repeti-la para a autora, mas de sugerir no subtexto o quão mentirosa ela é.

— É — ela concorda, discordando, sorriso de Mona Lisa que nem confirma nem refuta. Típica Selma Albuquerque. Ela tenta fazer carinho no gato, que veio se instalar no sofá quando saí do escritório para atender o interfone, mas ele foge do contato e vai se esconder num dos cantos da casa. — Na verdade, eu tenho uma dupla pauta hoje aqui com o senhor, meu caro Otávio Pimenta. Eu vim te dar e vim combinar com você as comemorações do seu aniversário.

Selma é minha salvação e minha nêmese.

— Podemos ficar só com a primeira pauta? — proponho, embora sem grandes esperanças.

— Não senhor, não podemos.

6

Menos o sexo.
Pula o sexo

Se tem assunto que me desagrada profundamente é essa insistência das pessoas com comemorações de datas específicas. O meu aniversário é uma delas também, mas falo de datas genéricas, como carnaval, páscoa, cinco, dez, cinquenta, cem anos disso ou daquilo, são João, natal, ano-novo. Depois tudo de novo no ano que vem. Os seres humanos parecem viver na expectativa de uma boa razão para festejar.

Sou o velho ranzinza que jogaria uma bomba atômica tranquilamente na cabeça da humanidade só por dar atenção a esse tipo de assunto. Tecnicamente falando, faltam dez anos para eu ser velho, caso eu chegue lá. Estou prestes a fazer cinquenta. Do ponto de vista subjetivo, tenho cento e dez e nenhuma paciência mais reservada para efemérides. Selma sabe disso, mas insiste em me desrespeitar. Para ela deve ser um tipo de jogo, em que força até o limite uma ação que vai contra a minha natureza para ver até que ponto estou disposto a ceder. É o eterno jogo dos relacionamentos: a negociação para ver quem cede mais, quem cumpre mais a própria pauta sem arredar pé.

— Não sei se você sabe, mas a chance de eu comemorar o meu aniversário esse ano é próxima de zero — digo a ela.

Nós transamos e estamos vestindo nossas roupas quando começo a abordar o segundo assunto da pauta. Tive a fineza de pular a parte do sexo com corte na narrativa porque é difícil falar a respeito desse tópico sem cair em obviedades ou na postura descritiva. Não quis arriscar. Quem quer saber detalhes picantes e minúcias sensuais a respeito de sexo entre sujeito de cinquenta anos e mulher gostosa de quarenta e cinco? Claro, o nível de experiência talvez fosse argumento a favor. Mas decido que é melhor não falar no assunto, por enquanto, pelo menos. Logo mais talvez mude de ideia, talvez seja justamente falar a respeito de sexo na meia idade a novidade que o meu ensaio pode ter como vantagem, em meio a discussão a respeito dos limites da misantropia.

O fato de ser ensaísta me faz hesitar muito. Ir e vir de um assunto a outro sem jamais andar em linha reta. Ensaísta é o bêbado da literatura, mas, pelo menos, é bêbado orgulhoso.

Ao falar de ensaio

7

Estou me chamando o tempo todo de ensaísta aqui e talvez seja melhor explicar um pouco o que exatamente isso quer dizer. Em parte, quer dizer que a minha megalomania está se dando muito bem até agora. Porque na verdade ninguém, minto, você pode contar nos dedos de uma única mão a quantidade de pessoas que podem dizer que vivem de escrever ensaios. Num país subalterno, ensaísmo não é opção, a não ser talvez para um único sujeito, o editor da revista de ensaios chamada *serrote*, bancada por um instituto endinheirado e com periodicidade espaçada, um número a cada quatro meses — somente três por ano, portanto. Mas esse sujeito não vive de escrever ensaios, vive de editá-los, o que é outra coisa inteiramente. De vez em quando sim, ele escreve um ensaio, mas isso não é a principal fonte da sobrevivência do sujeito, está claro. Não digo que não seja feliz a editar ensaios, talvez seja, mas também não digo que o sujeito seja exclusivamente ensaísta. Ele é *também* ensaísta e o mais próximo que existe no país de alguém relacionado tão intimamente com a atividade.

Não sendo ensaísta, exclusivamente, o que posso dizer que coloca dinheiro para pagar as contas da minha sobrevivência é a atividade de dar aulas. Ser professor e cultivar misantropia, ou seja, viver da promoção de uma mistura destinada a ser bombástica, para dizer pouco. Como professor, não posso manifestar meu desagrado em sala de aula, a não ser de maneira disfarçada. Sou, portanto, professor e cínico, mas também ensaísta. De tempos em tempos, consigo publicar um ensaio e o fato é que um de meus livros conseguiu sucesso, se não em termos de resenhas nos jornais, junto a um público primeiro entusiasta que esgotou rapidamente a primeira edição, depois divulgador, responsável por alavancar a segunda reimpressão, de modo que meu livro mais conhecido se encontra hoje na quinta reimpressão e ninguém sabe quantas mais ele ainda pode render. Meu editor está satisfeito com isso e de vez em quando faz alguns esforços, por meio do departamento de divulgação da editora, de reforçar a propaganda em torno do livro, a ver se ele continua ainda por um tempo a render dividendos. De mim ele desistiu, sabe que não topo roubadas.

O livro tem oito anos de idade e, quando publicado, me gerou enorme felicidade. Foi talvez meu último grande esforço em negar a preponderância da misantropia na minha vida. Um livro com essa característica chegar à quinta reimpressão num país com baixa tradição de leitura não deixa de ser um feito, do qual não me resta outra opção que não seja a de sentir orgulho e reconhecer que, sim, tive sorte. Talvez pela escolha do tema (o que é bem improvável, o ensaio é a respeito de literatura, e literatura brasileira, ainda por cima), talvez pela forma de abordagem, talvez por motivos insondáveis que me escapam inteiramente à compreensão. Seja o que for que de fato consiga explicar o motivo do sucesso, importa que estou orgulhoso.

Agora acho que chegou a hora de abrir um novo capítulo para falar um pouco a respeito do que é esse meu livro de ensaio, o único que teve mais de uma reimpressão. Isso vai fazer você se esquecer a minha impostura de ficar me chamando de ensaísta quando não passo de mero professor. Não quero com o adjetivo menosprezar o que me dá recursos para pagar as contas, mas por outro lado existe essa tendência de tratar professor como profissão altamente dignificadora para a pessoa que a exerce, muito embora nem sempre os salários sejam compatíveis com o status, e não embarco nessa história assim tão fácil. Enfim, assunto para uma boa polêmica, sem dúvida, o que deveria coçar muito a minha epiderme de ensaísta, mas não é esse o assunto em pauta e tenho me desviado demais.

Ao novo capítulo, portanto.

8

Invenção que deu certo

Meu livro se chama *Os inventores* e embora o título tenha a tendência de ser um tanto mais sugestivo do que explicar qualquer coisa, acrescentei um subtítulo que ajuda a resolver parte da questão: *Revoluções na literatura brasileira*. É um estudo sobre três grandes escritores brasileiros que simplesmente chacoalharam a maneira como a literatura é feita no país. Quando se olha para o grande quadro, o que se vê é uma literatura periférica, acostumada a olhar com interesse para o que acontece na Europa e simplesmente copiar o que se passa por lá, com certo atraso e de maneira um tanto fraca e meio negligente. Isso se modificou em três momentos específicos, o que mostra um potencial de talvez sair dessa sistemática do simples *recorta e cola* que marcou a vida da literatura nacional.

O primeiro desses escritores é Machado de Assis, que desde a publicação de *Memórias póstumas de Brás Cubas* retirou dos ombros qualquer poeira de influência externa convencional e escreveu o que quis, de maneira inovadora e diferente de tudo o que estava sendo produzido no país até aquele momento, em termos de literatura. Se você considera que o romance como gênero era uma aquisição mais ou menos recente na história literária nacional, o feito do Machado ganha ainda mais fôlego. Quando ele publica o romance, em 1880 (me refiro à publicação nas páginas da *Revista Brasileira*, em livro a publicação se dá no ano seguinte), o número de décadas que o Brasil tinha de prática do gênero romance era quase insignificante. A depender do estudioso, a coisa recua até a década de 1820, mais precisamente 1826, quando uma novela de Lucas José d' Alvarenga foi publicada, *Statira, e Zoroastes*, ou até o surgimento de Joaquim Manuel de Macedo como escritor, em 1844, com *A moreninha*. Em qualquer dessas duas contas, ainda é muito pouco para se firmar uma tradição. Machado chega e bota tudo abaixo, o que o meu ensaio deixa claro ao mostrar os pormenores de como ele conseguiu isso.

Em seguida, o livro aborda dois livros de Oswald de Andrade. O Modernismo acha que inventou a literatura brasileira, mas dou o devido crédito a Machado antes de reconhecer a abertura de novas frentes proposta pela literatura oswaldiana, sobretudo com *João Miramar*, embora também seja generoso com a análise que faço de *Serafim Ponte Grande*. Isso porque a revolução miramarina é maior do que a do outro romance, mais tardio. O cubismo e a concisão atingidos em *João Miramar* são difíceis de encontrar equivalente em qualquer outra parte. Verdade que também cedi um pouco de espaço para discutir o que Mário de Andrade faz em *Macunaíma*, mas pensando mais em termos de revolução da linguagem, concentrei esforço em *Miramar* e não me arrependo.

Por fim, o livro se debruça nas propostas de João Guimarães Rosa, e poderia me dedicar aos contos, mas concentrei fogo no romance, ou seja, em *Grande sertão: veredas*. Depois procurei amarrar todos os avanços num mesmo e só pacote para mostrar que a tradição brasileira pode fazer apostas em diferentes matrizes, como faz o Rosa ao abrir diálogo com o extremo Oriente, em vez de ficar apenas na vertente mais óbvia e embora ele também estabeleça pontes com a tradição europeia convencional. De toda sorte, a obra dá um mortal carpado que se destaca no panorama e o meu ensaio aponta isso.

Como disse antes, dei sorte, porque o que leva um grande número de leitores a procurar determinado livro não é apenas a capacidade intelectual do autor, embora isso também pese, mas outra série mais ou menos misteriosa de passos e caminhos que desembocam em certos reconhecimentos e um tanto de apagamentos. Alguma coisa do que eu disse repercutiu nos leitores e não sei se os felicito a eles por terem reconhecido ou a mim, por ter dito o que disse. Sim, todo misantropo é também um tanto presunçoso, de modo que não vou fingir que não sou. A felicidade do misantropo é que pode abrir mão de fingimentos.

9

Planejarei minha vingança à sombra

Consegui convencer Selma a esquecer a ideia de fazer comemorações pelo meu aniversário de cinquenta anos.

— Uma data tão redonda — ela miou por fim, quando o assunto morria, cravando um último punhal de fel entre as minhas costelas. Como se não soubesse o quanto odeio comemorações de números redondos, em outras palavras, a noção completamente imbecil de que números fechados, certinhos, precisam relembrar determinados personagens ou acontecimentos. Parte da diversão na vida de Selma vem de me provocar, tenho certeza. De atiçar com vara curta meus princípios. Como se fizesse questão de militar o tempo todo, a dizer e reafirmar que ser misantropo é sustentar posição obsoleta da qual eu devia abrir mão porque perco meu tempo.

Mas quando ela vai embora do meu apartamento, penso que ela sendo quem é, talvez tudo não tenha passado de estratégia. Me refiro ao fato de ela ter aceito pular a comemoração. Selma parece fingir que concorda comigo quanto a me deixar passar o aniversário quieto no meu canto, e pelas minhas costas articula algum tipo de festa surpresa, depois de ter convencido meus assim chamados "amigos" a participar. Não sei quem são essas pessoas, talvez alguns dos colegas de trabalho que ela julga que eu poderia chamar de amigo, em decorrência de eu ter mencionado um ou outro nome durante uma de nossas conversas. Certamente vai ter de convocar um bom número de amigos dela mesma, para fazer volume.

Decido que não vou deixar barato e pretendo tramar algum tipo de contraponto para surpreendê-la. Selma que me aguarde.

10

Mora em qual filosofia

Volto mais uma vez a minha atenção para os velhos gregos, tão distantes no tempo e tão sagazes em tantos e tão diferentes assuntos. Penso em dedicar alguma saliva com a discussão entre a postura dos filósofos estoicos, que defendem que o sujeito precisa se livrar de qualquer luxo e suntuosidade para viver da forma mais simples e direta possível, basear a vida em valores de temperança e abrir mão de qualquer excesso, movido por uma ética praticamente inabalável e, de outra parte, aquela posição que defendem os epicuristas, que acham que este mundo é mesmo um vale de lágrimas, então a melhor coisa a fazer é tentar se divertir e aproveitar, se possível minimizar com isso as dores que virão. Liberdade, amizade e tempo para filosofar, é só o que Epicuro diz necessitar. Esses gregos parecem ter realmente muito tempo à toa para meditar a respeito disso e daquilo.

Me ocorre considerar que talvez a disputa não seja entre estoicismo e epicurismo, mas entre ceticismo e cinismo. Afinal, misantropo é cético que duvida das coisas o tempo todo, como princípio e fundamento, mas por fim abre porta para possibilidade de vir a acreditar em alguma coisa. Ou é cínico, não no sentido grego, de alguém sem qualquer pudor ou vergonha, despojado ao extremo, mas no sentido atual, de alguém que abriu mão de qualquer crença e adota postura de menosprezo pelas alheias e pelas supostas virtudes e éticas, tudo conversa fiada para o ser humano agir como bem entender.

Dito dessa maneira, a resposta não poderia ser mais óbvia, o misantropo é cínico, não cético. Mas talvez porque eu esteja sendo muito rasteiro na colocação dos princípios que cada uma dessas escolas defende.

A filosofia, está claro, não é o meu forte. Talvez eu deva retomar a segurança oferecida pelos caminhos da literatura.

11

Chefe do esquadrão antibomba

Enquanto penso um pouco a respeito do que fazer com a filosofia, vou interromper aqui esse caminho de ideias para contar a que tive de como atrapalhar os planos de Selma.

Ligo para ela no dia seguinte ao nosso último encontro e depois daquela conversa inicial mais ou menos corriqueira entre namorados, disparo a bomba.

— Fiz uma reserva para a gente passar o fim de semana do dia cinco numa cidadezinha maravilhosa.

O fato de eu estar chamando qualquer lugar de maravilhoso deveria acender um alerta nela, se é que ela me conhece um pouco. Nada para mim, nunca, é maravilhoso. Claro que a frase veio temperada pela ironia do diminutivo ao me referir à cidade, Selma sabe que eu odeio esse uso indiscriminado que os brasileiros fazemos do diminutivo. "É um jeito de fingir ser carinhoso no tratamento, quando na verdade o que se pretende é diminuir o adversário, reduzindo-o a um tamanho ainda menor do que na verdade ele tem", costumo argumentar. Ela parece não acusar o golpe, no entanto.

— É mesmo? — finge concordar, com aquela interrogação que parece se arrastar pelo telefone. — Espero que não tenha pago a reserva antecipadamente, porque eu talvez já tenha planos para esse fim de semana.

— Jura? — simulo surpresa. — Achei que você ia querer passar comigo, afinal é o fim de semana do meu aniversário.

— Você mesmo disse que não queria qualquer comemoração, pelo que me lembro. Ou será que ouvi errado? — o tom agora é de indignação contida.

— Disse que não queria comemorar em grupo, muita gente, bagunça, barulho, confusão, foi isso que eu disse. — Estou tentando ser didático aqui, você percebe?, falta eu dizer a ela. — Não finja que não entendeu. Mas é óbvio que prefiro passar com você. Você sempre esteve nos meus planos.

Isso deveria amaciá-la. É uma declaração e tanto, para meus padrões. Uma declaração que eu não teria dúvidas de reconhecer como amorosa, se por acaso eu fosse capaz de juntar as duas expressões numa mesma sentença. Algo que só faço aqui para deixar claro o meu ponto.

A bomba foi desarmada. Ela se viu na obrigação de me revelar os planos de uma festa surpresa e eu, na de sustentar a minha posição de não querer grupo, gente, bagunça etc.

No entanto, agora terei de viajar com ela. Supostamente.

Das vantagens
da misantropia raiz

Uma das maiores, senão a maior, vantagens de ser um misantropo fidedigno é que você não precisa negociar com nenhum terrorista a não ser consigo mesmo. Admito: nem sempre é simples. Mas, ainda assim, é um número reduzido de gente envolvida na negociação.

Ainda estou pensando na viagem que vou ter que fazer com Selma para evitar uma festa surpresa.

O capítulo é só isso mesmo.

13

Não se pode ser leviano com certos princípios

Não é exatamente simples rastrear os caminhos da misantropia na literatura. Porque uma coisa está clara: é mais fácil colocar o personagem, qualquer que seja ele, para se deslocar no espaço, onde tem mais chances de encontrar aventuras, do que mantê-lo isolado a pensar a respeito da própria aversão à humanidade e nos motivos pelos quais é mais vantajoso permanecer à parte.

A história da literatura é a história da negação da misantropia, mais um motivo pelo qual aqueles autores que conseguiram se livrar da grande tendência e, contra tudo e todos, produziram alguma obra que tem como personagem um misantropo, merecem todo respeito e consideração.

Falo aqui dos misantropos autênticos, não daqueles forçados pelas circunstâncias.

É o caso de Xavier de Maistre, que por ter sido obrigado a permanecer em casa durante quarenta e dois dias, decidiu escrever um livro satírico chamado *Viagem ao redor do meu quarto*. O argumento é que esteve em prisão domiciliar, como sentença por ter se metido num duelo. Cujo resultado, aliás, é desconhecido. Será que o adversário morreu, ou só foi ferido, ou nem isso? Não se sabe nem o nome do sujeito. Não importa, a bem da verdade. Importa que o resultado foi um romance curto e provocante, em que o narrador se vê subitamente obrigado a permanecer em casa, então aproveita para colocar umas ideias no papel. Mas não, Xavier de Maistre era homem do mundo, não misantropo original. Não serve para o ensaio. A misantropia dele foi puramente de circunstância, não conta. A não ser pelo fecho do décimo capítulo, quando ele diz ter se visto "de novo junto à multidão de indiferentes que pesam sobre o globo terrestre", frase que quase o habilita.

Como não serve, por óbvio, toda a longa linhagem dos romances de cavalaria andante, em que o palco da aventura é o mundo. Não se imagina um cavaleiro *andante* que fica em casa, a reclamar dos desmandos e desacertos dos semelhantes.

É óbvio que serei forçado a dar saltos incríveis no tempo, para encontrar, salpicado muito ao de leve, um ou outro escritor que teve a ousadia de tentar compreender de verdade as agruras da mente de um verdadeiro misantropo. Um autor que faça a defesa da misantropia. Se não achar, tanto melhor, inauguro uma nova linha.

14

Mas antes

Antes, no entanto, de rastrear os escritores que desenvolveram personagens misantrópicos em seus livros, é interessante pensar num aspecto. Talvez o principal tema da literatura de todos os tempos tenha sido o amor, em que pese uma ou outra variante que também tenha sido usada como assunto para ser abordado pelas narrativas.

É simples entender o motivo. Literatura fala a respeito da vida e a representação mais óbvia da vida é justamente o amor. Logo, literatura é igual a amor, numa matemática que por ser singela não deixa de ser honesta para boa parte dos casos. Para lá e para cá, amor distante e próximo, fiel ou não, poderoso ou fraco, intenso, morno, vibrante, destemperado, tem para todos os gostos e modalidades. O amor é o grande campeão dentre todos os temas que a humanidade escolheu para adorar. Sim, porque é a mais arquetípica representação da vida, insisto. Pode ser amor enquanto sexo, uma forma de rebaixamento ao que há de mais ao rés do chão, ou de manifestação elevada e espiritual, não importa, amor, amor, amor, é quase que o monotemático avanço da história da literatura.

Mesmo a guerra é pautada por um tipo de amor, violento, mal encaminhado talvez, mas resultante de paixão. Por que os gregos atacam Troia? Para conquistar território, sim, claro, isso também, mas a desculpa é recuperar a sequestrada Helena para que volte aos braços do marido, Menelau. Nem se sabe se ela de fato gosta do cara, e para os gregos de então pouco importa, mulher é propriedade e deve ser reconhecida e tratada como tal. Quase parece um tema estranho, falar em amor, portanto. Guerra? Sim, mas motivada, desencadeada, provocada pelo amor. Um tipo de amor, mesmo que distorcido para os padrões atuais. Amor pela ideia de amor e pela ideia de guerra, mesmo.

Homero é gênio não à toa. Ele sabe que corda planger para tocar os corações alvoroçados dos gregos ferozes. Sequestre uma bela mulher e nós vamos sitiar sua cidade durante dez anos para recuperá-la. Porque amamos a guerra, sim, sem dúvida, mas também porque amamos essa mulher que nem é nossa.

Melhor do que a *Ilíada*, o relato dessa guerra por amor, é a *Odisseia*, que começa quando a guerra de Troia acaba e fala da tentativa do herói decisivo (é dele a ideia do cavalo enorme de madeira que afinal resolve o conflito a favor dos gregos), Odisseu, de voltar para casa. Claro, o grande tema aqui é viagem, e viagem de retorno, viagem de volta para casa, um belíssimo tema, sem qualquer sombra de dúvida. De novo, pensando arquetipicamente: vida é igual a viagem, a aventura de estar vivo é a aventura de uma travessia, entre o nascer e o morrer, que os humanos exercem como podem. No relato épico de Homero, importam as aventuras e sobretudo as desventuras do herói que se esforça contra toda série de obstáculos para realizar o objetivo de voltar para casa, depois de vencer uma guerra cruenta. Mas o que é que tem a sua espera lá na velha e boa ilha de Ítaca de onde saiu para passar dez anos na guerra dos outros e outros dez na tentativa de voltar para casa? Tem Penélope, a mulher, tem Telémaco, o filho, ou seja, tem família e o que a une, ou seja, tem amor. A liga de todas as ligas, entre todas as possíveis que humanos estipulam para poder se movimentar pela existência. É o amor o grande motivo pelo qual os humanos conseguem atravessar a experiência inquietante que é estar e permanecer vivo. Sem ele, sobraria apenas o absurdo ainda mais escancarado. Amor é o tônico que suaviza o absurdo da existência. Nesse cenário aí, zero interesse pela misantropia, uma espécie de arrepio aos apelos do amor.

Um grego decente, no entanto, nunca acredita num tema único. Portanto, como oposição ao amor, à vida, existe a morte. São os maiores temas arquetípicos, vida (amor), de um lado, morte, de outro. Você está vivo até não estar mais e então estará morto. Uma vez morto, permanecerá morto para todo o sempre e, portanto, terá alcançado a tão sonhada imortalidade. É o preço a se pagar para conseguir a imortalidade: estar morto. Claro, decorre da tentativa humana de se rebelar contra essa ideia a criação dos deuses (imortais sem necessidade de estarem mortos) e de variações, como a que o espiritismo e algumas outras religiões criam, de falar que almas reencarnam uma e várias vezes, para cumprir um protocolo qualquer lá do além. É maneira de combater a ideia de fim definitivo, de morte total, absoluta e eterna. Tentativa de combater o infinito contido na ideia de morte. Porque no fundo o ser humano acha insuportável a ideia de infinito. Embora também se apavore com a ideia de fim, quando se trata da vida. Ela precisa prosseguir de alguma forma. O humano é contradição ambulante, antes de ser bípede que pensa.

15

Desdobramento
da ideia anterior

Se estou correto e o principal tema da literatura é o amor, o que dizer da misantropia, esse desamor ao próximo? Não posso aproximar a misantropia da morte, o contrário da vida, só porque me nego a aproximar o assunto do amor. Misantropia não é sinônimo de morte, a não ser simbólica, a manifestação do desejo de morte, a vontade que um misantropo tem praticamente todos os dias da vida de que todos os outros habitantes do planeta se possível morram e o deixem sozinho com as próprias ruminações. Porque o misantropo poderia viver bem, caso fosse deixado em paz completamente sozinho.

Ou será que não?

Penso que não, o verdadeiro misantropo também tem aversão a si mesmo, sobretudo e em primeiro lugar isso, a aversão inicial, que desencadeia todas as outras. É justamente o que o catalisa para se tornar misantropo: desgostar-se de si, primeiro, para em seguida desgostar-se da humanidade em doses maciças.

Nesse caso, dirá o eventual leitor, leitora ou leitor@, basta que ele aprenda a se amar, essa grande baboseira que se repete a três por quatro na vida contemporânea, basta que ame para que a misantropia vá para o beleléu. Acontece que penso que isso é um equívoco, é continuar olhando para a questão por meio de viés equivocado.

Acho que no fundo esse foi o grande argumento da literatura para destratar os misantropos: eles são considerados desvio do padrão. Misantropo é sujeito que, por não gostar de si mesmo, não gosta também dos semelhantes. Portanto, resta-nos tratá-lo como personagem patético que deve ser reencaminhado, ao fim de nosso brilhante relato, a voltar a ter harmonia e a aprender o convívio com outros seres humanos.

Em resumo, é preciso ensinar o misantropo a amar, essa é a missão que a literatura achou que precisava desincumbir para o bem do projeto coletivo da humanidade.

Pois é contra isso que me levanto. Contra a própria história da literatura, se necessário.

Se quero fazer a defesa da misantropia, não vai ser suficiente desconstruir os argumentos do oponente, vou ter também de encontrar aqueles nos quais minhas ideias se fundamentam. Não vai ser fácil, claro, nunca é. Mas não tenho dúvidas de que serei bem-sucedido, se me esforçar direito.

16

Prêmio do silêncio

Me dou conta de que sou grande tagarela, verdadeira afronta para representar misantropo autêntico, se for parar e pensar com intensidade a respeito do assunto.

Devia ficar mais calado, aprender a me conter mais.

O silêncio é a melhor medida para todas as coisas. A única escala confiável.

17

Sujeito desenfreado

Agora vou me permitir dar um grande salto, aliás gigantesco, e avançar até a literatura contemporânea para dizer que há pelo menos um grande personagem misantropo bem-sucedido e bem tratado pelo autor. Não que seja personagem atraente, pelo contrário. É, antes, sujeito miseravelmente desagradável. Talvez por isso gosto tanto dele. Tenho pendor para os deserdados do mundo, sobretudo os que se revoltam.

Me refiro a Mickey Sabbath, o personagem central de *O teatro de Sabbath*, romance do escritor norte-americano Philip Roth, publicado em 1995. Sabbath não está nem um pouco satisfeito com o mundo e à medida que se desagrada, melhor a história fica.

Misantropia vem mais ou menos disfarçada, infelizmente, outra das posturas que pretendo combater na história da literatura ao chegar ao fim do meu ensaio. É talvez o único senão do livro, Roth não ter dito com todas as letras aquilo que efetivamente pensa a respeito do personagem e da história. Mas talvez seja a prerrogativa da literatura que precisa sempre de disfarces, de fingir dizer uma coisa quando na verdade diz três ou quatro outras, operar em camadas e camadas de entendimento e compreensão (a palavra que se usa muito nessas ocasiões é *plurissignificativo*) fornecidas em doses generosas aos leitores, cujo resultado é aquilo mesmo que alguns teóricos vão dizer se tratar da riqueza fundamental da literatura. Não posso ser limitado, pelo menos acho, e fincar pé nessa questão, quando literatura é sinônimo também e talvez sobretudo de flexibilidade. Talvez por gostar tanto do personagem do Roth é que queira inclusive abrir mão de encontrar qualquer defeito.

Dito isso, vou ao entrecho do livro. Devia usar aqui um plural, dizer um vamos ao entrecho do livro, mas isso seria fazer um tipo de concessão ao leitor que minha natureza não me permite. Vou sozinho, se o leitor mais tarde quiser me acompanhar, que vá também, por conta e risco.

Mickey Sabbath foi titereiro quando mais jovem. Não é mais porque tem artrite e o principal instrumento de trabalho, ou seja, além da inteligência, as próprias mãos, bem, as mãos estão comprometidas. Para minha sorte de leitor, a inteligência também começa a ser tolhida pela loucura e grande parte, senão a maior mesmo, da genialidade desse romance decorre da sagacidade de Roth de conseguir mostrar a sutileza do processo de enlouquecimento de um ser humano, a quantia devastadoramente elevada que existe de lógica nesse processo. Só na segunda vez que li o romance foi que compreendi que o personagem enlouquece aos poucos. Na primeira leitura e talvez por eu mesmo ter alguns indícios de insanidade, achei que ele era sujeito normal, apenas um pouco bélico demais em relação ao mundo. Aquilo que Shakespeare anunciou como aforismo ("há método em sua loucura"; no *Hamlet*, para quem não se lembra), Roth desdobra em ação do romance. Mas o entrecho, eu dizia. Sabbath tem sessenta e quatro anos e uma amante sérvia de cinquenta e dois Drenka, há treze anos. Ele é casado, ela também, mas não entre si mesmos. Logo, amantes. No entanto, ela agora deseja fidelidade e Sabbath não sabe como lidar com a demanda, definida como inverossímil, imprevista e, por que não dizer, um pouco chocante para o relacionamento especialmente licencioso que eles vêm mantendo ao longo do tempo. As palavras são do Roth, estou no modo paráfrase aqui. Discutem a respeito disso, por que diabos a essa altura do campeonato ela quer fidelidade e, por ser muito inquisitivo e vigorosamente verbal, Sabbath tenta arrancar com palavras uma compreensão do que se passa na cabeça da amante. Ela reluta em entregar a informação, o que só estimula a escalada da discussão.

Entre outras coisas, Sabbath cogita se tratar do último grau possível de perversão dos libertinos. No livro, a frase é justamente esta: "A última perversão dos libertinos é ser fiel", com gosto de aforismo. Mas nada é resposta, até que Drenka anuncia o motivo, tem câncer. No parágrafo seguinte está morta. E isso é só o início do livro, as primeiras quarenta e poucas páginas de um romance que tem quase quinhentas. Você fica esperando o avanço da doença, as lamentações do amante, o acompanhamento do processo, e nada, há um corte súbito e mudança radical da direção da narrativa. E sim, para idiotas acostumados a acreditar que a força de um livro está no enredo e sua revelação teria o maléfico poder de estragar tudo, adianto que pretendo expor mais partes do livro adiante sem medo nem pudor.

Sem rumo, destrambelhado, Sabbath decide voltar a Nova York, depois de décadas afastado. O pretexto é acompanhar o funeral do sujeito que foi um dos produtores da sua carreira artística, sujeito que aliás cometeu suicídio em idade avançada, em decorrência de depressão. Sabbath mantinha distância da cidade desde que sua primeira mulher um belo dia simplesmente desaparece e nunca mais é encontrada. Muda-se para pequena cidade interiorana de um estado localizado mais ao norte e passa a se dedicar a explorar a nova mulher, a alcoólatra Patricia, e a viver a aventura de ter uma amante, talvez para desaborrecer um pouco a modorra da vida interiorana.

A nova postura de Sabbath, desnorteado com a perda da amante que parece o último fio de sentido numa vida inteira que está fadada a não ter qualquer, a nova postura é de provocação. Sabbath parece retirar o véu do superego e deixa o irracional assumir o volante, o que gera algumas cenas desconcertantes e ousadas do romance. Roubar as calcinhas da filha do anfitrião em Nova York, um velho amigo, ou dinheiro, mesmo, na cara dura.

Aliás, sobre dinheiro, o romance tem uma das cenas mais impressionantes da literatura ao colocar Sabbath a pedir esmola no metrô com caneca nas mãos e a recitar trecho de *Rei Lear*, que ele se recorda dos velhos tempos. Sabbath não precisa pedir esmola, mas *quer*, e é o que lhe basta. O ambiente urbano, tecnológico, algo opressivo, do submundo do metrô encontra a alta literatura na citação de Shakespeare, ao mesmo tempo que remete ao mundo mambembe do artista de rua, que Sabbath no fundo sempre foi e continua a ser. Essa intersecção ou sobreposição de várias camadas (olha aí a plurissignificação) distintas torna a cena muito, mas muito interessante mesmo. Baixote, atarracado, com penetrantes olhos verdes, barbicha de sátiro e em geral muito desagradável a ponto de ser um anti-higiênico persistente, Sabbath tem poucas qualidades que poderiam ser apontadas como positivas. No entanto, raiva e destempero escamoteiam mal as muitas fragilidades do personagem, entre elas a loucura, o que deveria despertar alguma simpatia no leitor que tenha um mínimo de sensibilidade. Ingredientes de um grande livro, me parece.

Estimulado pelo gesto do produtor, Sabbath decide também suicidar-se, fazer uma última e eloquente saída de cena. Mas para isso terá que produzir e dirigir o último espetáculo que pretende protagonizar. Por exemplo, usar o dinheiro roubado para comprar o túmulo e produzir a lápide mais alucinada já escrita na história dos cemitérios, nada de querido filho, amado esposo, nenhuma referência gentil aos restos mortais que estarão ali. Uma lápide que é a própria negação da longa carreira da vida das lápides. Uma antilápide, por assim dizer, a serviço da alta literatura.

Devo dizer que Mickey Sabbath é um dos meus heróis literários mais vistosos? Se eu não fosse misantropo que detesta a ideia de ter herói, sim, é o que diria. É dos mais brilhantes e bem dados fodam-se todos vocês da história da literatura. Que ele seja anti-herói é nada menos que minimamente apropriado, caso eu admitisse. Mas a verdade é que não admito nada. A não ser que me identifico muito com algumas das palavras ácidas pronunciadas por Sabbath, como estas que estão próximas do fim: "As pessoas vivem me dizendo, sem parar, que a única coisa que vim fazer neste mundo foi provocar o sofrimento dos outros".

Fico pensando que essa frase talvez devesse ser o lema dos misantropos. Nada de timidez ou distanciamento, nada de misantropia suave e recôndita, mas postura ativa e petulante de não temer aquilo que a humanidade precisa aprender a reconhecer: a contraface sombria, quando ela lhe for lançada na cara. Ou seja, algo que nós, os misantropos, somos capazes de fazer.

Agora sim, o plural me parece bastante apropriado.

18

Diminuir para ampliar

Passados muitos capítulos, não sei se o leitor, a leitora, @ leitor@ vão se lembrar dos títulos que lancei bem no início do texto, para nomear tudo isso que aqui se escreve. Estão no primeiro e segundo capítulos, se for o caso dê uma pausa e volte lá para os detalhes ou se não estiver com paciência permaneça por aqui que vou mencioná-los em seguida, como seu olho periférico que avança um pouco adiante percebeu a essa altura.

Os títulos eram *Microensaios misantrópicos*, que é talvez o que afinal vai prevalecer, minha inclinação por ele tem aumentado, e o outro, que me ocorreu em seguida, *Memórias de um hiperconsciente*. Este tem a desvantagem de evocar a longa tradição das memórias, o que talvez não seja o gênero mais apropriado para isto que escrevo, além de ter uma palavra muito incomum, o que não é necessariamente algo que se possa dizer que é um bom título.

Entretanto, quando lancei o primeiro dos títulos, eu disse que iria explicar de onde ele surgiu e depois mudei de assunto. O meu método é o de ciscagem, como fazem as galinhas.

Hora de voltar ao tópico e liquidar a fatura.

O título decorre da minha vontade de ter presente a palavra misantropo no título, acho que isso está claro a esta altura. No caso, deixa de ser substantivo para se tornar adjetivo que qualifica a palavra pouco comum que é microensaios. Porque é disso que se trata, de fazer pequenas reflexões a respeito do tema, mas sem a extensão e profundidade de um tratado.

Aliás, na minha cabeça, o ensaio é filhote do tratado, com vantagem de ser mais despojado, elegante, simples, descomplicado, suave, tranquilo, feliz. O tratado tinha presunção de dar conta de um assunto, de esgotá-lo por inteiro, de ser algo definitivo, científico, muito sério. No campo do pensamento, no entanto, nada é definitivo, todo mundo sabe disso. Mas o sujeito que inventou o tratado — não adianta me perguntar, não sei quem foi — tinha a pretensão de que sim, iria dar conta do recado de uma vez por todas.

Ambição totalmente distinta do ensaio, diga-se de passagem. Esse eu sei quem criou, e quando, e mais ou menos como. O ensaio é produto da mente de um nobre francês chamado Michel de Montaigne, que certo dia, cansado de viver entre uma guerra e outra, retirou-se para o castelo da família depois de vida bem tumultuada, e resolve escrever umas besteirinhas para passar o tempo. Acontece que o que esse sujeito considera bobagenzinhas mais ou menos divertidas, pessoais e propícias para preencher o tédio da velhice começam a se mostrar dignas de atenção. Como o sujeito tem dinheiro, manda imprimir por conta uma edição, depois outra e por fim um terceiro tomo e ao conjunto de três livros chama *Ensaios*. Isso em fins do século dezesseis, entre 1580, o primeiro tomo, e 1588, o terceiro. Legadozinho que resolveu deixar para toda a humanidade. No início do século, a Reforma protestante de Lutero tinha dado um chacoalhão na Igreja católica, que, seminocauteada, resolve entre outros inimigos eleger os livros que começam a ser impressos em cada vez maior escala: cria o *Index librorum prohibitorum*, em 1559, com ameaças de fogo a torto e a direito.

Um negocinho aqui, Montaigne deve ter pensado a certa altura ou responde a um amigo que lhe pergunta o que anda fazendo por esses dias. Nada demais. E, no entanto, é gênero literário inteiramente novo, quase um acinte, quando você para e pensa a respeito do ensaio. Quantas pessoas podem existir neste mundo que se sentam despretensiosamente e tiram um gênero literário inteiramente novo da própria cachola?

O ensaio também é diferente do tratado porque, há um ingrediente secreto que transforma essa modalidade de texto numa coisa avançada e diferente do que existe até então: a presença da subjetividade. Em outras palavras, o assunto dos ensaios é o próprio Montaigne, ou melhor, o modo como Montaigne enxerga o mundo e como processa as leituras que fez ao longo da vida e como diz umas coisas assim meio a modo de parecer não querer dizer ou pelo menos não parecer querer dizer de modo muito sério e sisudo, como se no fundo dissesse de maneira petulante, eu não sou o meu pai (o tratado). Sou uma coisa inteiramente diferente. Sou eu mesmo, enfim. Eu com minhas tiradas ótimas e meu humor oscilante de gascão (dizem que as pessoas nascidas da região da Gasconha, no sudoeste da França, são algo bipolares, ora cheias de entusiasmo, ora melancólicas de chorar).

Numa das tiradas, Montaigne diz que é partidário dos amigos "até a morte exclusive". Manda gravar no batente da porta para o gabinete de trabalho a frase: "Não faço nada sem felicidade" e tenta escrever de maneira a respeitar o mote, mesmo quando o assunto é árido. Por exemplo, no ensaio *Que filosofar é aprender a morrer* ele diz que incuba os pensamentos que tem e os guarda dentro de si, como faria um bom misantropo (mas não suponho que Montaigne fosse misantropo, uma de suas biografias inclusive se chama *Montaigne a cavalo*, porque parte do pressuposto que o sujeito passa a vida ao ar livre e em movimento). A filosofia, como Montaigne a enxerga, serve para ensinar ao cidadão comum a não ter medo da morte, atitude que é mais próxima de Montaigne do que da vida corriqueira na época dos gregos clássicos, que realmente achavam a morte um acontecimento natural.

Mais para o fim do texto, o ensaísta diz algo que acho realmente muito despojado no modo como encara o destino inevitável. A melhor maneira de enfrentar a morte é não perder o sono por causa dela, argumenta, como quem dá de ombros. "Que a morte me encontre plantando as minhas couves, mas despreocupado com ela e ainda mais com minha horta inacabada", registra, enquanto sorrio e me congratulo com ele.

Só me resta por fim tirar o chapéu para Montaigne, uma vez que da minha cabeça não saem gêneros literários distintos. No máximo, promovo encolha de algum existente. Logo, microensaios. Generoso como me parece que tenha sido durante a vida, mesmo que francês de nascimento, suponho que o criador do ensaio não iria ficar chateado com minha decisão, talvez até considerasse que lhe presto homenagem, ainda que em miniatura. Montaigne deduz com sorriso mais ou menos safado que não se mede a boa homenagem pelo tamanho.

19

Escala da felicidade

Ainda no capítulo dos títulos, me ocorre um outro que passo a considerar na corrida, *Misantropo feliz*. Abandono os anteriores por ele, está definido.

A inspiração vem, claramente, da mistura entre Montaigne e de minha releitura de *O teatro de Sabbath*, um na sucessão mais ou menos do outro. Poderia ser um título usado para explicar de maneira completa a postura do personagem central do livro de Philip Roth (embora talvez tivesse que qualificar a felicidade de Sabbath como furiosa também, feliz seria insuficiente nesse caso), para certas partes da vida de Montaigne, mas inclusive acho que se aplica perfeitamente para o meu caso. Tenho me sentido muito feliz com minha misantropia e com ter me dado conta de que posso manifestá-la de maneira tão acintosa, sem qualquer tipo de preocupação, em qualquer ambiente que eu estiver presente.

Esse título se recusa a compactuar com a ideia de que a literatura vá reconduzir os desgarrados ao bom caminho da vida coletiva. Porque no fundo é isso, me considero um misantropo feliz, acho que é possível que as pessoas possam manifestar algum tipo de felicidade relacionada com misantropia, ou seja, algo que vai contra o senso comum de que essa característica é só uma coisa amarga que torna as pessoas especialmente acabrunhadas.

Ou talvez, me ocorre pensar, eu não queira ver o que de fato a misantropia tem de problemático porque no fundo, no fundo, sou desses doentes que gostam de se animar com a própria doença, que gostam de chafurdar nela. Portanto, sou incapaz de reconhecer o fundo problemático do meu problema. E minha recusa, como a psicologia vai se apressar em dizer, é parte do sintoma. Mas aqui é o cético que mora em mim e divide aluguel com o cínico a se manifestar, a duvidar que eu tenha problema ou a duvidar que, tendo-o, ele impede de reconhecê-lo como tal e, portanto, estou equivocado. Talvez seja só isso. Talvez no fundo eu não ligue para seja o que for que se passa, o que quer dizer que existe dose grande de indiferença atrelada a minha misantropia.

Lançar ao leitor todas as minhas dúvidas quanto ao título não é saudável, sei disso. Porque os dois ou três leitores que eu tiver podem discordar de mim sobre a melhor escolha para o título. Eu preferia outro, por essas e essas razões, o leitor, a leitora, @ leitor@ podem me dizer. Ou nem dizem, mas pensam, discordam mentalmente de mim e da minha decisão final. Mas a verdade é que não ligo nem um pouco para essa hipótese, porque afinal sempre vou poder dizer, olha, meu caro, minha cara, m_x carxs, até pode ser que respeite a sua opinião, e afinal ela nem precisa se ater aos títulos hipotéticos que lancei aqui, mas ainda acrescentar outros que julgará ainda mais apropriados. Eu simplesmente vou responder e respondo, não importa que respeite a sua opinião, no fundo a decisão me cabia e fui eu que a tomei. Escolhi esse título e é com ele que eu fico. E se você não está satisfeito, pode muito bem catar coquinho.

19 1/2

Subcapítulo de
apêndice ao anterior

Misantropo feliz vive muito bem sozinho com o próprio silêncio. Certa vez, num livro que fala a respeito justamente de onde encontrar silêncio num mundo que se torna cada vez mais ruidoso, um sujeito chamado Erling Kagge, norueguês e explorador, ao contar que o lugar mais silencioso onde esteve foi a Antártida, que atravessou sozinho, escreveu o seguinte: "Como eu não tinha ninguém com quem falar, comecei um diálogo com a natureza. Meus pensamentos se espalharam ao longo das planícies e rumo às montanhas, despertando assim novas ideias".

Ele não fala que ideias são essas, o que me leva a desconfiar que ele nem as teve assim tão significativas. Mas é claro que exagero um pouco, à medida que o livro, que se chama *Silêncio*, avança. Ele acaba por discorrer um pouco a respeito dos pensamentos que teve enquanto caminhava pelo frio antártico. O principal argumento do livro é que o silêncio deve ser buscado como atributo interior, mesmo que ao redor se faça barulho intenso. É muito fácil confundir ocupação do tempo, atividades como trabalho ou vida coletiva, com ruído. Ele procura separar essas coisas e sugere que seria importante encontrar dentro de si pausa para ouvir silêncio.

Habitante de Oslo, Kagge deve se sentir insatisfeito ao precisar lidar com tantos ruídos, mas a verdade é que tem condição privilegiada de poder se retirar dali para expedição solitária de travessia a pé da Antártida, onde, apesar dos sofrimentos causados pelo frio, pode tentar ordenar pensamentos e conviver por tempo suficiente com o próprio silêncio ao redor para ter tempo de anotar no diário algumas das impressões. Depois, ele volta para casa e convive com mulher, três filhas e uma vida que deve ter lá momentos de extrema banalidade, como a de todo o restante dos habitantes do planeta. Acho que ele é misantropo intermitente, ou seja, falso misantropo, porque termina por voltar à banalidade cotidiana do emprego de editor, do convívio familiar, depois de alguma aventura solitária pelo gelo do fim do mundo ou a escalar alguma montanha inacessível. Talvez no fundo eu esperasse dele a realização da misantropia que culminaria na morte no gelo — um recado do meu inconsciente de que, sim, misantropos merecem mesmo punição.

Escrevi ali atrás em outro capítulo que o silêncio é a melhor medida. A única escala confiável. Talvez deva considerar como a escala de medida do grau de misantropia. Quanto mais silencioso o sujeito conseguir ser, mais se qualifica como misantropo. Em vez da convenção que estipula como ódio, ou aversão, usar desprezo irônico e silêncio como medidas.

Por isso acho que esse é o novo título que devo mesmo adotar, *Misantropo feliz*.

20

Leitura subversiva

Não pense que deixei Selma Albuquerque, a minha Selma, em banho-maria. A verdade é que eu a uso como sonda ou periscópio para saber qual é o estado do mundo exterior. Não que faça isso pelas costas, em absoluto. Ela sabe o que se passa, eu mesmo lhe disse e Selma riu, achou divertida a ideia. Ela me dá notícias do grau de desmantelamento em que o planeta se encontra, as crises às quais eu deveria prestar atenção e o que se anda a discutir a sério por esses dias do lado de fora do meu apartamento. O resto completo com leitura rasteira e superficial dos jornais, que faço bem rápido pelo computador. É sempre nova crise que não é assim tão nova, porque o potencial cíclico dos habitantes se assemelha muito ao formato do planeta, que não apenas gira em torno de si mesmo, como também gira em torno do Sol. Todo dia se dorme e se acorda para que se possa viver uma nova crise, em muito semelhante à anterior. O mundo gira e se movimenta, mas para voltar ao mesmo ponto. Tudo é inútil e hoje acordei meio pessimista, desminto o novo título que encontrei para o livro justamente no capítulo anterior.

Nessas analogias que arrisco fazer, quero crer que Selma é o satélite que gira em torno de mim e eu, arrogante e misantrópico, me intitulo Sol. A mulher, mesmo a namorada, do misantropo deveria ser estudada pela ciência. Por que paciência, determinação, o carinho dessa mulher, a vocação para santa a coloca no caminho do misantropo? Uma de minhas hipóteses é que ela existe para derrubar teorias a respeito de misantropia, botar abaixo tentativas científicas, provar que estou muito errado, é isso o que a motiva. Recebeu incumbência de um instituto qualquer e, tal como ela, deve existir um bom punhado de mulheres com a mesma tarefa espalhadas pela superfície do planeta, desqualificar em definitivo a tentativa dos misantropos de vingar.

"Não é bom que o homem esteja só", apregoa o texto bíblico. Na verdade, tenho outra leitura do que se diz nessa passagem e acho que posso dizê-la sem susto. Quase sempre, o *Gênesis* recebe destaque pela história do conhecimento do Bem e do Mal, e vou escrever assim mesmo, em maiúsculas, para destacar melhor o ponto. A maçã, a tentação, Eva como responsável por seduzir o companheiro, a expulsão do Paraíso. Tudo bem, as pessoas enxergam o que querem, mas o fato é que tenho outra leitura desses episódios.

Tenho para mim que a verdadeira história do *Gênesis* é a história da rebelião humana contra a própria ideia de Deus, no fim das contas. Deus cria o homem, depois acha que ele está sozinho e lhe dá uma companheira, mas também interdição: não comer do fruto da árvore do conhecimento.

A ruptura da interdição, a semente da revolta, é sobre isso que esse livro da Bíblia trata. Veja bem, Deus podia muito bem não ter colocado a árvore ao alcance do homem. Não é o Todo-Poderoso? Pois que plante a árvore em Plutão ou na puta que o pariu. Mas não, coloca no centro do Paraíso e interdita: não pode. Ora, se não pode, eu quero (e Deus sabe do meu querer). Eva nesse cenário é a verdadeira revolucionária, a primeira a aceitar a ideia de ter acesso ao conhecimento (mesma coisa com Pandora, que quer ver o que contém a caixa; mesma coisa com Psique, que acende a luz para reconhecer o amante, Cupido; a mesma curiosidade por toda parte, a revolução igual em várias narrativas que são no fundo a mesma). Adão é o passivo idiota que precisa ser convencido. É leitura muito sofisticada essa que o *Gênesis* apresenta a respeito de quem é o quê na história das relações humanas. E afinal, qual o verdadeiro conhecimento que esse brilhante casal inicial poderia acessar? Simples e óbvio, Deus na real nem existe. Quando comem a maçã, percebem que estão sozinhos e é isso aí, bicho, durma-se com um barulho desses. Isso num livro cujo sentido primordial é justamente defender a ideia de Deus e todos os protocolos decorrentes. Esse é o verdadeiro motivo pelo qual esse livro tão sagaz merece leitura cuidadosa.

Selma, minha Eva pessoal, minha revolucionária urbana. Minha tormenta que aperta a campainha para me atazanar a paciência e me dar notícias do mundo exterior e das inevitáveis crises redundantes. Como aliás estou aqui, a girar redundante em torno do assunto.

Então chega, próximo capítulo, por favor.

21

História paralela

Se pensar bem, a solidão também é um tipo de revolta. No começo da história social da humanidade, o indivíduo que se separasse do grupo, da horda, do clã, da tribo corria o risco de escafeder-se em dois tempos. Ele só sobrevive enquanto membro de grupo, como parte do projeto maior do que ele mesmo. Um dos laços mais duráveis da história da civilização vem do conceito de família, o mais sólido e persistente. Mas há outros, grupamentos políticos, por exemplo, ou profissionais, associações religiosas, grupos culturais, confrarias, classes sociais. Redes de proteção, argumentam, mas também de aprisionamento do indivíduo no conjunto. Nesses ambientes, solidão é ameaça, afronta do bem coletivo. Curiosamente, deuses também eram um coletivo. O deus solitário do monoteísmo será inventado por povos nômades do deserto, que têm visão mais percuciente e apropriada do que seja solidão.

Não estou retirando essas informações do instituto de pesquisa da minha cabeça, mas da leitura diagonal do texto de um historiador, Georges Minois, que escreveu *História da solidão e dos solitários*. A solidão, ele não diz, mas eu digo, é necessária como primeiro passo na formação de um misantropo. Por ser misantropo, o sujeito procura a solidão, ou é sozinho e em decorrência disso se torna misantropo, essa ordem parece que é importante de ser estabelecida. Um dos efeitos colaterais da solidão é o sujeito se sentir em algum momento orgulhoso. O solitário é o protótipo do misantropo, está a um passo de distância do passo mais radical a ser dado em seguida.

Ao relembrar a peça de Eurípedes, *Hipólito*, o historiador menciona esse personagem que é casto, reservado, pouco sociável, cuja única amiga é a deusa Ártemis, bem parecida com ele. "Orgulho do solitário", escreve o historiador, referindo-se ao privilégio que Hipólito considera ter por ser o único que pode conversar com a deusa, "que se considera diferente e superior". Esse é um risco sério, o sujeito deixar a solidão lhe subir à cabeça e começar a se achar melhor que os outros, pobres dependentes de convívio para poder se realizar como humanos. Num romance de Sándor Márai intitulado *De verdade*, se faz a distinção entre a solidão vista como castigo, quando criança, e a solidão consciente que ocorre a um adulto, aquela que "não é punição nem reclusão magoada e doentia, mas a única condição digna do homem".

Um ponto curioso na história pessoal de Eurípedes que Minois se esquece de mencionar, mas talvez porque tenha mais a ver com o meu tema do que com o dele, é que o dramaturgo é considerado quase sempre um marginal, motivo de sátira para o coleguinha Aristófanes, e que no fim da vida (Eurípedes morreu em 406 a.C.), possivelmente por estar desiludido com a natureza humana, vive recluso, na companhia de livros, como dizemos hoje, ou, para ser mais preciso com o estado das coisas nessa época, acompanhado por alguns papiros.

Mais um salvo por livros.

22

Uma coisa
é uma coisa

Misantropia é variante de misoginia, o ódio às mulheres? Não creio, me parece ser reduzir demais a questão de fundo. Misoginia é boçalidade sem razão de ser (que afinal foi muito praticada ao longo da história, fato, mas isso não a torna menos boçal ou seu praticante, menos o idiota rematado que de fato é, em resumo); misantropia é coisa séria e bem mais densa, merece respeito.

Queria apenas deixar isso estabelecido.

23

Nada de Selma

Tenho certeza que se falar de Selma neste capítulo, justamente depois de ter falado em misoginia, o leitor, mas sobretudo a leitora e @ leitor@ vai deduzir no ato que faço esforço para disfarçar, no fundo, que sou, sim, também misógino, e Selma a mais direta das vítimas.

Nada de Selma neste capítulo, portanto. Não quero confundir os assuntos.

24

Volta, Selma

Aqui a distância do tema, além do comentário no capítulo anterior, terá talvez retirado um pouco da mancha potencial que poderia despertar.

Volta Selma. Sem vírgula. A do título é para separar o vocativo. Aqui é rubrica teatral, para indicar a entrada em cena da personagem.

Entra de novo, Eva sedutora, interrompe sistematicamente o meu sossego para ocupar minha cama, se embola comigo, desconsidera minha misantropia pertinaz, sorri, fala pelos cotovelos, conta histórias engraçadas, se levanta, veste a roupa, vai embora, me deixa feliz por poder voltar à solidão, tendo mergulhado nas crises e problemas externos do mundo cujo relatório verbal ela fez questão de me apresentar, mesmo sem ter sido solicitada a isso. Sou um misantropo de araque.

— Sabe, hoje, o presidente... — ela começa, e traz para mim a última besteira da autoridade máxima do país. Parei de ouvir quando ela falou o cargo do sujeito, mas continuo acenando a cabeça em concordância e provavelmente digo as coisas certas nos momentos apropriados. O meu cérebro, com o sistema bicameral, de vez em quando faz isso, funciona na superfície de modo automático e mais ou menos correto, enquanto reserva a parte mais profunda para outra sorte de pensamentos e ideias.

— E aquele vestido que eu te mostrei, lembra? — ela comenta, para dizer que fez a encomenda e ela lhe foi entregue, como se eu pudesse estar mesmo que remotamente interessado no estado ou na situação atual do guarda-roupa pessoal de dona Selma Albuquerque. Nem o meu me interessa, para ser sincero. Selma não precisa de interlocutor mais engajado do que eu, alguém que assente com a cabeça e de vez em quando fala alguma coisa mais ou menos razoável, mas a deixa livre para se expressar infinitamente. Ela parece gostar do som da própria voz, do modo como enuncia as aquisições e descartes, as aventuras pelo mundo, idas à farmácia ou briga com a vizinha por conta de algum pormenor que agora me escapa, porque me distraí um segundo ou dois.

— Ela não é uma vagabunda? — pergunta, e resta concordar, vamos cancelar a vizinha de Selma de nossas vidas, tento fazer registro mental, mas é provável que me esqueça. — Uma mulher com uma atitude dessas só pode ser vagabunda.

— Só pode — confirmo, e balanço a cabeça para não restar dúvida da minha posição.

Sobre misoginia ainda, queria dizer mais uma coisa. Posso concordar com Selma se por acaso ela chama a vizinha de vagabunda, nessa situação parece que está tudo certo. Mas se fosse eu a tomar a iniciativa de chamar qualquer outra mulher de vagabunda, com a mesma carga semântica empregada por Selma, isto é, alguém de pouca confiança, algum desafeto que me desagrada, o efeito não seria o mesmo e eu estaria incorrendo instantaneamente numa derrapada misógina, ou misoginística, como acho que o adjetivo deveria ser. Ela seria a primeira a reclamar comigo. A mesma coisa não acontece se por acaso eu me referir a um homem pelo epíteto de vagabundo, com a mesma semântica. Até porque existem variações semânticas. A mulher chamada de vagabunda pode se referir a um comportamento sexual, o homem chamado de vagabundo pode se referir apenas a um sujeito sem trabalho. É contra essa diferença que os argumentos se posicionam, ao que tudo indica. E compreendo, mas também insisto na nuance de vagabundo referir-se a uma pessoa desqualificada por qualquer razão, indigna de confiança.

As palavras se tornaram facas afiadas. Qualquer deslize e o corte é profundo.

Ao mesmo tempo, às vezes me pego contemplando com certa alegria o jeito como Selma fala, a melodia de sua voz é agradável aos ouvidos. O sorriso interno que a indignação contra o presidente, a vendedora da loja de vestidos ou a vizinha vagabunda me provocam decorrem do tom de voz dela.

A indignação de Selma me parece menos violenta do que deve estar sendo para ela, porque de alguma maneira percebo que Selma encena parte da emoção com propósito exclusivo de me divertir, é um personagem que ela criou, Selma Indignada, para satisfazer em parte o meu lado misantrópico que acumula exemplos de malversação do mundo.

25

Primórdios

Tímon, o misantropo, diálogo de Luciano de Samósata, foi baseado num sujeito que realmente existiu, nascido em cerca de 440 a.C. O subtítulo da obra de Luciano talvez tenha sido acrescentado bem mais tarde, para separar esse Tímon de outro, um filósofo cínico que atuou por volta de 250 a.C. Além de inspiração para o diálogo do escritor satírico, o personagem serve também como fonte para o mais famoso dramaturgo dos tempos modernos, o inglês William Shakespeare, que escreveu *Timão de Atenas*, nem de longe a mais conhecida de suas peças e que usa da variante mais contemporânea do nome para denominar o personagem, essa terminação horrorosa em português, em "ão". Trata-se da mesma pessoa, no entanto.

O argumento de Luciano é simples mas bem interessante, porque dá motivação de fundo para a misantropia. Tímon é sujeito muito rico que distribui a própria fortuna pelos amigos, entre aspas. Distribui e esbanja tanto que fica pobre. Passa então a ser desprezado pelas pessoas a quem fez bem. "Fiquei pobre, deixaram de me conhecer", ele lamenta, na versão de Luciano. Vai trabalhar no campo. Aliás, quando começa o texto, ele se encontra nessa situação e a época anterior é apenas evocada como lembrança. "Cultivo a terra por um salário de quatro óbolos", diz Tímon, "filosofando com a solidão e com a minha enxada."

Entristecido e revoltado com a ingratidão, "amargurado com as injustiças", Tímon afasta-se do convívio dos homens. Vai arar terra para sobreviver e, *pimba*, descobre um tesouro enterrado. Na versão de Luciano, tesouro provido por Zeus, que se compadece da situação do infeliz e não esquece dos muitos sacrifícios aos deuses que Tímon havia feito quando rico. Adivinha quem aparece novamente no horizonte? Os "amigos" ameaçam se aproximar de novo, todos interesseiros, mas Tímon agora é gato escaldado.

Misantropo quando empobrecido, Tímon pode na nova etapa manifestar-se misantropo rico, o que é ideal, me parece. Manda construir uma torre, que ao que tudo indica ainda existia no tempo de Luciano, próxima da Academia, abaixo do túmulo de Platão. Serve de casa para Tímon e, depois de morto, de túmulo. E faz um decreto, sobretudo para si mesmo. Entre outras coisas, o texto do decreto diz: "Que Tímon seja rico e sozinho, que despreze todos os homens, que goze de delícias só para si, livre da lisonja e dos louvores de gente baixa". E, em outra parte, logo em seguida, chega a fazer uma definição da nova postura: "E que Misantropo seja o mais doce de todos os nomes e sinal distintivo do seu caráter: mau gênio, rudeza, grosseria, cólera, desumanidade".

São os primórdios da misantropia, é possível deixar passar esse destempero, essa enumeração de características todas de cunho negativo e empunhadas como se fossem tacape para dar na cabeça da sociedade.

O argumento de Luciano, se não me engano, é o de mostrar o misantropo como sujeito encastelado, no alto da torre, longe da ganância e da baixeza dos demais seres humanos, o que não deixa de ser também postura arrogante e orgulhosa. Mas como discordar dele? Ou melhor, é necessário discordar? Mesmo que se leve em consideração o número de pessoas boas que se possa encontrar quando se está em sociedade, a impressão que se tem é que o número de gente desagradável, infame, cretina, parece sempre mais sólido e decisivo. O relato de Luciano de Samósata também funciona como alerta para filantropos, que podem se arruinar financeiramente caso não tomem cuidado com o modo como usam recursos à disposição.

26

Uns e outros
e o mesmo assunto

A fortuna muda de mãos muito rápido, "por maneira mais viva que a palavra", diz Shakespeare em seu *Timão de Atenas*. A situação não é muito diferente daquela argumentada por Luciano no *Tímon*. Há um sujeito generoso com a própria fortuna. A diferença é que no texto de Luciano, Tímon inicia os trabalhos quando se encontra no momento de pobreza, enquanto na peça de Shakespeare é possível ver Timão ainda na primeira fase perdulária, a comprar joias, quadros, a pagar dívidas de amigos que foram presos, a fornecer banquetes. Não é muito diferente, digo, mas em relação ao personagem. O enredo é outro. O longo e divertido diálogo entre os deuses, em Luciano, desaparece em Shakespeare. A vantagem do Bardo, se é que se pode apontar vantagem de textos com naturezas tão distintas, é que ele pode apresentar variantes.

O misantropo, portanto, ainda é, em parte, Timão, mas é sobretudo o filósofo Apemanto, que ao aparecer em cena é como se trouxesse uma caixa de marimbondos no peito. Ao abrir a boca, os bichinhos saem furiosos e aferroam quem estiver por perto. O dramaturgo se esforça para mostrar o processo crescente de misantropia do personagem que dá nome à peça, à medida que é abandonado pelos amigos, quando lhes pede ajuda e acumula recusas. Mas talvez por temer certo furo no argumento de base, Shakespeare termina por colocar Timão e Apemanto em um provocante embate de palavras. Este último acusa o filantropo de misantropia artificial, desenvolvida por motivos meramente circunstanciais. "Em ti tudo isso não passa de uma natureza falsa, uma melancolia miserável e desumana, ocasionada pela mudança da fortuna", Apemanto diz. Timão não gosta nem um pouco do que ouve e rebate como pode, mas Apemanto deixa o ringue tendo distribuído um volume maior de golpes, me parece.

O embate ocupa grande parte da terceira cena do quarto ato e a troca de gentilezas deve ter divertido Shakespeare ou lhe provocado grande esforço para concluir. "Não procures parecer-te comigo", desdenha Apemanto. Ao que Timão responde: "Se eu tivesse tua aparência, fora me jogara". Estão só esquentando os motores e Apemanto admite que admira o filantropo arrependido mais agora do que antes. "E eu te odeio mais, ainda", responde Timão. Por quê? "Só porque adulas minha miséria." Apemanto não reconhece: "Não a adulo; digo somente que és um pulha". E por aí afora, nessa linha, até chegarem ao ponto de parecer uma dupla de crianças a se xingar, mais para o fim do diálogo, com diferença de que são dois adultos e numa peça de Shakespeare, ou seja, o xingamento vem em grande estilo.

No começo da peça, ao visitar a casa rica de Timão, Apemanto havia dito: "De nada me orgulho tanto, como de não ser igual a Timão". E agora que ele parece querer se igualar no comportamento, o misantropo não reconhece veracidade nas intenções do filantropo arrependido. O que o filósofo argumenta é que existe misantropia de raiz, fundamental, e ele sabe do que se trata, enquanto o outro é apenas um ressentido que muda de posição quando lhe parece mais conveniente ou, não quando conveniência é questão, mas a circunstância. Se não tivesse empobrecido e sido maltratado pelos antigos interesseiros, Timão dificilmente teria se tornado misantropo, é o que Apemanto argumenta; enquanto ele mesmo, Apemanto, sempre foi misantropo. Um misantropo raiz.

27

Do lado do avesso

Numa civilização cuja norma é a sociabilidade, quem pensa diferente é considerado anomalia. Me refiro aos gregos do período clássico, ainda estou com eles em muitas questões, embora comece a desacreditar um pouco do modo como pensam a respeito da misantropia. Um filósofo peripatético (vá consultar dicionários, leitor, se for o caso; a leitora e @ leitor@ eu tenho certeza que sabem o que significa), Teofrasto, sucessor de Aristóteles na escola peripatética, um dia disse: "O sábio nunca pode estar sozinho". Nunca? Nunca é muito tempo, meu caro, se você quer saber a minha opinião.

O historiador e biógrafo de filósofos gregos Diógenes Laércio (não confundir com o filósofo Diógenes de Sinope, também conhecido como Diógenes, o cínico), que viveu entre 180 e 240, ou seja, séculos 2 e 3 da era cristã, diz que Heráclito "mergulhou na misantropia e foi viver nas montanhas, alimentando-se de folhas e ervas". A ser verdade, a ideia de virar eremita é bem mais antiga do que eu supunha, uma vez que Heráclito é um pré-socrático de cuja obra restaram apenas fragmentos, alguns deles muito interessantes, mas nenhum, que eu saiba, referente à misantropia. A não ser que se force um pouco a mão e se queira ver algo nas formulações do filósofo que parecia escrever por enigmas, como esta: "A luz crua é sempre a melhor".

O fim da vida de Heráclito, ao que parece, foi um desastre. Ele se viu obrigado a voltar à cidade por conta da doença que desenvolveu, hidropisia, expulsou médicos que pretendiam atendê-lo para em seguida dar ouvidos a um curandeiro charlatão, que lhe aconselhou imersão em estrume, pois o calor faria evaporar o excesso de água que havia em seu corpo. Duas versões derivam daí. Numa, seus cães não o reconheceram recoberto de excrementos e o atacaram. Na outra, inclusive defendida por um historiador do século 3 a.C., Neantes de Cízico, ele morreu no estrume, por sufocamento, e foi impossível retirar o corpo. De qualquer delas se pode depreender que Heráclito morreu na merda, literalmente. Mas se tudo está em movimento o tempo todo, como ele dizia, é possível que o modo como morreu não queira dizer muita coisa e que a natureza apenas faz o eterno movimento de se reciclar, retroalimentando-se de filósofos ou qualquer outro cidadão, seja mergulhado em excrementos ou debaixo da terra, a adubar os campos para outras colheitas.

Além de Heráclito, também foram avessos a convívio Anaxágoras, que segundo Diógenes Laércio retirou-se para se dedicar a especulações a respeito da natureza "sem se preocupar com os negócios públicos". Míson, outro desses seres diferentes, foi visto rindo sozinho e quando um amigo lhe perguntou por que fazia isso, respondeu que era justamente "porque estou sozinho".

A coisa era tão séria para os gregos que eles criaram lei para discriminar celibatários. O cidadão faria melhor, por força, se casasse, embora os gregos também acumulem exemplos de gente que preferiu se manter solteiro. A mãe de Tales o pressiona para que se case, ao que ele responde: "Ainda não é tempo". Quando a juventude passa e a mãe continua a insistir, muda a tática da mesma resposta: "Não é mais tempo". Há exemplos de outros celibatários célebres, como Zenão, Platão, Epicuro, Diógenes e Apolônio.

"O gosto pela solidão é uma doença que precisa ser tratada", escreve o historiador Georges Minois, referindo-se ao pensamento corrente entre os gregos. Em outros tempos, mais adiante, os radicalismos, seja o da sociedade, seja o do sujeito que é visto rindo sozinho, vai amainar e a conversa será bem diferente. Mas a transição para outro estado de coisas é lenta e só vai se dar mais tarde. Quando o conceito de individualismo começar a ter força a solidão talvez possa ser encarada de forma diferente. Mas a misantropia ainda vai precisar de mais esforço até ser considerada hipótese pelo menos razoável.

28

Dois mundos incompatíveis

A palavra agorafobia é toda grega. *Ágora* (ἀγορά), para um grego, significa reunião de qualquer natureza, ou mesmo indicação do lugar onde se possa dar um encontro social. E *phobos* (φόβος) é medo, temor. Portanto, medo da praça ou medo da reunião e, por afinidade, medo de lugar aberto com grande afluência de gente. Esses gregos sabiam tudo.

Um dos problemas do mundo contemporâneo é a vocação cada vez mais insistente para uma vida de novo coletiva. Nunca existiram tantas possibilidades de se viver sozinho, mas nunca o ser humano agiu de modo mais coletivo, ao que tudo indica. Manifestações, aglomerados, reuniões, assembleias, movimentos, ruas e avenidas amplas o suficiente para manter veículos em circulação, tudo tende ao coletivo, ou pelo menos é o que a minha visão distorcida parece indicar. Essa vontade de o humano de se reconhecer ao lado de semelhantes, mesmo que para isso seja preciso que outro grupo se mostre contrário às ideias do meu grupo, é impressionante. Cada vez torna-se mais difícil ter e preservar o silêncio. Tudo é tumulto, barulho e agitação.

Inclusive o convite insistente de Selma para que a gente vá a um café. Ela sabe que é provável que eu possa ter crise de ansiedade. Que eu vá sentir desconforto e incômodo, mas parece que não está nem aí. Ela me quer em circulação. Não adianta lhe dar como argumento uma palavra grega como agorafobia e depois ter de explicar o que quer dizer porque Selma desconhece o significado. Explico, com inclusive a parte grega, mas mesmo assim ela me olha com desdém.

— Isso é bobagem, você não tem isso, eu te conheço bem — ela diz e me desmente.

Pior que é verdade, ela talvez me conheça, na medida em que é possível conhecer algumas manifestações superficiais de comportamento de outra pessoa. Mas o que de fato sou quando rumino, isso nem Selma nem ninguém sabe o que é, para citar de novo o Machado de

Assis. No meu íntimo, pode existir um agorafóbico novo em folha, louco para se manifestar.

— E se eu te disser que não estou com vontade de sair, muito menos de ir a um café?

— Outra bobagem — ela insiste. — Você precisa circular, até para reforçar um pouco essas suas ideias estranhas. Um pouco de vida social não pode te machucar. Anda, vamos.

Como ela praticamente me empurra, e além disso admite dirigir e me levar, depois me trazer de volta, termino por aceitar. Talvez seja mesmo bom arejar um pouco os ares e sair do confinamento em que me encontro, mergulhado em pesquisas a respeito de misantropia.

Tudo conspira para me confirmar as ideias. O modo como as pessoas dirigem os carros e desrespeitam leis de trânsito, o mau humor dos atendentes no café, a gentileza forçada a que se veem dispostos a fingir que executam, a barulheira que as pessoas fazem enquanto conversam, o excesso de luz solar, tudo pesa desfavoravelmente, no meu entender. Selma me atraiu para uma arapuca.

Está bem, posso fazer um esforço para reverter a situação. Pensei em anunciar a ela o cancelamento de nossa viagem somente amanhã, que é uma quinta-feira, véspera do dia em que íamos viajar para a cidadezinha supostamente simpática para passar o meu aniversário. A falsa viagem, que anunciei apenas para forçá-la a cancelar uma eventual festa-surpresa que ela poderia armar e que eu não ia dar conta, para começo de conversa. Mas posso usar a ocasião dessa nossa saída durante a semana, aproveitando que Selma se encontra de férias por uns dias, para dizer a ela que cancelei nossa reserva.

— Não acredito que você fez isso — ela começa. — Por quê?

Se eu for honesto o suficiente para dizer a verdade, ou seja, que nem cheguei a fazer a reserva e que pretendia desarmar alguma eventual armadilha que ela estivesse planejando para me surpreender, ela vai ficar ainda mais ofendida. Mas supostamente o sucesso dos relacionamentos decorre da predisposição dos envolvidos de falar a verdade, toda a verdade, nada mais do que a verdade. Não tenho limites para as asneiras que faço, de modo que conto o que pensei e como agi em seguida em função do que pensei. Mais do que indignada, Selma parece estar com uma enorme decepção em relação a minha pessoa. A expressão no rosto transparece.

A mim me parece que vivo dividido entre dois mundos. Gostaria de viver abstratamente, sem precisar interagir com outros seres humanos, mas é impossível. Toda interação, no entanto, me alerta para o quão impraticável é o convívio. Diferenças fundamentais de método, de abordagem, de percepção, tudo fica escancarado e gera ruídos e problemas. O curioso é que o sujeito que se dá bem nesse mundo é justamente aquele que não liga para o que os outros pensam e vai a toda força, impondo ao mundo as ideias que julga serem as mais adequadas para o funcionamento geral.

Não gostaria de ferir os sentimentos de Selma, mas talvez para que isso pudesse ocorrer teria que ferir os meus, de alguma forma, e qual é a decisão mais adequada que se deve tomar em cada situação? A verdade é que não sei. Sou levado mais uma vez a mergulhar no mundo abstrato das ideias, onde as coisas parecem mais simples de se resolver, com variáveis que apresentam maiores níveis de controle do que as que existem no mundo real. Para escrever um ensaio, separo as ideias que defendo do restante das outras ideias, encadeio um raciocínio a outro, a coisa ganha consistência. Recorro principalmente a livros e quando alguma ideia não me parece aceitável, uso argumentos lógicos para desmontá-la e, ao final, pareço ter sido bem-sucedido. Menciono um bando de gregos antigos ou mesmo escritores contemporâneos que nunca conheci pessoalmente e nunca poderei conhecer, debato as ideias desses caras e tento fornecer alguma outra, por exemplo, a possibilidade de se retirar a misantropia da prateleira dos problemas entre os humanos e reabilitá-la como postura saudável.

Na vida concreta, os fios e variáveis são imensos e estão misturados num emaranhado confuso, as decisões erradas se multiplicam muito fácil, as agendas pessoais se veem comprometidas, tudo é caos e balbúrdia. Os diálogos geram mais ruídos do que soluções, as sensibilidades são irritáveis em boa parte dos casos. Tudo bem, para um grande número de pessoas é isso mesmo e não importa, toca o barco adiante, dane-se que o efeito colateral seja algum prurido nas emoções dos outros seres humanos, é isso a vida, a confusão e a tentativa de passar por cima dos demais como um rolo compressor ou com negociações sem fim. Não importa que seja deselegante, a vida não espera que as sutilezas prevaleçam. É luta, meu chapa, é briga feia. A civilização deu uma temperada no conflito, tornou-o mais gentil, mas nem por isso a guerra deixou de existir.

— Estou decepcionada com você, Otávio, não vou mentir — ela me confirma.

Claro que quando ela diz isso eu também começo a me sentir decepcionado comigo mesmo, mais uma vez. Posso enxergar a lagoa escura da decepção dentro dos olhos de Selma. A verdade é que não aprendo. A cada nova oportunidade vou repetir os erros, como se minha afinidade fosse muito mais com erros do que com acertos. Um lado perverso que tenho se vangloria de ter feito mal, mas o outro lado, mais cordato, esse lastima as rachaduras que provoco no vínculo que tenho com Selma. Amor é exercício de se decepcionar e, mesmo assim, conceder em seguida perdão e seguir adiante. Até um ponto em que não é mais possível avançar e então o amor se transforma em outra coisa, frouxa, e as pessoas sempre têm a opção de se afastar umas das outras. Viver é aprender a quebrar a cara inúmeras vezes e nem por isso desacreditar que é possível continuar a se apaixonar ou a se envolver. Algumas feridas se curam, outras se intensificam até virar uma situação mais grave e incontornável. E é isso, eu acho.

A verdade é que não deveria impor a Selma o meu modo avesso de estar no mundo. Nem a ela nem a ninguém que não seja eu mesmo. A outra verdade é que ela não deveria aceitar o meu modo avesso e talvez esteja a fazer um esforço para me modificar, para me adaptar o suficiente para que possamos continuar juntos. A verdade é que eu talvez não devesse ceder nem me deixar mudar, defender até o fim os meus princípios e ideias, aprender a passar por cima como rolo compressor como faria um grego antigo. A mentira, essa vírgula no caminho da verdade, não deveria ser um empecilho.

Não sei o que é a verdade. Não tenho a mais remota ideia do que seja. E essa é que é toda a verdade. A única, de fato.

29

Ainda mais embaixo

Também é fato que nunca contei a Selma um dos motivos mais fortes para não querer celebrar o meu aniversário. Claro, boa parte dos motivos é a misantropia, a falta de jeito para lidar com outras pessoas, a nenhuma vontade de encontrá-las e confraternizar e precisar dizer coisas que não me sinto habilitado ou confortável para dizer. Ou dizer, ouvir resposta insatisfatória e não saber como dar prosseguimento a conversação mínima porque a resposta me faz pensar em demasia na pouca consistência dos meus argumentos ou eventualmente no nível elevado da jumentice alheia. Adquiro ar perdido, por assim dizer.

Mas o principal motivo decorre do fato de que Raquel, minha esposa, morreu no dia do meu aniversário de quarenta e cinco anos.

Leitora, sei que você deseja neste momento que eu faça um relato da morte de Raquel, dos pormenores que envolveram a partida dessa mulher da minha vida e das emoções que senti, tanto à época como hoje, sobretudo a tristeza misturada com saudade que me acomete no dia do meu aniversário. Mas não vou te agradar.

Se quiser, te conto por que foi que não consegui dizer a Selma o verdadeiro motivo da minha aversão a celebrar o meu aniversário. Se ao menos eu fosse honesto com ela, você deve estar pensando, me pouparia o desprazer de esperar por um evento qualquer.

Do mesmo jeito que supõe que seja muito fácil eu falar do assunto, basta abrir a boca e contar. Evitaria ter agora Selma decepcionada comigo, amuada, talvez disposta a repensar por que se aproximou de mim, afinal. Uma Selma que a cada nova ação de minha parte se afasta mais e mais de mim e começa a cogitar que, afinal de contas, se é que faço mesmo questão de ser misantropo, não é ela quem vai ficar no meio do caminho.

Camadas e
mais camadas

Suponho que seja possível dizer que há várias modalidades de misantropia, mas não pretendo, no ensaio, criar uma série de categorias e depois organizá-las em qualquer ordem que não sei ainda qual seria, cronológica já se vê que não será. Todavia, vou me permitir aqui fazer pelo menos uma distinção. Acho que existe misantropia ativa, militante, disparada pela raiva e indignação a que uma pessoa está sujeita quando jovem. Com o passar do tempo e a maturidade, no entanto, é possível começar a pensar em misantropia de conformação, fruto de o sujeito ser submetido à força e ao poder da resignação, do decantamento. Em vez de raiva, a emoção em jogo aqui é antes desprezo. Pelo menos me parece.

Fico pensando, por exemplo, que o misantropo é o sujeito que retira a pátina de hipocrisia que azeita as relações sociais. Se tiver de dizer algo a alguém na cara dura, diz. Para evitar, no entanto, precisar dizer algo, o misantropo prefere retirar-se de convívios, o que não deixa de ser uma forma de diplomacia, uma tática de não confronto.

Como sempre, posso estar absolutamente enganado. E bastante óbvio que não falo dos gregos do período clássico, esses furiosos que parecem ter deixado a língua mais afiada quanto mais velhos se tornavam. Nada interessados nos rapapés da diplomacia.

Entretanto, como pensei isso, quis deixar registrado por escrito.

31

Um título
afinal

Falar a respeito dessas diferenças entre o mesmo conceito de misantropia me sugeriu um novo título para este livro: *Misantropo suave*.

Afinal, minha misantropia não se traduz numa aversão completa, num ódio tremendo que me leva a recusar por inteiro o convívio com os barulhos da vida social, mas num afastamento na medida do possível, numa recusa que é mais resistência surda do que protesto veemente. Os barulhos prosseguem, é claro. Mas também meu ódio surdo.

Como se pudesse odiar, sim, mas com tonalidade mais tranquila, do que talvez se possa chamar de ódio doce. Espécie de modéstia da misantropia, por assim dizer. *Misantropia diplomática*, outra expressão que me ocorre, depois do que escrevi no capítulo anterior.

Mas o melhor título continua a ser o que anotei logo acima, no primeiro parágrafo deste capítulo. Acho que é o que vai ficar.

32

Personagem que confirma a tese

Por falar em misantropia diplomática, começo a pensar a respeito do tratamento que o tema teve no Brasil. Porque é verdade que os romances brasileiros não são muito perspicazes em ter e desenvolver personagens misantrópicos. É como se o assunto tivesse envelhecido na fonte e não fosse mais necessário ter qualquer abordagem por aqui. Talvez porque é uma jovem nação? Não sei, a Grécia era uma jovem nação (embora o conceito de nação não seja exatamente aplicável, a coisa estava mais para cidade-estado, cada um com a própria autonomia, a língua como patrimônio comum, embora também ela apresentasse variantes regionais) quando a misantropia estava a toda por lá, sendo debatida por toda parte.

Justamente o que me ocorre pensar no caso da literatura nacional, assim de supetão, é José da Costa Marcondes Aires, o diplomata aposentado e viúvo, conselheiro do Império, que é o narrador de *Memorial de Aires*, o último romance de Machado de Assis, publicado em 1908. O leitor se depara com o diário do diplomata, ou seja, anotações produzidas entre 1888 e 1889, e supõe que pelo formato as revelações de intimidade serão o foco, mas se engana, porque o homem discreto que o diplomata foi até agora parece permanecer mesmo quando se aventura a escrever diário. Alguma pitada de veneno aqui ou ali, mas como se trata de diário, até que o velho Aires é bastante gentil e muito mais comportado do que eu gostaria.

Ele surge como personagem no romance anterior de Machado, o penúltimo, *Esaú e Jacó*, e volta, agora como narrador, nesse jogo de espelhos que o escritor é brilhante em criar e que ainda solicita algum estudo mais específico que se debruce sobre o assunto. A técnica de vasos comunicantes ao longo da obra machadiana é brilhante. Nesse *Memorial de Aires*, para se ter um exemplo, a trama se desenvolve por meio de um personagem que é secundário, observador distanciado dos amores jovens e alheios e da relação entre dois "filhos" postiços, mais ou menos adotados, em relação a um casal mais velho. Aires anota no diário as próprias impressões e o que recebe de ouvir dizer dos amigos ou daquilo que pode testemunhar por conta própria, quando se encontra presente e algo de interessante acontece.

Sutil como todo bom livro de Machado, *Memorial de Aires* é também o mais misantrópico dos seus romances, em que pese a discrição generalizada que o acompanha. Talvez pelo distanciamento do personagem, aposentado, a olhar o mundo com certa inclinação mais para o outro lado do que simplesmente para a vida. Os personagens mais jovens dos outros livros quando apresentam algum tipo de traço misantrópico é meio que como efeito colateral de seja lá com que preocupação lidam no momento. Não é o caso de Aires, que está viúvo e, embora continue a frequentar a casa dos amigos e de vez em quando receba um ou outro na própria residência, caminha a passos largos para uma ruptura dos laços que tem com o que se chama a sociedade, embora ruptura suave, sem trancos. "A vida, mormente nos velhos, é um ofício cansativo", diz Aires a certa altura.

O que todo mundo que estuda vida e obra de Machado de Assis sabe é que além de mestre da literatura brasileira, ele é genial em criar uma brilhante dicotomia entre a esfera pública, onde é respeitado e admirado como grande escritor, e a privada, muitíssimo restrita e pouco penetrada, a não ser por um punhado mínimo de amigos, mesmo assim mantidos cordialmente à distância. O lado de dentro de Machado só ele acessa. Como registra numa crônica: "Ninguém sabe o que sou quando rumino". Sozinho em casa — nos últimos quatro anos de vida, literalmente, porque também viúvo, o jogo de espelhos às vezes escapa do âmbito da ficção e encontra reflexos na vida —, Machado é, a seu modo, o misantropo suave que confirma o meu título. Curiosamente, numa crônica publicada tempos antes no jornal *O Cruzeiro*, em junho de 1878, dentro da série Notas Semanais, Machado termina um trecho se referindo a certo Clube dos Misantropos Reunidos, o que traduz bem a fina ironia que ele emprega a torto e a direito.

Um dos segredos

Andei pensando melhor e como ensaísta trôpego que oscila entre um tópico e outro, uma época e a posterior, decidi rever meus conceitos a respeito da obra machadiana. Bem pesada, toda ela é misantrópica e não só o *Aires*, pelo menos no que diz respeito aos romances, mas desconfio que também nos demais gêneros. Precisaria investigar mais para chegar a esse nível de detalhe, mas creio que minha hipótese seria sustentável.

Nos quatro primeiros romances, quando o autor se debruça a respeito das frivolidades da paixão amorosa da elite brasileira e parece em teste de linguagem para ver o que pode alcançar (Machado poderia não admitir, mas, por exemplo, o enredo de *Helena*, o terceiro romance, é inteiramente calcado nas peripécias e reviravoltas dos romances oriundos das estratégias do folhetim, e por mais que o autor insistisse em negar, de um em especial, o *Sinclair das ilhas*, romance de 1803 da inglesa Elizabeth Helme), a última coisa com que ele se parece é com um romancista misantrópico. Mas a diferença entre ser e parecer em Machado é sempre um problema e não é muito recomendável se fiar na primeira impressão; aliás, nem na segunda; da terceira em diante, talvez, mas é sempre por sua conta e risco, não há garantias ou rede de segurança à disposição, isso precisa estar claro. Machado é um tanto misantrópico no que diz respeito a ser interpretado.

Sobretudo a partir do momento em que publica *Memórias póstumas de Brás Cubas*, o escritor emite um vigoroso tapa na cara da alta sociedade brasileira pelo que a elite transparece ali de comportamento nocivo: arrogante, prepotente, autoritário, narcisista, eu poderia acrescentar aqui um grande número de qualificações, todas negativas, mas vou me ater apenas a uma mais, que é esta: zero de autoconsciência, nenhum semancol. Brás não enxerga os próprios e muitos defeitos, como a elite brasileira sempre fez e continua a fazer, isso parece que é um dos traços mais característicos e consistentes e que os pensadores do Brasil nem sempre se lembram de mencionar quando tentam desbarafustar a confusão que é este país.

Nesse sentido, o livro é um ataque brutal às elites, mas não só. A guerra se estende também ao conjunto da sociedade, seja de que classe for. Portanto, o que *Memórias póstumas* consegue, no fundo, é ser misantrópico até a medula. Sem perder a aparência de romance jovial, alegre, com um texto de superfície divertido e jocoso, para fazer jus à sátira e, por que não dizer?, à burla. Óbvio que a elite nem compreendeu que estava sofrendo crítica pesada, estava envolvida demais consigo mesma (falei antes do narcisismo) para perceber qualquer coisa.

Falar em sátira me leva ao próximo assunto. Mas para isso acho melhor começar capítulo novo.

De onde se conclui que

34

O próximo assunto é breve: toda sátira é em alguma medida mani-festo de misantropia.

Depois de uma pausa para a leitora, o leitor, @ leitor@ refletirem bem sobre o impacto que a minha frase provoca, posso concluir acer-ca do que ter dito isso me leva a pensar a respeito do assunto. Que é o seguinte.

Creio que ampliei enormemente o índice de misantropia dentro do ambiente da literatura com essa declaração, é isso o que penso.

Vocês sabem que estou certo. Se pensarem bem.

35

Um idílio, interrompido por outro

Observem que venho ampliando enormemente o escopo a respeito do que pode ser considerado literatura de misantropia. E quase ouso dizer que todo livro que parece ter outro assunto na pauta, amor, guerra, conflitos, mesmo os temas do romantismo, no fundo pode não passar de um tratado de misantropia. Inclusive não creio estar errado ao pensar que é possível incluir otimistas renitentes nessa conta.

Se é que essa categoria deveria ser levada a sério ou respeitada, para começo de conversa. No fundo, os otimistas estão a disfarçar o que realmente pensam ou são loucos inveterados. O otimista, diz um brilhante jornalista e escritor brasileiro, chamado Millôr Fernandes, é só um sujeito mal-informado.

Enquanto elevo meus pensamentos aos ares mais elevados das montanhas do pensamento, sou obrigado por outra parte a interromper meu idílio.

Você adivinhou o motivo: Selma. Sempre ela a me interromper, virou rotina.

Ela toca a campainha no momento em que estou a cogitar se não deveria dar mais espaço a Millôr Fernandes no meu ensaio, ele que era crítico extremamente afiado da sociedade brasileira e, por extensão, de toda sociedade, talvez inclusa aí a própria totalidade dos seres humanos, por que não? Mas Millôr que espere. O som da campainha é incômodo e para evitar que ela volte a ser disparada, vou à porta. Minhas cogitações a respeito de Selma estar querendo sair da minha frente e me deixar sozinho com minha esquisitice parecem infundadas.

Abro a porta, ela sorri para mim, mas estou especialmente mal-humorado.

— De novo você me aparece sem avisar — digo. — Você sabe como eu detesto isso. Estou no meio de um negócio aqui.

Mas abro a porta para que ela entre. Selma não se faz de rogada, entra.

— Que maneira de ser recebida — ela reclama. — Desse jeito eu vou começar a acreditar que você não gosta de mim. Você está no meio do quê, pode-se saber?

— Estava, né, Selma? Estava — resmungo. Sou o antimodelo de anfitrião. — No meio de umas ideias que você fez o favor de interromper.

— Quer que eu vá embora? — ela finge estar magoada, o que o meio sorriso desmente. Parece se divertir com meu desconforto. — Posso deixar Sua Santidade em paz para ter as ideias que quiser. Ou você está me escondendo uma amante no seu quarto?

Dai-me paciência, senhor. Meus olhos internos estão revirando. Os que Selma enxerga estão de olho nela. Ela está brincando, mas ao mesmo tempo tem um componente qualquer de desconfiança legítima. A opinião de Selma é que os homens são traidores compulsivos e estão sempre à espreita da oportunidade para colocar um par de chifres nas respectivas amadas. Até certo ponto, concordo, preocupação legítima. Acontece que ela ignora que mal tenho paciência para uma mulher, que dirá para administrar o segredo de ter amantes. Sou fiel por preguiça, mas Selma prefere manter a desconfiança, por via das dúvidas.

— Capaz — digo. — Estou conversando aqui com você para dar tempo a ela para se esconder direito e não ser encontrada dentro do armário.

— Você sabe que eu só autorizo você ter outra mulher se eu estiver no meio — ela diz, mais uma vez sugerindo hipóteses. É difícil entender esse ciúme seletivo, mas ao mesmo tempo ele parece fazer sentido.

— Certo, mas em que é posso te ajudar, mesmo? — pergunto. — Ou você estava de novo passando por aqui e parou para uma visitinha?

A pauta de Selma é invariável, sexo. Sem medo de errar, eu diria que ela é ninfomaníaca, só contida de me procurar mais vezes por minha predisposição avessa. E, claro, a lógica desse relacionamento parece invertida, pelos padrões idiotas a respeito de quem faz que papel, eu deveria ser o tarado por sexo e Selma, a contida. Acontece que às vésperas dos cinquenta os hormônios começam a arrastar um olho gordo para a ideia de aposentadoria. A subpauta de Selma talvez seja testar a temperatura da minha disposição para uma surpresa qualquer que ela ainda cogita ser hipótese viável, agora que a viagem foi cancelada, ou melhor, nunca existiu, a não ser como desculpa. Uma subpauta que não vinga, óbvio. Estou com medo que ela tente arregimentar pessoas e me pregar um susto, mesmo tendo percebido o quanto levo a sério a ideia de não ser submetido à festa surpresa a ponto de inventar viagem e depois cancelar. Alguma coisa na personalidade de Selma me sugere que ela possa fazer isso. Tenho intuição, que espero que esteja errada. E evidente que não posso tocar no assunto de maneira franca com ela. Claro que não posso. Ela mentiria, para preservar a surpresa. A mentira tolerável, supostamente. Oh, humanidade, você fracassou de modo completo e incontornável.

Quando Selma se vai, demoro a me lembrar a respeito do que estava pensando quando ela chegou. Ah, sim, me dou conta agora, Millôr. Como foi jornalista a vida toda, padece certo desprestígio em esferas de nariz empinado, como a academia, que foi formada pela elite brasileira, o resto você sabe. Embora também tenha sido escritor, tradutor, dramaturgo, foi como jornalista, principalmente, que atravessou a vida e isso é o bastante para desmerecê-lo, para continuar a pose esnobezinha de nariz empinado que a elite tanto gosta de exibir. Mais um motivo para aumentar minha admiração. A respeito de cinismo, Millôr disse se tratar do "máximo de sofisticação filosófica. Só ele se aproxima da verdade". Mas, bom satirista, a verdade para Millôr "não só é muito mais incrível do que a ficção como é muito mais difícil de inventar". Também definida como "aquilo que sobra depois que você esgotou as mentiras".

Eu, de minha parte, continuo a pensar como escrevi antes aqui, que a mentira é só uma vírgula no caminho da verdade (capítulo 28, você cochilou, leitor? E você, leitor@? A leitora tenho certeza que estava atenta e se lembra). Acho que sou otimista, no fim das contas. Mas para ser bem sincero, não acredito em verdade como as outras pessoas acreditam. Para mim, não há verdade, no singular ou no plural. E, nesse caso, mentira é cisco. Sei que não é fácil entender, mas também não pretendo fazer qualquer esforço agora para explicar. Sinto muito.

Adiante.

Mundo de extremos

36

Dar um passo adiante é muita vez dar um passo atrás. Tenho feito isso, ziguezagueio por entre os assuntos, vou e volto, avanço e recuo, como bom ensaísta que pretendo ser. De novo, faço esse movimento para pensar um pouco mais a respeito de toda obra de literatura ser, no fundo, tratado de misantropia. Me ocorre voltar ao caminho de Shakespeare, essa Roma da literatura. Vamos pegar um pouco o *Romeu e Julieta*, por exemplo. A tragédia de amor de dois jovens, dirão vocês, leitor@, leitora e leitor, nesse assunto parecem se mostrar afinal de acordo.

Nada mais errado, meus caros. Essa peça é a respeito do triunfo da misantropia. Montéquios e Capuletos prevalecem no ódio recíproco. Mesmo que os jovens sofram e, no fim das contas, morram em nome da manutenção de uma velha briga e a plateia se derreta em lágrimas, o importante é que Montéquio continua a odiar Capuleto, e esse fla-flu entre "duas casas, iguais em seu valor" prossegue até o sem-fim dos tempos, mesmo que pareça que não. "Brigam de novo, com velho rancor, pondo guerra civil em mão sangrenta." Certo, mas no fim as duas famílias se reconciliam, lembra a memória da leitora. De fato, digo também, mas de toda forma já perderam os dois jovens para a morte e isso não tem volta. Misantropia vence o amor.

A tensão permanente entre caos e cosmos, entre organização e desmazelo, com tudo tendendo no fim para problema, mais que para solução, por mais que os humanos nos esforcemos em acreditar em outra coisa, é isso que é o motor do universo. A vantagem dos humanos é nossa vocação para acreditar que podemos dar algum tipo de jeito nessa situação. É só por isso que estamos impedidos de desistir logo de tudo. Os astrônomos todos suponho que sabem, porque são estudiosos do futuro, que o universo caminha para a deterioração absoluta. Não fazem muito alarde porque trabalham com contagem de tempo muito extensa, que não comporta vidinha humana de mais ou menos oitenta, noventa anos, sopro de nada.

37

Mais um passo adiante

Veja, agora sim, avanço novamente. Porque falo de Molière, que criou *O misantropo* em 1666, cinquenta anos depois de Shakespeare ter morrido (não precisa fazer conta, eu digo: morreu em 1616, mesmo ano em que morreu Cervantes, aliás); setenta anos depois de ter escrito *Romeu e Julieta*, se a gente for considerar o ano de 1596 como provável ano da redação da peça. Vejam que digo tudo.

É preciso falar dessa peça de Molière. Claro, de novo, volto a afirmar (estou me tornando o rei da redundância) que ela não é o que parece, hábito que a literatura parece cultivar bem mais do que humanos estão propensos a acreditar. Mas não eu, eu não.

A despeito do título, a peça de Molière não é sobre um misantropo. As aparências são tudo no mundo da literatura. Você dá um título desses e o público chega ao teatro na expectativa de se encontrar com personagem nauseabundo, chatão, mal-humoradíssimo, no mínimo, mas também capaz de provocar boas risadas justamente por esses traços de caráter, porque você prevê que, com um assunto desses, a peça só pode ser comédia. E para que se dirigir ao teatro se não for para dar boas risadas, não é? Chega desse chororô que os gregos foram tão pródigos em criar. Então, para não decepcionar imediatamente a plateia, que ele sabe o que pensa, o que faz Molière? Contenta a multidão, claro, ou, para dizer com suas palavras, é preciso *"faire rire les honnêtes gens"*. Lendo um artigo de Charles Eggert a respeito de Molière, descubro que Goethe, no seu tempo, lê *O misantropo* e comenta a respeito da impressão trágica que a peça deixa no pensamento do leitor, mas que talvez por isso mesmo ele, Goethe, lê a peça "de novo e de novo, como uma das peças que mais me agradam no mundo". Enquanto isso, Gustave Larroumet, que escreve um dos muitos estudos a respeito de Molière, comenta que Alceste, o personagem central, tem algo de tão profundamente verdadeiro "que o poder criativo do poeta não pode explicar suficientemente o que seja, ênfases que vêm do coração antes que da imaginação, *uma profunda melancolia na qual as memórias de uma experiência pessoal se tornam visíveis*". É isso mesmo, Molière andava sofrendo com contemporâneos e transforma algumas de suas dores nas dores do personagem. Quem nunca?

Seja como for, Alceste, o sujeito cujo traço de caráter dá nome à peça, é definido como dotado de "um mau humor tão brusco" e declara coisas como "eu não me aguento mais: e a fúria em que me dano me leva a provocar todo o gênero humano". Mas provocar o gênero humano não me parece assim tão grave, se a gente pensar bem. O amigo Filinto lhe diz: "Mudar por vossa causa é que o mundo não vai". Ao que Alceste: "Não, a todos odeio, onde quer que eles se achem".

E todo esse trololó por quê? Por conta do coração de uma donzela, Celimene, jovem viúva que, cercada por pretendentes por todos os lados como se fosse a ilha Penélope à espera de Odisseu, não se decide por qualquer um deles, o que provoca a fúria de nosso amigo e lhe acirra a tendência misantrópica, supostamente. A certa altura, a minha paciência com a indecisão de Celimene me faz crer que o melhor que lhe poderia acontecer seria tomar poção como a de Julieta, com diferença de eficácia, em vez de só fingir morte. Ou então, melhor ainda, vamos dar a poção ao Alceste. "Devo abdicar do mundo", ele declara a certa altura. Pois abdique, criatura, não fique só de ameaça, não, abdique, abdique, por favor. Pouco antes, ele tinha dito a frase que me parece a mais definidora da peça. Ele garante que vai votar um "ódio irredutível" para a natureza humana. Aí sim. Ódio irredutível é muito bom. Dou palmas agora para o meu amigo Molière. Ele acaba de criar o lema do melhor misantropo, que adoto a partir deste momento e um título potencial para o meu livro.

Agora, vamos ser honestos, meu povo? A peça inteira gira em torno de um sujeito que tinha alguma propensão a não gostar de gente e, rejeitado pela mocinha, decide radicalizar. Basicamente é isso. Precisa dessa hora e meia, ou duas, de palavras e mais palavras, ainda que belamente dispostas? Não me parece que seja necessário.

Alceste não passa de misantropo de ocasião, convenhamos, e Molière, se não estivesse tão necessitado de grana para manter a companhia teatral em andamento, nem devia ter gasto tinta.

Fico mais curioso em saber o que o primeiro marido terá feito com Celimene que a traumatiza para novas relações amorosas de forma tão definitiva. No mínimo, deve ter sido um cretinaço, esse cara. Sobre isso, no entanto, nem uma palavrinha do amigo Molière. Nada.

Ou talvez eu tenha entendido tudo errado. O verdadeiro empenho de Molière era mostrar que quem sofre de misantropia na peça é Celimene.

Agora sim, abri um caminho inteiramente novo de interpretação literária.

Está vendo como não dá para fazer leituras convencionais? Por isso que eu digo.

38

Cogitado e imediatamente recusado

Recuso-me, mantendo a dignidade, em acreditar que a misantropia, para boa parte dos atingidos por ela, é apenas sintoma de depressão. Sei que alguém já pode ter pensado nisso (desconfio do leitor? Ou da leitora? D@ leitor@? De tod$_{xxx}$s?), mas a verdade é que este livro não é dos que acreditam em respostinhas fáceis, nem em respostonas definitivas.

Misantropia e depressão, o conectivo me aponta que são conceitos distintos e como tal devem ser encarados. Uma coisa acrescida da outra, não necessariamente uma coisa decorrente da outra. Não é por ser deprimido que o sujeito se torna misantropo, nem por ser misantropo que vai de maneira obrigatória virar deprimido, mais cedo ou mais tarde.

Mas não, esse não vai ser o título, de jeito nenhum. Me recuso a colocar esse título.

39

A horta despreocupada de Montaigne

Adiante, para trás. A gente avança um pouco, depois volta uma casa, ou duas, até três. Fica uma vez sem jogar. Parecido com a vida.

Isso para dizer que voltei a pensar em Michel de Montaigne. Novamente, para refrescar a memória de peixe de vocês três: Montaigne, inventor do ensaio e não, nada misantropo. Foco em inventor do ensaio; logo, merece voltar toda vez que ele ou eu quisermos.

Dessa vez ele quis, para me dizer que esqueci de mencionar um pormenor ou dois que poderia ser interessante para este livro. Pormenores pessoais, relativos à vida, primeiro, antes de citar uma ou outra passagem dos *Ensaios* e deixar Montaigne feliz por mais uma homenagem, dentre as inumeráveis que cultiva, como a horta despreocupada do fim da vida.

Num texto publicado no livro *Ensaios de literatura ocidental: filologia e crítica*, depois recolhido para introduzir uma edição dos *Ensaios* lançada no Brasil, Erich Auerbach relembra que a segunda metade do século 16 foi um tanto turbulenta para a França, ameaçada na estabilidade de nação. Ele diz ainda que a resolução do conflito só se deu com a vitória de Henrique 4º, o primeiro monarca francês da Casa de Bourbon, por volta de 1600, oito anos depois de Montaigne ter liquidado a fatura com a última horta que cultivou. O que eu quero dizer com isso é que um bocado da vida de Montaigne transcorreu em meio a conflitos sangrentos e a possibilidade de seu país ir para o beleléu é possível que o tenha assombrado. Nem assim o cara capitula a qualquer desespero pessoal.

Quer dizer. Quando você fica sabendo que aos trinta e oito anos de idade ele se recolhe à vida privada e passa a cuidar dos interesses pessoais e do próprio patrimônio, você não começa a pensar que esse cara tem alguma coisa de misantrópica? Eu começo, sinceramente. Embora, Auerbach se apressa a nos desmentir, ele se mantenha bonachão, simpático, gentil, até um pouco esnobe, preocupado em fazer as pessoas acreditarem que ele é mais nobre do que de fato chega a ser. "Não é de forma alguma um eremita", escreve Auerbach, "é apenas um homem reservado, que por vezes gosta de estar em boa companhia." Ou seja, misantropo intermitente, um pouco ao sabor do vento e da necessidade. "Mas a *arrière-boutique* de seu ser interior é inacessível: aí está sua verdadeira morada, ali se sente em casa", prossegue Auerbach, me provocando um levantar de orelhas alertas, porque me lembro de ter lido outra coisa em outra parte, no próprio autor dos ensaios. Ou me equivoco, o que nem chega a ser novidade.

Se o crítico está certo — e creio que está —, como então considerar o texto de abertura de Montaigne na apresentação do primeiro livro dos *Ensaios*, que atesta o seguinte: "Quero que me vejam aqui em meu modo simples, natural e corrente, sem pose nem artifício: pois é a mim que retrato". Ou bem Montaigne está em casa, ou não está. "Sou eu mesmo a matéria de meu livro", ele acrescenta. E se morasse num país com leis mais soltas e tropicais, assegura que teria se pintado inteiramente nu.

Montaigne se livra das amarras sociais para cultivar a solidão interior, argumenta Auerbach. Não se trata de fugir do mundo, prossegue o crítico, mas de "algo que ainda não tem nome". Montaigne, continua Auerbach, "dá livre curso a suas forças interiores — mas não somente ao espírito: o corpo também deve ter voz, pode interferir em seus pensamentos e até nas palavras que ele se põe a escrever".

O que ele está querendo dizer fica claro nos parágrafos seguintes. Depois de ter cultuado vida prática, chega a hora de Montaigne se dedicar à vida do espírito, mas não sendo especialista, como são todos em volta (todos é exagero, mas vocês entenderam), consegue transformar o próprio caráter leigo no grande truque de mágica. Cria novo público de leitores que não existia e se perpetua como grande nome da história do pensamento, mesmo sem ser especialista. Ao escrever para si, escreve para todo mundo. Montaigne é um dos misantropos mais sutis que houve e também dos mais eficazes, porque consegue ser misantropo sem ninguém se dar conta.

40

Homem ao mar

Outro salto, agora adiante? Esse método de colibri que vai de flor em flor nem é novo, vocês sabem, me recordo de cronistas brasileiros mencionando-o em meados do século dezenove, mas nem por isso deixa de continuar a ter algum tipo de eficácia.

O que tenho pensado, talvez junto com Montaigne ou a partir da releitura de alguns de seus ensaios, é que a misantropia não se manifesta somente com afastamento solitário para casa dentro da floresta ou para castelo no meio do bosque. Pode ser que um grupo de pessoas se lance numa nau e se afaste do convívio social, a pretexto de caçar baleias ou seja lá que outros peixes forem, e também isso é exercício misantrópico. Todos esses romances de aventuras que tematizam a vida marinha podem ser arrematados dentro da mesma fatura.

Esperta, a leitora já detectou a quem me refiro quando falo a respeito de escritores de aventuras marítimas; ele mesmo, Herman Melville. E a referência mais óbvia quando se trata desse escritor é sem dúvida o romance *Moby Dick*. Quando se ultrapassa — e nem é muito — a primeira e muito impactante frase — "Trate-me por Ishmael" —, o que se vê é um narrador que não tem qualquer receio em se denominar misantropo.

Há alguns anos, Ishmael diz, sem dinheiro e sem "nada em especial que me interessasse em terra firme, pensei em navegar um pouco e visitar o mundo das águas". Notem que a motivação para se lançar ao mar envolve uma aventura que não se sabe muito bem como pode terminar, mas motivada por uma falta de interesse "em terra firme". Ou seja, falta de interesse nos homens, na cidade, na sociedade tal como ela está organizada. Mas é fato que a continuação sugere na verdade método de combate à própria misantropia. "É o meu jeito de afastar a melancolia e regular a circulação", ele diz. "Sempre que começo a ficar rabugento; sempre que há um novembro úmido e chuvoso em minha alma, sempre que, sem querer, me vejo parado diante de agências funerárias ou acompanhando todos os funerais que encontro; e, em especial, quando minha tristeza é tão profunda que se faz necessário um princípio moral muito forte que me impeça de sair à rua e rigorosamente arrancar os chapéus de todas as pessoas — então percebo que é hora de ir o mais rápido possível para o mar."

Desculpem a citação alongada, mas suponho que vocês não tiveram qualquer trabalho em lê-la, tão bem encadeadas as palavras aí se encontram. E isso é só Ishmael, falando da tristeza profunda sem dizer o que a provoca. Eu não tenho dúvida, é a sociedade, o estado do mundo, é a própria e indisputável misantropia que o assola.

Quando se chega ao impenetrável (ou ao misantropo) Ahab, com a perseguição com aparência de ensandecida à baleia, aí a misantropia é elevada bem rápido a outra categoria. Porque não é suficiente Ahab ter questão mal resolvida com um cachalote que lhe amputou parte da perna, é quando o capitão do *Pequod* ("um navio nobre, mas de certa forma melancólico! Todas as coisas nobres têm esse toque"), o baleeiro que singra os mares dos oceanos Atlântico, Índico e Pacífico em louca perseguição, é quando o capitão, eu dizia, convence todo o restante do navio a se juntar a ele que o romance mostra de fato a que veio.

Calado, avesso, reflexivo, Ahab torna-se subitamente eloquente e muito, muito persuasivo. Seu discurso está no capítulo 36, "O tombadilho", e ali se fala de muita coisa, inclusive a respeito da "malícia inescrutável" da baleia. A única resistência, do imediato Starbuck, é contornada pela força dos argumentos e da personalidade subitamente expansiva de Ahab. Em um devaneio atribuído ao capitão, passa por ele a seguinte frase: "Pensam que sou louco — Starbuck pensa; mas sou demoníaco, sou a própria loucura enlouquecida!". E creio não estar errado ao dizer que um dos grandes, um dos maiores temas da literatura é justamente os desvios da razão ou, para chamar as coisas pelo nome, mesmo que hoje isso seja tido como inadequado, falo de loucura. Que se manifesta com muitas faces, não se deve esquecer. "A loucura humana é quase sempre felina e muito astuta", aventa o narrador, por exemplo.

"Algo inexprimível uniu-me a ele", admite Ishmael, referindo-se ao capitão Ahab. Ele avança sobre o tombadilho, e o navio parte para cima da grande baleia branca. O caminhar do capitão é sinistro: "Cada golpe de sua perna morta soava como o baque da tampa de um caixão. Sobre a vida e sobre a morte, este velho caminhava".

Entre outras hipóteses consideradas, até ouvir a voz da baleia o narrador supõe que seja possível, muito embora diga: "Raras vezes conheci um ser profundo que tivesse algo a dizer para este mundo". E talvez seja essa frase o resumo de toda a postura misantrópica de Ishmael. Não se pode exatamente conversar com este mundo, ele é inconversável, quando se atinge determinado ponto.

A vida num baleeiro está longe de ser microcosmo em tamanho ainda mais reduzido da vida social, quero deixar isso estabelecido para que não me entendam mal. Está longe de ser questão de escala. É outra coisa inteiramente, é esse o ponto que tento argumentar. "O mundo é um navio numa travessia sem regresso", está dito em um trecho. Como também consta, em outro: "Nada existe em si mesmo". E, no entanto, há espaço nesse livro para uma série de diferentes considerações, como esta: "A meditação e a água estão casadas para todo o sempre". Ou esta: "Os selvagens têm um senso inato de delicadeza; é maravilhoso como são polidos nas coisas essenciais".

A certa altura, Ishmael diz que ao morrer, se os testamenteiros encontrarem qualquer manuscrito na escrivaninha, "desde já atribuo antecipadamente toda a honra e glória à pesca de baleias; pois um navio baleeiro foi minha Universidade de Yale, minha Harvard".

Quero explorar um pouco mais a frase "nada existe em si mesmo", no entanto. Porque ela no fundo afirma a impossibilidade da misantropia. Existir, a etimologia da palavra indica, é sair de si mesmo. A palavra tem origem em outra, do latim *exsistĕre*, que quer dizer "ter existência; viver; ser", mas também "sair de, elevar-se de". Existe-se para os outros, existe-se para essa relação tumultuada com seres vivos e objetos inanimados de toda sorte. Existe-se, e este é o ponto, para fora. A introspecção é, portanto, rebeldia, o gesto humano por excelência. Introspecção é jeito de arrancar o chapéu de todas as pessoas, mesmo das que não o usam mais. Por isso defendo com tanto afinco a possibilidade da misantropia, ela reflete a verve rebelde.

Creio que literatura é campo fértil para desencontrados.

41

Outra ilha

A partir dessa obra mais ou menos central que é *Moby Dick* (1851) na carreira de Herman Melville — central também no sentido de a mais reconhecida —, tanto se pode recuar para os primeiros livros, *Typee* (1846) e *Omoo* (1847), como avançar para o último e durante muito tempo inédito livro, *Billy Budd* (escrito entre 1888 e 1891, ano da morte do autor, mas só publicado pela primeira vez em 1924). Em qualquer direção o tema marítimo permanece mais ou menos inalterado e presente, embora nuances e especificidades de cada texto estejam presentes, é claro. De modo que em vez de recuar, vamos adiante, vamos ao *Billy Budd*, na margem do qual, no manuscrito, Melville anota a lápis: "Uma narrativa interior".

Melville tem gosto peculiar para representar no espaço confinado de um navio dramas e tragédias humanos, às vezes travestidos de arquétipos, como Bem e Mal, por exemplo, e faz sentido escrever assim com letras maiúsculas. Ou existe a aparição do Belo, conspurcado logo em seguida pela Inveja, algo nessa linha, com muita reconsideração pelos textos bíblicos, a que ele recorre para reafirmar ou distorcer, geralmente distorcer: literatura não é religião nem deixa de discutir algumas das feridas mais abertas do projeto humano.

Billy Budd é parábola, cuja mensagem mais obscura talvez seja a de que não é possível ser inocente nesta vida sem pagar por isso preço muito alto. O relato se concentra no mundo físico: a beleza de Billy Budd, marinheiro, "era como se emanasse dele uma espécie de virtude, algo que adoçou os mais azedos", atrelada a sua inocência, fazem-no uma espécie de vítima. O clima homoafetivo é apenas sugerido muito sutilmente. Importa mais perceber o ressentimento que a beleza do marinheiro provoca no mestre-d'armas, Claggart, que à primeira vista trata bem o marinheiro, mas por não saber canalizar direito as próprias emoções ele termina por acusá-lo de conspiração para o capitão do navio, sem no entanto apresentar provas. Daí resulta a tragédia e todos os desdobramentos, não vou aqui entrar em pormenores que possam melindrar o leitor, se avisado antecipadamente.

Cumpre saber que Melville continua com tema marítimo, com misantropia feroz que leva os homens a levarem problemas para o meio do mar, na tentativa, sempre tola, de resolvê-los em campo neutro. Inveja e antipatia podem andar juntas, o narrador argumenta. O escritor italiano Cesare Pavese, que escreveu ensaio a respeito de Melville, anota que se tivesse certeza das leituras do escritor norte-americano diria que sua maior influência foi Giordano Bruno, por conta da procura por linguagem entre científica e filosófica. Como não tem certeza, aproxima Melville do que está ao alcance: "Os escritores que cientificamente estariam mais próximos dele seriam Rabelais e os elisabetanos. Lá está o gosto do catálogo, da abundância verbal e do *vivez joyeux*". Não acho que exista muita coisa de contente ou feliz em Melville, mas, vá lá, no resto concordo com Pavese.

Num poema que tem o nome do escritor, W. H. Auden relembra que no fim da vida Melville velejou na direção da calma, da casa, da esposa (e ele não diz, mas eu digo: da misantropia), mas ainda assim toda manhã se dirigia ao escritório "como se a sua ocupação fosse outra ilha". Escrever é a forma gentil, socialmente aceitável, de exibir misantropia.

Começo a vislumbrar um título, *Misantropos marítimos*, que poderia muito bem casar com essas histórias. Mas é exagero, sem dúvida exagero desnecessário.

Vamos adiante. Pulem uma casa.

42

Arte da recusa

Não posso falar de Herman Melville e não mencionar o conto, ou talvez novela, que se chama *Bartleby, o escrivão*. Na falta de linha demarcatória mais bem definida, fiquemos com os termos "ficção norte-americana", que cobrem área vasta.

O começo do texto se dirige aos personagens que permanecem invisíveis, esse "certo grupo de homens aparentemente interessantes e um tanto diferentes, a respeito dos quais nada, que eu saiba, jamais foi escrito", ou seja, escrivães. Invisibilidade, me parece desnecessário lembrar, é das características mais perseguidas por um misantropo legítimo.

O narrador dessa história declara-se com a convicção "de que a forma de vida mais fácil é a melhor". Embora trabalhe e seja dono de um escritório de advocacia em Wall Street, lugar agitado, nervoso, tumultuado, ele declara: "Nunca deixei que os problemas perturbassem a minha paz". Avesso aos holofotes, pouco ambicioso, age sorrateiramente, faz "negócios tranquilos com ações, hipotecas e as propriedades dos homens ricos" e enriquece com calma e perseverança. Ser meticuloso é o critério de qualidade. Ele se vangloria de ter prudência e método.

Esse narrador recebe o cargo lucrativo de Oficial de Registro Público, que se traduz em verificador de títulos, preparador de documentos para transferências e copiador de documentos de todos os tipos. O escritório fica no segundo andar de prédio com enorme saguão, coberto por claraboia. A vista da janela não é das melhores: uma "parede alta de tijolos escurecida pelos anos e pela sombra permanente". O escritório tem dois copistas e contínuo, além do chefe, antes da chegada de Bartleby. Ele descreve as características dos funcionários. Então, como a demanda de trabalho aumenta, o narrador coloca anúncio nos jornais e diante dele aparece um jovem "levemente arrumado, lamentavelmente respeitável, extremamente desamparado". Em outras palavras, Bartleby. Instalado atrás de biombo na sala do próprio chefe.

O aspecto sossegado do novo contratado parece à primeira vista vantagem, sobretudo por se contrapor aos desajustes dos outros dois funcionários, Turkey e Nippers, um de temperamento desequilibrado, o outro colérico. No início, o novo funcionário trabalha como quem tem fome de documentos. "Trabalhava dia e noite, copiando à luz natural e à luz de velas." Mas tudo em silêncio, de forma mecânica. Uma das tarefas é fazer a conferência do documento copiado, parte chata do processo, mas algo que mesmo o narrador, chefe da turma, se presta a fazer. No terceiro dia, por aí, o chefe chama Bartleby para fazer conferência de documento. "Imagine a minha surpresa", ele diz, "ou melhor, a minha consternação, quando, sem sair do seu retiro, Bartleby respondeu com uma voz regularmente amena e firme, 'acho melhor não'".

Eis. É isso. Essa síntese da negação, essa alteração das rotinas, a novidade completa da recusa surda e ao mesmo tempo firme. O chefe repete o pedido, achando que talvez tenha ouvido mal. Escuta de novo a mesma frase, acho melhor não. O próprio chefe repete a expressão, atônito. "O que quer dizer? Ensandeceu? Quero que me ajude a conferir esta página aqui, pegue-a!", ele diz. Sem efeito. "Acho melhor não", insiste Bartleby. E sem demonstrar emoções — especificamente, o narrador menciona inquietude, raiva, impaciência ou impertinência —, Bartleby desmonta o chefe. Se houvesse algo de humano no funcionário, ele admite, "eu o teria demitido bruscamente do meu escritório". O chefe afinal chama outro funcionário, faz a conferência do documento.

Há aqui duplo mistério. O que leva Bartleby a não querer obedecer ao chefe e o que torna o chefe incapaz de reagir do modo que seria considerado apropriado, demitindo o novo funcionário por inépcia ou insubordinação. Novos documentos são copiados, dias mais tarde, cópias de documentos do chefe apresentados à Suprema Corte e torna-se necessário conferi-los, então todos são convocados, inclusive o contínuo, Ginger Nut (algo como pão de mel, mas acondimentado com gengibre, o apelido que recebe dos colegas), e ficam à espera de Bartleby. "Estou esperando", diz o chefe, para apressá-lo. Bartleby aparece à porta e quando o chefe menciona a necessidade de conferência, ele insiste na resposta: "Acho melhor não".

A situação de impasse e irresolução me parece que de alguma forma antecipa Kafka, impressão reforçada pelo convite que a editora brasileira fez ao tradutor de Kafka para assinar um posfácio, em que ele assinala justamente essa aproximação entre os escritores, apontada por Jorge Luis Borges. É no fundo essa recusa sólida a participar das regras do mundo, de aceitar os acordos, de agir de acordo com a arbitrariedade das imposições de funcionamento das instâncias do mundo.

Antes de continuar, no entanto, preciso dizer outra coisa.

43

Capítulo para ser incluído entre o anterior e o próximo

Para amantes de literatura, Bartleby torna-se clássico. Todo mundo sabe quem é, todo mundo lê a história. Se *Moby Dick* é clássico do romance, *Bartleby, o escrivão* é clássico menos conhecido genericamente pelo comum dos mortais, mas nem por isso menos relevante. A maioria das pessoas ouve falar de *Moby Dick*, mas a minoria sabe quem é Bartleby, essa figura estranha e peculiar. E a minoria, nesse caso, talvez saiba melhor o que é bom, por também acessar mais um clássico, mesmo que discreto.

Para o escritor espanhol Enrique Vila-Matas, a inspiração do texto de Melville foi suficiente para escrever o romance chamado *Bartleby e companhia*. Narrado por sujeito que há muito tempo escreveu um livro e depois nunca mais. Decide que é hora de voltar à ativa e resolve fazer isso por meio de série de ensaios, como se fossem anotações, produzidas a respeito de escritores que passaram longas temporadas sem escrever, ou a vida inteira, depois de ter escrito um ou dois livros interessantes. Escritores da negação, *bartlebys*, como ele os chama. "Todos nós conhecemos os *bartlebys*, seres em que habita uma profunda negação do mundo", escreve. A partir de um mal entendido, qual seja, ter escutado a secretária do chefe dizer a alguém pelo telefone que "o senhor Bartleby está em reunião", o narrador se sente estimulado a voltar a escrever, depois de vinte e cinco anos de silêncio. O sobrenome do chefe era parecido com o nome do personagem de Melville, o mal ouvido ficou bem resolvido em termos de estímulo. Equívoco oportuno, como ele diz.

Robert Walser é o primeiro da lista, o escritor suíço que passa os últimos anos da vida num retiro. "Robert Walser sabia: escrever que não se pode escrever também é escrever", o narrador anota. Depois Juan Rulfo, que escreveu *Pedro Páramo* e *Planalto em chamas*, e nunca mais publica. Quando alguém lhe pergunta por que não escreve outro livro, Rulfo responde: "É que morreu meu tio Celerino, que era quem me contava as histórias". O tio existiu de verdade, mas é apenas a desculpa de Rulfo. E na sequência desses dois segue-se uma imensa lista de bartlebys. Vila-Matas também cultiva o gosto por catálogos, ao que tudo indica.

O livro é uma delícia, pelas provocações que levanta, mas também por ser um dos mais brilhantes tratados de misantropia entre escritores, essa leva de seres humanos que vive a estranha condição paradoxal de precisar de isolamento para produzir a obra e gostar (quando não se é um bartleby) do barulho que o reconhecimento em geral provoca, quando enfim chega: prêmios, entrevistas, resenhas, mas sobretudo o bochicho entre os leitores. Sobretudo ter leitores, suprema glória que é talvez o maior dos reconhecimentos que um escritor pode almejar. Tê-los enquanto está vivo, de preferência, é claro, porque o reconhecimento póstumo pode ser bom para reparar injustiças, mas ao autor propriamente não muda nada, agora que está morto para sempre.

44

Mais um pouco de recusa

Para concluir a história de Bartleby por Melville. O dono do escritório oscila entre estar irritado com a recusa de seu funcionário, mas também, de algum modo, se mostra solidário a ele. Estou a dizer, o chefe e narrador é também grande parte do mistério que cerca essa história, com a postura que transige. A certa altura ele diz, falando de Bartleby: "Não me custa nada, ou quase nada, ser indulgente com a sua teimosia esquisita e, ao mesmo tempo, guardar no fundo da alma algo que possivelmente servirá de consolo à minha consciência". Mas essa disposição, admite, sofre variações e às vezes ele fica irritado com a imobilidade de Bartleby. De quando em quando, o chefe reage com perplexidade e angústia, mas o fato é que não toma qualquer atitude mais incisiva. Observa a inatividade de Bartleby como se fosse um botânico diante de um espécime completamente novo.

O funcionário sequer sai do escritório à hora do almoço. Chama o contínuo, dá-lhe moedas, o sujeito volta com o pão de mel e gengibre encomendado e esse parece ser o único alimento que Bartleby consome. Quando o chefe chega, o sujeito está lá. À noite, é o último a ir embora. Até que o chefe descobre que Bartleby não vai embora, mora no escritório, literalmente, descoberta que é feita quando vai ao próprio escritório num domingo e depara-se com Bartleby. Não é apenas tristeza que sente, mas melancolia, depressão. Ele não lê, não faz nada com o tempo livre de que dispõe, Bartleby parece estar e não estar na vida. Não toma chá, nem café, nem sol. Não tem passado. Por fim, ao parecer contrair problema nos olhos, Bartleby anuncia que não vai nem mesmo fazer mais cópias de documentos. O chefe diz que ele tem seis dias para deixar o escritório, ao fim dos quais, quando instado, Bartleby responde: "Acho melhor não".

A escala de absurdos parece não ter fim. Me vejo agora forçado a interromper o relato para não chegar ao ponto de irritar a leitora com alguma revelação além da conta, eu que revelei tanto. Se você insistir para continuar, eu citaria Bartleby. Acho melhor não.

Me ocorre pensar de repente que, em alguma medida, eu talvez represente para Selma um tipo de Bartleby, um ser que acumula recusas e solicita leniência, que ela parece relutante em conceder, mas por fim e sem alternativa concede.

45

Daqui a outra parte

Fico pensando se não deveria trazer neste meu ensaio uma galeria de personagens da vida real que desmentem as minhas teses a respeito de misantropia. Gente que não teve medo ou pudor de chafurdar na lama da vida, de interagir com força e vontade com os demais seres humanos nesse carnaval animado que a vida pode representar, para quem gosta e se anima com agitação. Gente como Jean-Baptiste du Val-de-Grâce, barão de Cloots, que tem como pseudônimo Anacharsis Cloots, democrata radical, jacobino, anticatólico fervoroso. Em 1791, chefiando uma delegação de trinta e seis estrangeiros, Cloots proclama-se "embaixador da raça humana". Dá certo? Aparentemente não, se se considerar que Robespierre o expulsa do Clube Jacobino e Cloots é guilhotinado em 1794. Perde a cabeça pelo que acredita, parece um bom fim. Mas tenho dúvidas.

Um que gosta de aparições públicas pomposas e ostentatórias é Joachim Murat, marechal do exército de Napoleão e cunhado, ao se casar com Carolina Bonaparte. Napoleão torna o marechal rei de Nápoles, posição que ele ocupa entre 1808 e1815, período em que pode manifestar o gosto estranho por ostentação, fruto da própria vaidade, sem ser tolhido. Dá certo? Aparentemente não, uma vez que ele é derrotado numa guerra, após a queda de Napoleão, e por isso foge para a Córsega, depois para a Calábria, até ser capturado pelas forças do rei Fernando 1º e em seguida executado por pelotão de fuzilamento. O próprio Napoleão Bonaparte... deixa para lá.

Não vou falar de figuras excessivamente conhecidas, dos sujeitos que pela força da própria personalidade alavancaram movimentos importantes da história humana. Alexandre, Átila, Pedro 1º, que se qualificam como conquistadores ou construtores de grandes cidades; ou Sócrates, Platão, Karl Marx, militantes do pensamento; ou ainda Leonardo da Vinci, Van Gogh, Picasso, se for ficar com a pintura. Se bem que Van Gogh talvez merecesse um canto reservado, pela vida atribulada e pouco reconhecimento (na verdade, nenhum) obtido enquanto vivo, insistindo na pintura mesmo atormentado pela condição mental precária. Mas não, a posteridade o alça a esse patamar de reconhecimento tão elevado que o elimina do meu estudo.

Penso aqui nesses personagens mais ou menos secundários, mas ainda importantes, como o Thomas Paine que escreve um *Direitos do Homem* em 1791, um dos guias das ideias iluministas, em que ataca a monarquia e, como resultado, o governo inglês bane o livro, prende o editor, acusa o autor de traição e ele só escapa da cadeia porque foge para a França. É dele também, ao que parece, o conceito de renda mínima. A vaidade humana parece tão grande que o sujeito pensa na posteridade, quando o sucesso não ocorre em vida, e não se intimida de acusar a concorrência. Paine chama Napoleão de "o mais completo charlatão que já existiu". Dá certo? Nem de longe. Quando morre, o corpo de Paine é acompanhado até o cemitério por apenas seis pessoas. Mas a posteridade o redime.

Sobretudo se envolver algum tipo de guerra ou conflito explícito, o ser humano logo se mostra disposto a se engajar e se divertir.

Penso num importante chefe da tribo dos Shawnee, chamado Tecumseh, que se esforça pela união intertribal dos índios norte-americanos e assume a liderança da resistência contra o domínio dos colonizadores europeus na região do vale do rio Ohio. Resolve? Que nada, ele acaba morto, alguns dizem que pelo coronel Richard M. Johnson, que mais tarde se torna vice-presidente dos Estados Unidos. Além disso, depois de morto, o corpo de Tecumseh nunca mais é encontrado.

Há, no entanto, muitos relatos a respeito dessa gente social. Muita história e babação de ovo que sustenta a vaidade póstuma. E quanto a essa gente, melhor deixar que a história se encarregue dos relatos, tal como estão sendo produzidos. Essa disciplina gosta dos barulhos e agitos que essas pessoas são capazes de fazer, gosta dos traços mais ou menos profundos que deixam e o campo é criado justamente para enfatizar isso, como se dissesse veja como o empreendimento humano, bem ou mal direcionado, não importa, gera resultados.

Acho que vou me ater mesmo apenas à literatura, porque se pensar bem, não será pouco o volume de trabalho que tenho pela frente. Cogitei em dar como título a este livro *História da literatura pelo método misantrópico*. Não estaria mal, em que pese certa referência velada ao título muito provocador de um livro de Isabel Lustosa, *Brasil pelo método confuso*. Depois penso melhor e resolvo encurtar, *Literatura pelo método misantrópico*, porque não se trata bem de história. Ainda mais sucinto: *Método misantrópico*. Qualquer destes estaria bem, acho. Qualquer destes daria conta do conteúdo do livro. Mas ainda não cheguei ao ponto certo e uma hora sei que vai me ocorrer o título ideal.

O melhor
dos mundos

Aqui mesmo neste esboço do futuro ensaio que pretendo escrever disse que a sátira é sempre manifesto de misantropia, qualquer sátira. Acho que devo exemplificar um pouco mais detalhadamente, para deixar claro o que foi que quis dizer. Mesmo sabendo que por mais que exemplifique e detalhe, a compreensão sempre será reduzida.

Por exemplo, vale observar o que se passa nesse livro charmoso e divertido de Voltaire, *Cândido, ou o Otimismo*. A pretexto de tirar onda com ideias filosóficas de Leibniz, que argumentava que este é o melhor dos mundos possíveis, Voltaire cria personagem chamado mestre Pangloss e o ridiculariza ao extremo, para mostrar o quão idiota julgava ser Leibniz. Aparentemente, o risco de falar mal de filósofo era bem menor, uma vez que Voltaire passa temporada na prisão da Bastilha por sátira que fez ao rei. Depois de segunda temporada na prisão, ele decide ir para a Inglaterra e escreve livro a respeito do que vê por lá, no qual faz críticas ao sistema francês de governo. Publicado como *Lettres philosophiques*, a venda é proibida. Durante quinze anos, Voltaire vive no sítio de uma amiga, Madame du Châtelet, no que pode ser chamado de temporada misantrópica e, depois que ela morre, passa um tempo na corte de Frederico, o Grande, onde começa a escrever o *Dictionnaire philosophique*. São quinze anos de misantropia explícita, pelo menos. No fim da vida, quando se instala em Genebra, depois de desentendimentos com Frederico, é que escreve o *Cândido*. E fico pensando se foi depois do convívio com Frederico ou se ainda durante as temporadas na Bastilha que Voltaire escreve: "É perigoso ter razão em assuntos sobre os quais as autoridades estabelecidas estão erradas".

Otimista compulsivo, o personagem central que dá nome ao livro é submetido a toda sorte de desastres e tumultos. A tudo, no entanto, encara com olhar enviesado pela possibilidade de ver o bem, mesmo quando não existe. No dia em que o criado, Cacambo, lhe pergunta o que otimismo significa, estão no Suriname e conversam com escravo que perdeu braço num acidente num engenho de açúcar ("é a esse preço que vós comeis açúcar na Europa", o escravo acusa) e perna, como castigo por ter tentado fugir. Os missionários holandeses haviam ensinado que todo mundo, brancos e negros, são filhos de Adão, membros da mesma família. "Ora", o escravo diz, "haveis de concordar que não se pode tratar os parentes de maneira mais horrível". Acreditando que mestre Pangloss renunciaria à doutrina do otimismo se soubesse da situação do escravo, ouve o criado lhe perguntar o que otimismo significa. "É a fúria de sustentar que tudo está bem quando se está mal", responde Cândido.

No outro prato da balança está o pessimismo, que Voltaire também ataca, a pretexto de atacar o otimismo. Pois é, filósofos, essa gente que não se contenta em atacar um só lado da questão e adora generalizar tanto quanto possível para dar a impressão de que são capazes de resolver os problemas na totalidade, quaisquer que sejam e na quantidade que se apresentem. Mas antes de continuar a tentativa de entender Voltaire, é preciso dizer uma coisa. Num ensaio do professor e crítico chamado Michael Wood, ele fala que a ridicularização do autor direcionada em princípio para o otimismo ataca também outras hipóteses: "A de que podemos transcender totalmente o nosso egoísmo ou provincianismo; a de que é viável um saldo final do equilíbrio do bem e do mal no mundo; a de que as filosofias humanas têm relevância no comportamento humano". Vou me deter nos tópicos dois e três primeiro: sim, não vai haver fatura fechada entre bem e mal, isso para mim parece bastante claro e não requer mais explicações; e, sim, ninguém vive a vida de acordo com preceitos filosóficos (a ética de Kant é só delírio, inaplicável, sobretudo em territórios inóspitos como os que estão abaixo da linha do Equador, e digo isso não como forma de preconceito, mas admitindo que o melhor mesmo é dar banana ao Kant e seu pensamento um tanto, err, alemão, e agora sim estou mesmo sendo preconceituoso, assumidamente inclusive).

Mas a primeira hipótese apontada por Wood é a que mais me interessa. Ninguém transcende, no fundo, o provincianismo dentro do qual nasce embutido (nasça onde nascer), que dirá o egoísmo, a medula do humano, razão de se sustentar de pé. Ninguém transcende, de fato, e é esse o ponto, a misantropia, mas todo mundo finge que sim e finge tão bem, finge ainda que o mundo está conectado, que tudo se resume a relações, que é impossível sobreviver solitariamente, que dependemos todos uns dos outros. Enfim, não é difícil compreender que é esse o discurso que prevalece mundo afora e todo mundo o aceita sem muita controvérsia. Mas, novamente devo insistir nisso, o ensaio é justamente para remexer a ferida do senso comum e apontar limitações. Em outras palavras, e faço eco aqui às ideias de Wood, não há otimismo em *Cândido* que não seja resultado de farsa (Wood inclusive a chama de mordaz), "e é preciso esforço da imaginação para enxergar que a doutrina não é, ou não tem de ser, pura maluquice provinciana".

A competição de desgraças que movimenta os personagens do romance filosófico de Voltaire é motivo de riso e escárnio, mas também dá a medida de como os humanos adoram se vangloriar dos próprios sofrimentos a que necessariamente serão submetidos: estar vivo implica sofrimento, claro, é dessa premissa básica que se parte no livro.

O lugar onde tudo parece ir realmente bem, quando Cândido vai para os trópicos, é Eldorado, versão da utopia manifesta num dos ensaios de Montaigne, sobre os canibais, e debochada mais tarde na peça *A tempestade*, de Shakespeare. Eldorado é perfeito porque utópico, claro. Verdade que Voltaire também debocha da perfeição: se tudo funcionasse bem e a felicidade chegasse a todos, o mundo não seria o que é. Imagine-se um ser humano que existe sem o afeto da inquietude em si. Que lástima, além de impossibilidade. Seria tão impraticável que Voltaire cria o paradoxo: "Os dois felizes resolveram não mais sê-lo".

Depois de sucessão de peripécias por meio mundo, Cândido é visto por fim de volta à Europa, onde esposa a mulher amada, Cunegunda, a quem talvez não ame mais tanto ("sua mulher, a cada dia mais feia, tornou-se rabugenta e insuportável"), e reduzido nas posses a uma chácara perto de Constantinopla. É dela que pronuncia as famosas palavras finais do livro, quando responde ao encadeamento de ideias de Pangloss: "Isso está bem falado, mas é preciso cultivar o nosso jardim". De volta ao provincianismo, depois de ter visto o mundo. De volta à dimensão mais apropriada: a de cultivar o próprio jardim. Talvez, de volta ao pé da terra, depois de alguma, senão muita, presunção. Como diz Montaigne no fim do último dos ensaios, "Sobre a experiência", "e no trono mais elevado do mundo ainda estamos, porém, sentados sobre nosso traseiro". Ou seja, baixa a bola.

É tudo questão de escala e eis o resumo: fique com o jardim.

47

Diante
de mim

Tenho um computador ligado sobre uma mesa devidamente preparada para isso no meu escritório, a que chamo de gabinete quando estou me sentindo sofisticado. Gosto de dizer, vou para o meu gabinete, não quero ser incomodado, mas é evidente que falo sozinho. O computador está disposto de modo que o monitor fique numa altura confortável para os olhos, mas quando passo muitas horas diante dele sinto a bunda doer e tento me acomodar melhor, nem sempre com sucesso. Deposito o peso do outro lado, cruzo uma perna por cima da outra, mudo em seguida para o lado que supostamente descansou e assim por diante. Atrás do computador há estantes e elas estão repletas de livros, é daí que retiro boa parte das referências que tenho usado até agora. Na sala há outras estantes, também cheias de livros e de vez em quando recorro a elas. Preenchi com livros o vazio que Raquel me proporcionou quando me fez o desfavor de morrer antes de mim, embora um bom número deles existisse mesmo antes, quando ela estava viva e se interessava por leitura até mais do que eu. Acho problema falar de Raquel, porque pode dar a impressão errada ao leitor, ë leitorë e sobretudo à leitora, de que eu a amava muito e pobre de mim, fiquei sozinho quando ela morreu.

Não digo que não tenha doído a morte de Raquel, acho que ninguém que não seja monge tibetano está bem preparado para lidar com mortes ao redor de si ou com a própria, sobretudo com essa, claro, a mais temerária de todas. Doeu, claro que doeu. Mas a verdade é que em termos de relacionamento, o de Raquel comigo se resumia a uma súmula de fracassos que tinha alcançado o limite do suportável. Estávamos no ponto de começar a discutir a separação depois de anos em que tentamos e depois desistimos de ter filhos ou adotar alheios com intenção de torná-los nossos, e Raquel adotou dois cães, guinamos em seguida para uma adaptação de vida somente entre nós dois e depois constatamos que isso não seria mais possível.

Tínhamos chegado ao momento de esmiuçar os termos do acordo, quem fica com o quê, meus livros, seus discos, essas coisas, quando ela descobriu caroço no seio que não só era câncer como tinha feito o favor de se sentir à vontade e se espalhar por toda parte sem pedir qualquer licença. A nossa disposição para a briga e o conflito foi interrompida imediatamente e me tornei o enfermeiro desastrado com cara de pateta que a acompanhou no fim. No clima em que estávamos antes da descoberta, imagino como deve ter sido doloroso para ela ter que me aceitar do seu lado nessa hora extrema, mas estava sem opção. Os pais de Raquel moram no exterior e nenhuma amiga dela era suficientemente íntima para que solicitasse ou para se oferecer, no caso de Raquel ter contado a respeito da situação. Como marido, era meu papel e me prontifiquei a cumpri-lo, resignado e, devo confessar, desgostoso. Mais pensando nela mesma do que no modo como seria visto pelo resto da sociedade. A verdade é que houve alteração substancial no nosso relacionamento. Raquel tornou-se calma num nível absurdo, até assustador, e abri mão de todas as minhas chatices imediatas, ou as adiei para usar apenas comigo mesmo, mais tarde.

Essa mudança de marcha provoca efeitos tremendos, é o que hoje posso concluir. Os cinco estágios que a pessoa que se aproxima da morte atravessa (não necessariamente todos, não necessariamente nessa ordem, como ela faz questão de ressaltar), segundo a psicóloga Elizabeth Klüber-Ross detectou num estudo fascinante — negação e isolamento; raiva; barganha; depressão; aceitação —, foram a montanha-russa de Raquel, que ela enfrentou numa velocidade impressionante. Eu creio que estaria ainda em negação quando ela estava em aceitação e pensando se teria tempo de percorrer o circuito mais uma vez. Curiosa com a literatura disponível, foi Raquel quem me pediu para comprar o livro da Klüber-Ross e passou a ler o que existia entre os exemplares da casa a respeito de morte e como se preparar para ela.

Por exemplo, leu o breve ensaio de Sêneca *Sobre a brevidade da vida*, texto escrito possivelmente entre 49 e 55 da era cristã. "Ninguém pertence a si próprio", um dia ela me citou uma frase do livro, erguendo os olhos da página e olhando na minha direção como se quisesse deixar subentendido que havia alguma mensagem nas entrelinhas, que eu me sentia incapaz de perceber. E acrescentou por conta própria: "A gente se distribui por aí para os outros mais do que vive a própria vida. O Sêneca diz que a gente passa mais tempo se preparando para viver do que vivendo". E se ele estiver certo, me deu vontade de responder com maldade verdadeira mas me contive a tempo, agora é meio tarde para você mudar de ideia. Também me ocorreu que cuidar de alguém não era a melhor parte do projeto senequiano de vida intensa.

Me pareceu que ela oscilava, naquele momento, entre barganha e aceitação, que não são excludentes como parecem. É claro que o choque de conceitos, sem que ela percebesse, a levou rapidamente para a depressão. Dias amuada, mal respondia quando eu perguntava se tinha tomado os remédios. O olhar parecia dizer, pra quê, eu vou morrer de qualquer jeito, tomando ou não tomando esta merda. Então eu ia checar e, caso não tivesse tomado, eu a obrigava com aquele lamento de enfermeiro que cumpre obrigação desagradável porque deve respostas a algum superior, embora parte de mim também se perguntasse qual era o sentido de continuar com as medicações que não fossem para aliviar as dores, essas são mesmo essenciais. As medicações, digo, não as dores. Era como se dissesse também com os olhos, você me obriga a cada coisa. Os dela me devolviam: você também, seu desgraçado. Era você quem devia estar aqui no meu lugar. Ou seja, Raquel estava de volta à barganha e vestia novo estágio mais rápido do que despia o anterior.

O que comecei a pensar, enquanto acompanhava a longa derrapada da minha mulher rumo ao nada é que a morte está dentro de cada um, à espera do momento de vir à tona. Ela não é evento exterior que se apossa do corpo, mas núcleo essencial e — durante a vida — contido, até o momento em que pode finalmente mostrar as garras e exercer domínio, tornando o corpo peça de cera imóvel sobre a cama, que endurece aos poucos, antes de iniciar o processo de decomposição, que chega mais tarde e longe dos olhos, porque os humanos nos livramos rápido dos corpos dos mortos. Pensar que a morte é interna, que a carrego comigo, que todo mundo a tem dentro de si, é assustador, porque parece que os humanos gostam de imaginar a morte como algo vindo do exterior, a ameaça dos bárbaros que podem ser combatidos com criação de muro alto, de uma linha qualquer de defesa. Mas quando se pensa que a morte é encapsulada e interna, a coisa muda inteiramente de figura.

Machado de Assis diz algo nessa linha de a morte vir de dentro, pelo que me lembro. Mais tarde encontro, no segundo volume de *Relíquias de casa velha* (edição Jackson), a narrativa "Sem olhos". Ele escreve, pela boca de um personagem chamado Damasceno: "A morte é um verme, de duas espécies, conforme se introduz no corpo ou na alma.

Mata em ambos os casos. Em mim não penetrou no corpo; o corpo geme porque a doença reflete nele; mas o verme está na alma. Nela é que eu o sinto a roer todos os dias". A diferença é entre *penetrar* (o corpo) ou *estar* (na alma). *Penetrar* é movimento de fora para dentro; *estar* implica interioridade e constância. Mas claro, a dedicatória de *Memórias póstumas de Brás Cubas* ao verme que primeiro lhe roerá as carnes é imbatível em precisão, aspereza e ironia. Sintetiza tudo, sobretudo um necessário deboche diante do morrer que nunca se aprende e que não seria de todo desinteressante para ser recuperado nestes tempos bicudos em que estamos. A verdade é que somos todos covardes diante da morte. Machado nos puxa a orelha, para que atentemos a outras possibilidades.

Diante de mim, pois, Raquel. Diante de mim, a morte. E agora, diante de mim, meu computador, onde vomito meia dúzia de achados desencontrados que retiro da cachola sei lá exatamente com que propósito. Diante de mim, mais uma vez a morte, mas agora a minha, que ainda recuso a enxergar, ainda mais nessa descoberta da condição internalizada. Ainda, enquanto puder, cego voluntário e contente por isso. Tenho computador ligado e ando cheio de ideias que minha cabeça insiste em fornecer.

48

Fracassos nem sempre retumbantes

Agora que destampei o assunto Raquel, me sinto obrigado a continuar nele mais um pouco. Selma que espere, Selma que lute.

Raquel por enquanto permanece no território praticamente imbatível dos heróis tombados no campo de batalha, a serem reverenciados por muito tempo pela memória saudosa. Exagero meu, claro, nem Raquel foi heroína de coisa alguma, nem lutou nessa batalha contra doença que pode ser traiçoeira e definitiva e recusa qualquer tipo de confronto, como aconteceu, no caso dela. Câncer é um massacre. Acresce que minha memória e culto dos mortos é ridícula. Ou seja, Raquel perde, porque as recordações começam a esvanecer.

Há dias em que acordo e tento lembrar o rosto de Raquel, o que me gera angústia tão grande que me vejo forçado a olhar velhas fotografias para tentar conter o rombo provocado pelos buracos da memória. O que causa essas falhas terríveis é ainda algo a ser estudado, me parece, ou, se foi estudado pela neurologia, que divulguem melhor os resultados, por favor, e me esclareçam por que é que o cérebro insiste em pregar essas peças, qual o propósito que existe escondido no fundo dessa situação. Se é que existe, porque talvez seja apenas mais uma das aleatoriedades estúpidas da vida, a dizer que tudo é arbitrário e que a tentativa humana de organizar essa bagaça vai sempre redundar em fracasso. Às vezes me parece que antes de escrever a respeito de misantropia, meu verdadeiro tema de fundo é o fracasso. Fracassei em me separar de Raquel e agora, como que arrependido, fracasso em manter a imagem na memória, por mais contraditório que os dois movimentos pareçam ser.

Fracasso como marido, como pai, na tentativa de divórcio, que é abortada, fracasso como enfermeiro, ao me recusar a prestar o serviço que Raquel me pediu, no final, quando minha covardia mais uma vez se sobrepôs a qualquer laivo de coragem (para sorte de Raquel, temos um amigo médico, o ~~Breno Saraiva~~, que por fim a ajuda e que agora pergunto se devia nomear aqui, talvez isso possa prejudicá-lo. Ajuda com meu consentimento, embora o único consentimento necessário seja mesmo o dela. Vou colocar outro nome para não expor o do amigo, que a partir desse ponto passa a se chamar Breno Saraiva, e que entra nessa narrativa de forma tão breve quanto sai, pronto, resolvido).

Agora me parece que insisto no fracasso ao manter relação com Selma que não engrena marcha mais alta nem acelera para qualquer outro estágio. Por fim, fracasso como ser humano que prefere não se socializar com outros. Mas nesse ponto, e apenas nesse ponto, que fique bem claro, há controvérsia. Não julgo que fracasso.

Aliás, me ocorre pensar na possibilidade de dar início ao clube da dignidade misantrópica. Clube de um homem só, bem entendido. Se tem coisa que misantropo não suporta é a ideia de se reunir em clube, mesmo que fosse clube só de misantropos, em que ninguém conversa com ninguém ou interage.

Também me ocorre pensar que a vida me parece uma sucessão de fracassos que uns e outros acumulam, sem que ninguém se vanglorie disso a dizer tenho mais fracassos que você, caro. O que mais me machuca, nessa lista, é a promessa quebrada que fiz para Raquel. Quer dizer, a promessa que fiz não foi para ser quebrada, mas quebrei.

— Você promete que vai cuidar do Nico e da Tuca quando eu morrer? — me pediu Raquel. Acho que nesse dia ela tinha chegado de novo ao quinto estágio, aceitação, depois de atingir o limite da própria resistência. Queria que cuidasse dos cães que ela havia insistido comigo para aceitar quando entraram em nossa vida e, quando recusei, Raquel disse que ela mesma cuidaria sempre deles, sozinha, que eram e seriam dali para frente os cachorros dela, não do casal. Eles entenderam perfeitamente o acordo, porque só faziam festinha para ela, me ignorando solenemente. — Promete que não vai dar de presente para alguém ou entregar para adoção?

O olhar de Raquel era uma tristeza só e não acho que fosse lamento apenas pelo futuro incerto dos cães, mas suponho que em alguma medida era por ela mesma, mulher que tinha recém-completado quarenta anos e não ia poder passar muito dessa idade. Tudo bem que a vida era e é estúpida, mas uma vez nela os humanos investimos ânimo em viver. Raquel andava se perguntando se as negligências que tinha acumulado em relação à vida não seriam no fundo o motivo pelo qual o câncer tinha aparecido para puni-la. Suponho que todo doente terminal faça o mesmo tipo de raciocínio. No fundo, o condicionamento para as reações não muda muito, somos feitos da mesma matéria. E não fazia mais sentido mentir para ela que estava bem e que não ia morrer, essas mentiras idiotas em que ninguém acredita, mas todo mundo conta mesmo assim. A fase era outra.

— Claro que vou cuidar deles — respondi.

Mentiras são outra matriz humana que lustram excelência. Somos convincentes em mentiras. Especialistas dedicados que gostam dos efeitos provocados por mentiras que talvez ajudem o outro a suportar o fardo. Naquele momento, inclusive, para ser mais eficiente, eu mesmo acreditei na mentira que contei para Raquel. Tanto que adotei tom de voz suave, que tinha a intenção de transmitir ainda mais confiança ao que dizia.

— Claro que sim, eu te prometo. Vou cuidar do Nico e da Tuca. Você não precisa se preocupar com eles.

Os cães, no entanto, pareciam preocupados com ela, li em algum lugar que são capazes de farejar doenças e estavam abatidos, deitados cada um de um dos lados da cama onde ela começou a passar mais tempo. Três dias depois desse pedido teve piora e quando ameacei chamar ambulância, insistiu que não queria. Que não era esse o combinado, que tinha saído do hospital para morrer em casa e era o que pretendia.

Tinha de ser forte para seguir à risca. Liguei para o amigo médico, Breno, o mesmo que havia autorizado a saída do hospital, e daí a pouco ele veio cumprir a última etapa do acordo.

Raquel morreu e, depois de todos os trâmites com funeral e enterro, me desfiz dos cães quase imediatamente. Fracassei como dono de cães, ainda por cima. Me senti um cretino absoluto, mas para mim mesmo disse que eles me faziam lembrar dela e que não precisava passar por esse tipo de martírio naquele momento, que precisava na verdade de tempo sozinho para processar o luto. A palavra-chave nisso tudo é sozinho. Ora, luto não é justamente lembrança forte ainda do morto, lembrança de como essa pessoa estava viva ainda há pouco e que te faz acordar um dia e olhar para a cama vazia ao lado e pensar, durante um segundo, que Raquel acordou e deve estar na cozinha, antes de se dar conta? E, nesse sentido, os cães não eram no fundo um tipo de terapia que deveria me ajudar a lembrar de Raquel e a viver sem ela? A lógica indica que sim, mas no momento a misantropia falou mais alto. Não queria mais cuidar de ninguém que não eu mesmo, dei vazão ao egoísmo extremo. Me desfiz de Nico e Tuca. Mas era apenas desses cães em particular que queria distância, pelo visto.

Porque passados cinco meses da morte de Raquel adotei um gato, o que bota abaixo qualquer argumento sobre luto e solidão que possa ter inventado para mim mesmo ou para quem seja. Talvez minha consciência pesada, o único outro interlocutor que tinha no momento.

49

Gigante minúsculo

Não esgotei inteiramente o capítulo da sátira. Claro, não posso passar em revista todos os textos de sátira, isso não faria sentido, mas alguma coisa ainda precisa ser dita. Me inquieta o fato de que pode existir fundo moralista em algumas sátiras. Nada me parece mais insuportável do que moralismo. Não sou contra a existência de moral, não me entendam mal; sou contra moralismo, que é outra coisa inteiramente. Falo dessa doutrina idiota que é produto do século dezenove (mas que andava pelo mundo mesmo antes, certamente com outro nome) e que prega que moral é valor supremo, debaixo do qual todos os outros valores devem ser entendidos.

Uma sátira, quando demolidora e avessa aos valores vigentes, para alertar os humanos para sua tendência aos excessos, me parece eficaz. Mencionei algumas, como a de Menandro, ou a de Voltaire. Mas penso numa sátira que, por mais que o texto seja considerado clássico valioso, tem um componente de moralismo no mau sentido da palavra que incomoda profundamente. Refiro-me a *Viagens de Gulliver*, publicado pela primeira vez em 1726, livro escrito não para divertir o mundo, mas para agredi-lo, como o próprio autor admitiu. Ora, o começo de vida do autor, Jonathan Swift, é tão promissor que me vi otimista em relação aos resultados que poderia alcançar. Ao estudar no Trinity College, em Dublin, Swift é punido por indisciplina e só consegue se formar por "favor especial". É satirista em botão, me parece, por mais que deteste usar a expressão qualquer coisa em botão, e a ferocidade contra as pessoas dura a vida toda. Talvez o problema tenha sido a escolha de carreira. Swift torna-se padre anglicano. Primeiro ponto negativo. O outro é político, ele se associa aos liberais, num primeiro momento, mas depois passa para o lado dos conservadores, como resultado de desentendimentos com amigos liberais. Ora, por que não se desentende mais tarde com conservadores, sendo o sujeito irascível que é? Certamente, porque é isso mesmo que o define, conservador, no fundo. Essa conduta talvez tenha resultado da vertigem que o aflige ao longo da vida, talvez relacionada com o problema crônico de ouvido que gerava crises de surdez, mas estou só especulando com um pouco de informação biográfica, é claro. Lembro sempre de um comentário de Emil Cioran, que sugeria que quem se apodera dos rudimentos de misantropia e quer ir mais longe "deve ingressar na escola de Swift: aí aprenderá a dar ao seu desprezo pelos homens a intensidade de uma nevralgia".

O que posso dizer é o seguinte. A parte em que Gulliver se torna mais veemente contra a humanidade, ou seja, mais fortemente misantropo, é a parte mais mal resolvida de todo o livro, porque parece oriunda de fundo conservador e moralista, em que cavalos se tornam modelo adequado de vida, por conta da simplicidade, zero uso de tecnologia e por aí afora. Blábláblá pureza, blábláblá virtude, blábláblá contrastes entre humanos e animais mais evoluídos, que diabo de sátira é essa que Swift propõe? Num ensaio do livro *Dentro da baleia*, George Orwell escreve, a respeito de *Gulliver*, que ninguém é capaz de negar que o romance de Swift "é um livro tanto rancoroso como pessimista e que, sobretudo na primeira e na terceira partes, com frequência resvala num tipo de proselitismo político estreito". Aversão ao corpo humano, por exemplo, que pode ser bem divertida se for tratada de maneira adequada, ganha no livro foro de discussão séria. Perde o argumento, perde a sátira.

É o problema da sátira, levar às vezes a crítica que supostamente faz muito mais a sério do que deveria. Basta que seja crítica e saiba rir daquilo mesmo que critica. Não pregue, não me queira converter para a causa, qualquer que seja, porque nesse caso, meu amigo, você me perdeu no meio do caminho. Pode ser pessimista, não me importo, mas se você se mostra além disso rancoroso, começo a me desinteressar. E se, mais do que isso, começa a me ditar regras de bem viver, fico com vontade de cuspir na sua cara e de te desprezar pela eternidade. Guarde o moralismo para as ovelhas.

Vou dizer algo que a crítica literária considera heresia suprema, mas acho que Swift poderia ter feito o livro mais bem editado, certamente menor. Eu diria que a quarta parte, em que o personagem interage com houyhnhnms, é inteiramente descartável, sem qualquer prejuízo para o conjunto do livro. Mas entendo os críticos literários, esses adoradores da letra extrema, da letra escrita máxima, da inviolabilidade da palavra do escritor, como se ele fosse um pequeno deus pagão, não importa o quanto o sujeito esteja disposto a se arrastar pelo deserto árido ou redundante das ideias, o crucial é o que ele disse, a precisão das palavras. Mas ora, se palavras são, de início, substitutas das coisas do mundo, portanto arbitrárias e, portanto, algo falsas, não entendo tanto a defesa tão acirrada da letra da lei da escrita. Sempre acho que há pontos de corte. Defendo a edição como possibilidade de reduzir sem perda significativa de conteúdo. Suponho até que *Pontos de corte* poderia ser um título para este ensaio. Pontos de corte como coisas que poderiam ser editadas no contexto da sociedade, por exemplo. E por ter feito chegar a esse achado talvez eu possa perdoar Swift, pelo menos um pouco.

Elegância
do desprezo

50

A história do gato é assim. Um dia estou de saída para ir ao supermercado e quando abro a porta de casa, ouço um miado. Enquanto chamo o elevador, inclino-me para olhar pelo corredor que dá acesso ao outro elevador e à lixeira. Ali está um filhote de gato, ao pé da escada, a miar no que parece misto de fome e desolação. Como estou de saída, deixo para lá, imagino que no intervalo entre ir ao supermercado e voltar ele terá sido resgatado pelo dono legítimo. Mas na volta, cerca de uma hora depois, ele ainda está no mesmo lugar e o miado parece o mesmo. Ou talvez ainda mais sofrido, porque a fome certamente aumentou.

Abro a porta da cozinha que dá acesso ao mesmo hall do elevador e coloco um pires com leite. O gato vem, toma o leite e depois não quer mais sair, mesmo eu tendo deixado a porta aberta. Olho para ele e no mesmo instante me aparece um nome que combina com ele, tanto que pronuncio em voz alta.

— Pompeu.

Fica sendo o nome do gato. Muito embora o nome seja adereço puramente humano, porque Pompeu o ignora tão solenemente quanto ignora outros sons saídos da minha boca. Coloco foto com imagem dele e aviso, caso o dono queira recuperar o bichano, mas passados alguns dias sem que ninguém se pronuncie, retiro os avisos dos dois elevadores da entrada onde fica o meu apartamento e o decreto oficialmente meu. Levo-o depois ao veterinário para vacinas, vermífugos e o que mais é necessário.

O que há entre nós é que viramos companheiros, espécie de camaradas que dividem a mesma residência, mas cada um cuida da própria vida, meio que ignorando a existência do outro. Digo isso com tranquilidade e de maneira inequívoca, ou seja, aquele meu decreto inicial de que o gato me pertencia e que disse comigo mesmo enquanto retirava os avisos dos elevadores foi para o saco. Um gato não pertence. Se algo, ele se torna uma espécie de tirano com demandas relativamente poucas, geralmente relacionadas com apetite, mas firmes, insistentes. Gatos não têm demandas emocionais, como cachorros. Os únicos momentos em que ele se digna a se dirigir a mim é quando está com fome e o pote de ração, vazio. Então se esfrega nas minhas pernas e mia, para chamar minha atenção. "Humano, está na hora de levantar a bunda da cadeira e cuidar do meu almoço", ele parece dizer. "Anda, quero comer. Agora." Os olhos não transparecem raiva, mas um tipo de petulância misturada com insolência. São olhos incisivos.

Quando estou no escritório, ele às vezes se instala sobre a impressora, que fica na mesma bancada onde está o computador, na verdade bem ao lado, termina a minha tela, há um pequeno espaço e logo começa a impressora. Ele se acomoda ali e fica dormindo, a me fazer companhia. Se falasse, diria, "estou aqui, meu chapa, pode contar comigo, mas agora vou tirar uma soneca".

Grande parte da vida de Pompeu se resume a isso, dormir. Nada de escrever no computador, ou preocupações sem fim com aspectos da existência. Ele dorme, acorda, se espreguiça esticando as patas dianteiras, boceja, as patas traseiras num alongamento curioso, depois come, depois pula de um móvel para outro ou persegue algum inseto, depois lambe as patas e se lava, depois vai até a caixa de areia (que não tem areia, mas uns grânulos que deveriam disfarçar o cheiro de xixi e do cocô, mas o sucesso não é total) e faz as necessidades. E começa tudo de novo, talvez apenas em outra ordem. Emite barulhinho de motor quando lhe faço carinho. Afia as garras nos móveis, ignora brinquedos que comprei para esse fim.

O resumo de Pompeu é o resumo de todo gato que existe, me parece. Há uma ou outra atividade no meio tempo, novas visitas ao veterinário, de onde ele volta com banho tomado e um laço ridículo no pescoço que faço questão de tirar logo. A diferença é que uns se aninham no colo, em vez de se enroscarem sobre a parte de cima da impressora. Todos mestres ninjas silenciosos, mostram um tipo de elegância do desprezo que chega a ser acinte. É isso que Pompeu tem para me ensinar. Ignora com cara de paisagem tanto eu mesmo como Selma ou qualquer pessoa que apareça no apartamento, mas a verdade é que ninguém aparece, a não ser às vezes Hildegard, convocado para arrumar alguma carrapeta da torneira da pia ou para trocar fiação elétrica. Ele também é ignorado, depois que Pompeu aparece na porta da cozinha para satisfazer a própria curiosidade com o som de outra voz e, dois segundos depois, curiosidade satisfeita, recolhe-se novamente aos aposentos internos. No mais, não há outras intercorrências em sua vida felina. Ele parece ser pura existência, sem questionamentos, sem dúvidas, sem problemas. Pompeu é o melhor e o mais eficiente dos misantropos.

51

Beleza e tristeza do comum

Às vezes suponho que o fato de eu gostar de Selma, por mais que ela tenha capacidade de me tirar do sério, e não gostar do resto do mundo me faz ter postura ambígua, seletiva, parcial. O que me leva a formular novo título.

Misantropia seletiva.

Talvez devesse fazer o livro todo em torno desse conceito. É o avanço da misantropia, em vez de querer me afastar inteiramente de tudo e de todos, manter ponto de contato com o resto da humanidade, porta de acesso por onde inclusive veicular críticas, que não são poucas, que se empilham e formam uma montanha que não para de crescer. No meu caso, esse ponto de contato é Selma. Que me atormenta as ideias e me cativa com seu jeito um tanto simplório, às vezes, e em outras ela é muito sagaz.

Selma e eu, dois humanos comuns, apenas. Numa longa lista de humanos comuns a fazerem coisas comuns e banais, como se enroscar sobre a cama ou jantar na companhia um do outro, ignorados ambos por Pompeu ou, quando os filhos dela estão na cidade e jantamos na casa dela, ignorados por filhos parciais. A verdade é que fomos todos educados a só prestar atenção aos seres humanos que se destacam do bolo geral, os que estão fora da curva, os que se destacam do mar do comum e do mar do banal, e que no fundo são uma só água, feito o Pacífico e o Atlântico. Mas a história da humanidade é a história do banal, do corriqueiro, do comum. E claro que o que a história fez foi justamente negar isso durante muito tempo e se concentrar nos grandes nomes, nos destaques, nos sujeitos fora da curva, nos grandes eventos. Até que a própria história decidiu que tinha chegado a hora de começar a se dedicar às minúcias, aos detalhes, descer ao rés do chão e olhar o que faz o cidadão comum e banal. Não deixa de ser avanço, até mesmo para a disciplina. História da vida privada, história do sujeito, do cidadão, do rastaquera, do chinfrim, do qualquer um, do zé ruela. Corre o risco de a história desaparecer, mas que alternativa os caras têm? Precisam fazer isso nem que seja só por um instante. Sem prejuízo de uma outra parcela da turma continuar a fazer o trabalho de sempre, da grande história, do grande período, do megaevento, do conjunto da obra. Dos caras fora da curva. Dos bambambãs. Dos grandes realizadores. Dos destaques. Dos nada misantropos.

Selma e eu, nada disso. Apenas um casal. Ele com gato. Ela com filhos. Chatos comuns.

Uma pitada de misantropia, pelo menos. Para ele, que está servido. Ela talvez seja alérgica.

O comum e o banal entram num bar.

Não, se pensar bem não rende piada. É só triste.

52

Resumos acadêmicos

Negligenciei até agora a minha atividade de professor aqui neste relato e devo dizer que foi intencional. Pensei que iria poder passar sem falar a respeito do assunto, mas agora me dou conta de que isso não seria honesto, como não seria honesto se eu não falasse a verdade a respeito do que penso de minha atividade. Queria apresentar aos três leitores (talvez deva usar um inclusivo genérico aqui, vocês, leitor*s) apenas o lado destacado da minha pequena pessoa, o lado ensaísta bem-sucedido. Pelo menos no caso único do livro a respeito de literatura brasileira, que alcançou a quinta reimpressão, como aparentemente eu não me canso de reafirmar. Me dou conta de que fazer isso seria extravasar apenas vaidade e um pouco quem sabe de arrogância de minha parte. E se pretendo esmiuçar a misantropia, devo começar sem dúvida pela explicação a respeito de como consigo conciliar o fato de ser professor com minha postura pessoal de misantropo. Porque essas coisas é claro que não se coadunam. Não falam a mesma língua, se preferirem.

Quando entrei para o curso de letras, a intenção era virar escritor e isso dá um pouco de ideia a respeito do meu nível de inocência à época. Por algumas razões. A primeira é que o curso de letras não forma escritores. Se formasse, e essa é uma segunda razão, estaria longe de ser o modelo de escritor que vive do que escreve. Estaria mais para o modelo que escreve coisas sérias e interessantes com intenções claras de fazer parte do clube dos escritores canônicos que são justamente aqueles que as universidades se interessam por manter nos currículos, do que estaria para os escritores de ficção ligeira, para usar um nome nem tão ofensivo, mas cuja atividade permite novas tiragens e retorno financeiro no curto prazo. Vendas substanciais ao longo de muito tempo ou vendas vultosas a jato é mais ou menos o que diferem os dois tipos de escritores. Acontece que o sujeito das vendas a longo prazo dificilmente está vivo para usufruir do reconhecimento, que começa a aparecer muito tempo depois que o sujeito bate as botas. Enquanto o outro é o cara que ganha o suficiente para ficar às vezes muito bem de vida, a ponto de se mudar para a França e viver dos direitos autorais com folga e tranquilidade. Mas o curso de letras forma professores, não escritores. A não ser que o sujeito encontre por conta própria algum caminho e isso tem pouco a ver com a formação que obteve, é a situação em que ele encontraria mesmo que tivesse cursado engenharia ou geografia. Em alguma medida, eu não fui esse sujeito. Quer dizer, não investi logo todas as minhas forças para viver do que escrevo. Até porque concluí que não era ficção a minha praia. Era mais não ficção, era o ensaio. Mesmo assim, só muito depois de ter entrado para a carreira de magistério foi que produzi o livro que me deu reconhecimento bem pequeno. Com muito pouco retorno financeiro, diga-se de passagem. Aí entra na conta uma equação que precisa ser considerada. O Brasil é e sempre foi um país de poucos leitores. Mas como a população é grande, ainda é possível sonhar com algum tipo de sucesso.

Estou me desviando do que havia me proposto falar, reconheço.

Vamos devagar. Cursei letras, numa universidade pública federal. Depois fiz mestrado em outra universidade federal, de uma cidade diferente. E doutorado numa terceira, em outra cidade ainda. Sempre com bolsas financiadas com dinheiro público nesse período de pós-graduação, o que me fez remoer por dois segundos um tipo de culpa e talvez a sensação de responsabilidade que me fazia dizer que precisava devolver para a sociedade o investimento que ela havia feito em mim ao longo de seis anos, dois de mestrado, quatro de doutorado. Isso talvez represente um percalço na minha trajetória de misantropo. Como cuspir no prato em que se come, em cinco lições.

Tem uma história interessante que envolve a minha orientadora de mestrado, a professora cearense Aglaia de Souza Lemos, longe de casa mas ainda com sotaque. Mulher brilhante, ela falava pelos cotovelos, o que era um alívio para mim, que podia manter a minha timidez à mostra e fingir ser interlocutor inteligente só por me manter calado e atento diante da eloquência dela. Nessa época, andava meio triste porque estava distante de Raquel e achava que ela estava prestes a me dar um glorioso pé na bunda. Quando mencionei isso para Aglaia, minha orientadora me aconselhou a engravidar logo essa minha namorada, antes que ela escapasse por entre os meus dedos. "Filhos são âncora existencial", ela me disse. "Foi por ter filhos que fiquei por aqui." Aqui como representante da Terra, ou no lugar de existência; aqui, viva, acho que ela queria dizer. E do tanto que falava, eu poderia supor que ela bem que gostava da experiência de estar viva, nem que fosse só para poder falar. A responsabilidade de não ser só você, de se ver obrigado a ficar um pouco mais até que os filhos consigam autonomia, algo que no caso dos humanos toma muito tempo, era a motivação da minha orientadora, eu soube naquele momento.

Não é fácil manter relacionamento à distância. Como Raquel tinha dificuldade de engravidar, terminei sucumbindo à alternativa, propor casamento, o que aconteceu assim que defendi minha dissertação de mestrado. A vida adulta, em toda a sua glória banal e comum. Éramos nós, Raquel e eu; ela com vinte e oito anos, eu com trinta. Terminei o mestrado e emendei com a prova para o doutorado. Na metade do doutorado fiz concurso para virar professor. Havia candidatos com doutorado concluído na mesma prova, o que lhes dava vantagem, mas meu afinco e determinação me permitiram um atalho. E talvez alguma desavença entre membros da banca e alguns candidatos, isso também pode ter me beneficiado. A experiência de dez anos como professor de ensino médio certamente ajudou um pouco. Quando chegou o momento de defender a tese de doutorado, eu era professor universitário havia dois anos.

Agora, se existe alguma coisa que o curso de letras me ensinou, nas análises literárias de toda ordem, é que você não pode abrir mão do personagem. É dele que as boas narrativas retiram força e substância. Claro, não apenas dos personagens, mas do personagem central, das crises, dúvidas, problemas e dos meios que ele encontra para resolvê-los, é disso que a literatura extrai o tutano. De modo que, colocando em perspectiva tudo o que escrevi até agora, meu livro não vai se dar bem, porque ando a ignorar o princípio fundamental. Não é misantropia o grande tema, mas personagem, cada um desses sujeitos que foram misantropos e os motivos que apresentaram para se tornar o que são; talvez também seja eu mesmo em alguma medida, como narrador. Além disso, é preciso considerar como esses misantropos foram ridicularizados ao longo da história da literatura e como serviram apenas de modelo do que não se deve fazer para ser um humano de qualidade. É verdade, se eu estivesse a produzir ficção, estaria no sal. Mas como minhas intenções são ensaísticas, como meu mote é não ficcional, talvez consiga ser bem-sucedido. Se bem que tenho contado coisas demais a meu respeito aqui, o que alguém pode confundir com autoficção e me acusar de ser um ensaísta pouco convencional. De outra parte, talvez também seja justamente esse tempero extra que possa despertar o interesse do leitor e me arrumar um outro livro com múltiplas reimpressões, se eu for além d*s três leitor*s, se mais gente de repente descobrir interesse nesta obra. A ambição é sempre um bom estímulo. Até quem sabe eu ganhe um Jabuti, o principal prêmio literário brasileiro, concedido anualmente pela Câmara Brasileira do Livro desde 1959. Não abre qualquer porta para vendas, mas dá prestígio e massageia o ego.

Percebo que abri uma série de abas de diferentes assuntos e não concluí nenhum. O que me deixa pensando como é que desenvolvi carreira acadêmica. Talvez a leniência do sistema tenha a ver com tudo isso. A impressão de ser uma fraude bem-sucedida nunca me abandonou. Sobretudo quando me tornei professor. Se sendo quem sou posso virar professor, isso significa que tem um problema muito grave nos métodos de seleção. Mas isso talvez seja assunto para outro capítulo, que não estará em forma de resumo, como este aqui se pretendia desde o título.

53

Mordidas civilizadas

Não quero me estender demais sobre o assunto, porque o considero lateral para o que estou tratando aqui. De modo que vou me permitir só um outro resumo, vai soar cru em demasia mas é o que posso fornecer no momento, antes de voltar para os trilhos de minha história. Ou seja, esqueçam o aviso no fim do último parágrafo do capítulo anterior.

Desde que entrei para a universidade federal, portanto pública, tenho visto os alunos falarem em excelência e rankings, diferentes modelos de contagem de pontos para deixar essa ou aquela na frente dessa ou daquela outra. Reparei, todavia, que os alunos passam. Passam pela sua disciplina e depois somem. Talvez voltem para ser seus orientandos de trabalho final de curso, ou de mestrado, ou de doutorado. Uns poucos voltam a ser seus alunos. Um ou dois se tornam amigos pessoais (para os que cultivam amigos). Mas a grande maioria passa feito cardume. A função do aluno é passar, de ano, pela disciplina, pelo curso, até cair no mundo, com diploma na mão, supostamente preparado para a vida e o mercado de trabalho. Entretanto, em que pese eu mesmo ter seguido essa trajetória, não é a respeito dos alunos que quero falar.

Quero falar a respeito dos meus colegas de trabalho, os professores. A atividade de dar aulas é brilhante em vários aspectos. Você tem autonomia para fazer mais ou menos o que bem entende com a aula, pode planejá-la como quiser, ser o mais inventivo que a sua cabeça te permitir. Isso é ótimo, mas a verdade é que também cansa ser inventivo e a certa altura você se vê reaproveitando o curso do semestre passado, reciclado, para a turma deste novo semestre. Se não tomar cuidado, vai ficar parecido com ator sobre o palco, com falas decoradas e emoções empostadas. Em suma, um impostor. Mas isso é com cada professor.

O que realmente me incomoda é que as tarefas administrativas da universidade precisam ser assumidas pelos professores. Pelo menos a parte que diz respeito ao mundo acadêmico. Chefia de departamento, direção de faculdade, mil e uma comissões, representação em instâncias do decanato disso e daquilo, representação no núcleo docente estruturante, suplência disso ou daquilo, papéis infinitos para preencher quando se quer progressão de carreira, burocracia infinita com aprovação pelo colegiado, depois pelo conselho da faculdade, depois nas várias outras instâncias superiores, tudo pesado, medido, analisado, discutido, infinitamente. É um mar burocrático cuja intenção é tolher a atividade criadora e transformar você num verme que adora discutir, em eterno retorno, os mesmos e infinitos temas redundantes. E ainda que haja jurisprudência para evitar que a discussão se prolongue além do necessário, você se vê na reunião de colegiado com colegas a estender a tortura da filigrana a respeito do sexo e não digo de todos os anjos, mas também dos arcanjos, principados, potestades, virtudes, dominações, tronos, querubins e, claro, não menos importantes, serafins, não vamos esquecer os serafins. Num mundo afeito a catalogações, rótulos, apliques, categorias, é claro que tudo precisa ser resolvido até não restar mais qualquer dúvida. E da forma mais aparentemente civilizada que existe, todo mundo arranca um pedaço do oponente.

Então comecei a notar que, a despeito do volume de aulas ser relativamente pequeno para os professores, no limite, uma disciplina de graduação, uma disciplina na pós-graduação, para que te sobre tempo para se dedicar às pesquisas ou a algum projeto de extensão ou ainda tantas tarefas administrativas, o volume de trabalho extra não é tão pequeno nem te deixa tanto tempo livre como você imaginou que seria possível. E assim, reparei, as reuniões de colegiado passaram, cada vez mais, a discutir quantos professores podem solicitar licença, para fazer curso de aperfeiçoamento, pós-doutorado ou licença capacitação, outra licença sênior. Por ser um número restrito que pode sair de cada vez, no máximo dez por cento do total do corpo docente, a briga para decidir quem sai, como sai, quando volta, como volta, é enorme e passou a dominar praticamente todo o tempo das reuniões do colegiado. Os professores estão mais preocupados com as próprias licenças e com o futuro das futuras licenças que poderão usufruir do que com discutir pedagogias ou processos de aprendizagem ou melhorias. Civilizadamente, abocanham.

54

Perfume de recusa

Às vezes você encontra um personagem na literatura que é completamente voltado para as questões do mundo, personagem de intensa urbanidade, por dizer assim. Como Arthur Conan Doyle, ele mesmo, o escritor que criou o personagem Sherlock Holmes, mas que é transformado em personagem por outro escritor, o também inglês Julian Barnes, no romance *Arthur & George*. Baseado em fato real, se poderia dizer a respeito do livro. Trata-se da ajuda que o escritor presta ao advogado, esse um desconhecido, George Edalji, injustamente condenado por crime que não cometeu. A partir de relatórios, atas, matérias de jornal, cartas entre os envolvidos e acessos a arquivos, Barnes faz um romance muito envolvente, que em alguma medida lembra a solução de crimes do personagem detetive de Doyle. Mas é também romance a respeito de tribunais e romance a respeito da particularidade do escritor, que acreditava em espiritismo, paranormalidade, e por conta disso atuou boa parte da vida pela causa. É ainda a história de amor de Conan Doyle com a segunda esposa, Jean Leckie. Por mais misturas de temas que tenha, o romance funciona.

Mundialmente conhecido e atuante, Arthur Conan Doyle ganha dinheiro com literatura e vive de modo agitado, engajado em questões que lhe chamam atenção. Mas mesmo um sujeito como ele pode ter um dia de misantropia, como Barnes faz acreditar. "Ele é louvado como um grande homem da sua época", escreve Barnes, "mas, embora participe ativamente do mundo, seu coração sente-se fora de sintonia com ele".

Misantropia como ausência de sintonia, mesmo para quem é participante entusiasmado do mundo e do próprio tempo. Mas, nesse caso, dura só um segundo e logo a personagem está de volta ao mundo e ao entusiasmo. É só uma leve fragrância de misantropia no ar, que desaparece sem deixar traço.

55

Acordem,
irmãos

Tem gente que se especializa na arte de insultar e não liga muito para a ideia de civilidade ou de manutenção de aparências. A arte do insulto é forma ativa e interessante de misantropia. Penso em Mencken, no jornalista norte-americano Henry Louis Mencken, ou, como ele prefere assinar, H.L. Mencken. Trabalha para jornais, funda algumas revistas e por toda a parte que passa mantém caneta sempre cheia de tinta contra tudo e o mundo. "O poder de Mencken residia na sua independência para defender causas tão antipáticas que deviam provocar urticárias nos donos dos jornais em que escrevia, sem ser editado, repreendido ou censurado", escreve um fã, Ruy Castro, que também traduz parte da obra para o português.

Mencken parece ter consigo maquininha sempre azeitada de destilar veneno, se bem que usar metáfora de metralhadora giratória de vitupérios também funcione. Parte do problema dos humanos, me parece, é o dispositivo interno que vem acoplado em todos os espécimes. Não importa quantas experiências negativas você atravessa, sempre volta em algum momento a acreditar que pode dar certo da próxima vez, que há esperança, que não se pode fechar a porta em definitivo na cara do otimismo. Numa lista de textos curtos intitulada *Tipos de homens*, Mencken usa a expressão "aroma da dúvida" quando procura definir o que seria um cético. Defende que ainda está para nascer alguém que mereça confiança ilimitada. O processo de trair a que o humano parece vocacionado "espera apenas por uma tentação suficiente". Por falar no assunto, uma vez escreve: "O adultério é a democracia aplicada ao amor".

O curioso, creio, é que embora mencione com grande frequência a amplitude e vastidão da covardia humana, se esquece (ou não se dá conta, isso também é uma possibilidade) de mencionar que talvez seja a covardia o verdadeiro impedimento para que mais pessoas se tornem misantrópicas. Covardia — e o permanente sistema de vigilância recíproca que o ser humano adora praticar contra semelhantes — aproxima pessoas umas das outras e as mantêm ocupadas com barulhos vizinhos. Todos com medo enorme da própria solidão e do que poderia advir de um estágio de mergulho intenso nela. Ou, para rodar o parafuso uma volta, a solidão pode ser até tolerável, num certo ponto e resguardado um limite; mas a misantropia é vista como claro desajuste.

Para Mencken, o ser humano, em vez de ser a obra-prima dos deuses, é um "subproduto acidental das maquinações vastas, inescrutáveis e provavelmente sem sentido desses mesmos deuses". E usa uma metáfora de ferreiro, que provoca chuva de faíscas ao fabricar ferraduras, e que ele define como espécie de doença da ferradura, para se referir ao homem, também ele um tipo de doença, mas do cosmos, "uma espécie de eczema ou uretrite pestífera". Em outra parte, o homem é definido como "supremo palhaço da criação". Sua capacidade de abstração, prossegue, não se traduz em exercício salubre: "É fácil observar que a maior parte do pensamento do homem é estúpida, sem sentido e injuriosa para ele" e as ideias que mais fazem sucesso e arrebanham entusiasmo são as mais insanas. Não bastasse, saca do bolso a estatística de que noventa por cento dos ídolos populares do mundo "não passaram de mascates baratos de *nonsense*". As pessoas estão mais dispostas a abraçar ideias estapafúrdias do que se entender com a verdade. E se especializaram, diz, em tornar os outros infelizes. "É uma arte como outra qualquer. Seus virtuoses são chamados de altruístas", escreve.

O curioso em tudo isso, me parece, é que em vez de abraçar a misantropia, Mencken continua a se manifestar nas páginas dos jornais e em livros, como se o arsenal de insultos tivesse o poder de despertar as pessoas. Devia acreditar no poder de transformação da própria palavra. No fundo, otimista praticante.

Curto-circuito do pensamento

Por falar em Mencken, é dele uma frase que diz que "não há registro na história humana de um filósofo feliz". A não ser no mundo das fantasias. Na vida real, segue, são um bando de suicidas, capazes de enxotar os próprios filhos de casa e dar surra nas esposas. Mencken compara o filósofo pensante ao chimpanzé no zoológico, ambos ocupados em catar pulgas (as do filósofo, evidentemente metafóricas), ambos frustrados com o resultado. Alguns morrem na merda, como já disse aqui antes. Ou melhor, e talvez também esteja recorrendo a metáforas, todos os filósofos morrem na merda. Pensar, que o ser humano gosta de ver como vantagem, é fonte de toda infelicidade que existe. Porque a infelicidade é produto do pensamento, não tenho dúvidas quanto a isso. Mas também se me fosse dada a opção de levar a vida sem fazer uso do pensamento, ia recusar. Esse é o paradoxo, que filósofos aliás adoram. Eles se divertem em mostrar que a história do pensamento é sempre a realização de algum tipo de curto-circuito mental.

Não se pode, portanto, falar em filósofo feliz, porque dizer isso é usar uma contradição de termos. Ou falar em misantropo feliz, como queria um título que aventei antes. Mas penso que não estaria de todo errado sugerir variante desse título. Me ocorreu agora. *O camarote do misantropo*. Afinal, é de longe, meio do alto e bem localizado, talvez com binóculo, que ele contempla a ruína do projeto humano. Sem descer do salto quinze agulha vermelho. E com sorriso de sarcasmo mal contido num dos cantos dos lábios.

Pronto, tenho mais um candidato a título.

57

Pompeu não faz lista

Falei antes, ao citar um trecho de um ensaio do escritor Cesare Pavese, nessa tendência do ser humano de gostar de catalogação. É tendência que a literatura copia da vida, feitura de listas intermináveis de itens. Pode ser linhagem de parentes (Bíblia), relatório de navios com respectivos capitães (*Ilíada*), tudo o que é tipo de quinquilharia possível e imaginável (*Gargântua e Pantagruel*), exemplares de cavalaria andante (*Dom Quixote*), não vou continuar mais, sob pena de também fazer lista, qual seja, a dos livros que possuem lista. Não obstante, para acrescentar um livro de não ficção, eu diria que o filósofo André Comte-Sponville bem que tentou fazer catálogo de não misantropia ao escrever o *Pequeno tratado das grandes virtudes*. O mundo se salva se conseguir se dedicar com devido afinco ao bem, às virtudes, é o argumento. Ele as enumera para ajudar, da menor virtude (polidez) para a maior (amor). Sugere solução. Nada factível, mas solução. Adoramos sugestões.

A questão é: por que se fazem tantas listas? Hábito humano, sem dúvida, decorrência da necessidade de catalogar, rotular, enquadrar, fazer caber, explicar, categorizar, dividir em episódios, separar por capítulos. É meio que inevitável, vocação do ser humano que almeja deixar o mundo minimamente com aparência de nítido, para se contrapor à tendência ao caos que lhe é natural. Há uma espécie de felicidade de encontrar índice da obra, lista dos termos, encadeamento de ideias, sucessão de palavras organizadas, enumeração dos itens, felicidade que os filósofos evidentemente não sabem explicar nem sugerem entender. A humanidade, sinto dizer, não é explicável, seja por qual lista ou critério ou catálogo ou rótulo ou que índice remissivo for. Justamente por conta dessa rebeldia é que as pessoas parecem insistir tanto num mecanismo de enquadramento.

Estou aqui às voltas com esse tipo de ideias, meio que a fugir do assunto do meu ensaio, percebo, mas está certo, avisei antes que iria ziguezaguear mesmo e tudo bem. Paro um pouco para observar o sono despretensioso de Pompeu sobre a impressora.

Enroscado sobre si mesmo, relaxado, fico a pensar até que ponto o batuquezinho do meu teclado não é responsável por embalar seu sono e cogito se gatos sonham ou até que ponto eles não conseguem diferenciar os estados de sono e vigília, e percebem tudo como parte de um mesmo e não catalogável — embora estranho — universo. Fico a pensar também na lista de títulos que venho produzindo para este ensaio, sem chegar até agora a parte alguma a não ser em mais lista. Uma hora virá o título definitivo, tenho certeza. É só ter confiança e paciência, dois atributos que me são escassos.

Tergiversei demais. Mas penso que seria possível fazer ponte, dizer que o misantropo é sujeito fora de catálogo, enquadramento, rótulo, sujeição. O único e verdadeiro rebelde.

Melhor voltar.

58

Capítulo
desnecessário

Selma me atazana a paciência. Vem me ver, dessa vez tendo feito a gentileza pouco habitual de me ligar antes para avisar, mas não para pedir permissão, num dia em que estou particularmente de mau humor, envolto em nuvens negras. A oscilação do meu temperamento faz com que as pessoas que convivem comigo se tornem passageiros de uma montanha-russa de emoções.

Selma e eu, para usar outra imagem, somos como duas naus em alto-mar, mais ou menos à deriva, mas que navegam juntas e que de vez em quando se abalroam. É isso que precisamos manter, digo para ela de quando em quando, o equilíbrio da distância e um ou outro encontro. O convívio mais próximo iria acirrar todos os nossos defeitos e fazer a relação naufragar.

— Não se preocupe, não quero me casar com você — ela debocha, sempre que faço afronta. É sempre o mesmo argumento, seria péssimo marido, por conta do mau humor, que só é engraçado para quem não precisa conviver com ele em bases diárias.

Encho-a de patadas até que Selma decide voltar para casa e me deixar cozinhando sozinho um preparado que me livre de nuvens negras e pesadas, o que não necessariamente me mobiliza tanto. Eu talvez goste do tempo fechado. Me sinto bem com ele.

Acho que fiz um capítulo descartável e inútil. Que fique, para me lembrar que nem só de utilidade é possível viver.

Cínico é
o outro

Nos desvios que me propus a fazer, de vez em quando sou obrigado a voltar um pouco e retomar um raciocínio que comecei ali atrás. O capítulo dos jornalistas, que se abriu com Mencken, achei que ia ser um dos mais difíceis de desenrolar em novas frentes. Por motivo simples, vou explicar. A profissão dos jornalistas os condiciona a manter olhar voltado para pessoas, para o outro, para o que os humanos fazem, pensam, sobretudo para ações que praticam e com especial atenção para o momento em que fogem do senso comum. Jornalista é curioso, mas curioso sobretudo pelo alheio. Instado a falar de si, ele se atrapalha todo, embora da boca para fora seja capaz de fingir que não. Com um problema de fundo em tudo isso que digo, claro, que é o seguinte: no dia a dia das nações é muito difícil você se deparar com césares, napoleões, gengis khans. Há muitos palhaços, líderes fracos ou tacanhos, toscos, limitados ao velho arroz com feijão brutal, aos quais os jornalistas precisam ouvir e, por defeito de princípio que se recusam a consertar, precisam dar voz, voz que é um tipo de megafone, quando ampliada nas páginas de jornal. Me parece que jornalista que se declara misantropo é uma de duas coisas, falso jornalista ou falso misantropo.

De volta, então, a um deles e vamos ver o que acontece. Isso porque me lembrei do livro do Ambrose Bierce chamado *Dicionário do Diabo*. Tendo passado uma boa temporada em trabalhos para jornais, Bierce um dia reúne o que tem em verbetes cujo poder corrosivo é impressionante. Junta textos por mais de vinte e cinco anos e quando publica pela primeira vez, em 1906, o livro leva o título de *Dicionário do cínico*, só cinco anos mais tarde renomeado para *Dicionário do Diabo*, como é conhecido até hoje por meia dúzia de pessoas que ainda se interessam por literatura.

Culturas, religiões, profissões, nada escapa do alcance da crítica de Bierce. Na apresentação do autor e do texto em português, aliás intitulada "Misantropia em verso e prosa", Rogerio W. Galindo diz que o *Dicionário* é "no fundo, um libelo contra a soberba humana, contra as nossas pretensões". Ênfase na preposição, *contra*, duplamente registrada para não deixar margem à dúvida. Um crítico, Clifton Fadiman, diz que o que iria perpetuar a obra de Bierce era a "pureza de sua misantropia", mais do que talento. Galindo adiciona que em cada gesto misantrópico de Bierce "há também algo de crença no humano", ou seja, trata-se de misantropo de meia-tigela. Mas, por enfrentar a soberba, talvez se salve. Mencken diz, por sua vez: "Até hoje, de fato, nunca vi um cínico tão completo quanto Bierce". E compara o sentimento de descrença no homem entre Bierce e Mark Twain, com vantagem para o primeiro.

O curioso, no *Dicionário*, é que não há verbete para misantropo ou misantropia. Como o primeiro título é *Dicionário do cínico*, pelo menos há definição para esse substantivo: "Um canalha cuja visão defeituosa vê as coisas como elas são, não como devem ser". O verbete do livro para *barulho* também é interessante: "Fedor na orelha. Música não domesticada. O principal produto e signo autenticador da civilização". Para *difamar*, ele fornece a seguinte informação: "Mentir sobre outrem. Falar a verdade sobre outrem". E define o amor como "insanidade passageira, curável pelo casamento".

Ao tentar genealogia do *estúpido*, Bierce recua e chega a Adão, embora module e admita que os estúpidos vieram da Beócia, de onde foram expulsos pela fome, depois que sua estultice arruína colheitas. Espalhados pela Europa, onde ocupam altos postos na literatura, nas artes, na política, na ciência e na teologia, chegam de navio mais tarde aos Estados Unidos, que têm, à época em que o verbete é escrito, pouco menos de trinta milhões de estúpidos, "já incluídos os estatísticos".

60

Contra tudo
e todos

O maior satirista alemão do século vinte é Karl Kraus, tão bom que às vezes o colocam entre os grandes de todos os tempos: Aristófanes, Luciano, Horácio, Juvenal, François Rabelais, Molière, Francisco Gómez de Quevedo, Ben Jonson, Jonathan Swift, Nikolai Gogol (opa, mais lista, não me contive).

Todavia, não sei, não sei, talvez haja precipitação e exagero em incluí-lo nesse time, como se propõe a fazer Elias Canetti. Mais que jornalista, Kraus é dono de jornal. Funda em 1899 *A tocha*, que passa a redigir sozinho a partir de 1911 e continua até poucos meses antes de morrer, em 1936. Enquanto isso, publica três coletâneas de aforismos, esse gênero que considero passo acima da filosofia e passo antes da poesia, por sua vez a forma mais elevada de expressão linguística.

Aforismo é a poesia do ensaísta, pode-se dizer, numa expressão que parece aforística e, portanto, adequada.

O primeiro dos livros de Kraus nesse gênero é *Ditos e contraditos*, de 1909. O segundo tem título que é muito interessante para quem está pensando em misantropia, *Pro domo et mundo*, de 1912, que poderia ser traduzido em português para algo como "Em defesa dos meus interesses e dos interesses do mundo". A terceira coletânea chama-se *De noite*, concluída em 1916 e publicada em 1919. Pronunciando-se, no primeiro livro, contra o chauvinismo ou o ódio racial, Kraus diz: "Para mim, todos os seres humanos são iguais; há idiotas em toda parte e tenho o mesmo desprezo por todos. Nada de preconceitos mesquinhos!". E do mesmo livro: "Em caso de igual estupidez, importa a diferença de volume corporal. Um imbecil não deveria ocupar espaço demais".

Às vezes, consegue, no meio da artilharia pesada, manter algum senso de humor: "Muitos têm o desejo de me matar. Muitos, o desejo de ter dois dedos de prosa comigo. Daqueles a lei me protege". O que me lembra muito o início de *Dom Casmurro*, quando o narrador cochila no bonde enquanto ouve a poesia de um conhecido, muito chato por sinal, mas que se vinga da desatenção colocando o apelido de casmurro que se espalha e firma, e os amigos, por chiste, acrescentam o dom, mas isso é outra história inteiramente. O último aforismo do primeiro livro que pretendo citar é este: "A solidão seria um estado ideal se pudéssemos escolher que pessoas evitar". Um cara desses tem toda pinta de que seria misantropo profundo, mas o depoimento de Elias Canetti em *A consciência das palavras*, ao descrever as conferências públicas de Karl Kraus, muito concorridas, me desmente. Na primavera de 1924, Canetti relata, vai a um auditório de concertos em Viena e vê sobre o palco o homem franzino, curvado para a frente, com rosto de formato pontiagudo, "de uma imobilidade incomum, que eu não compreendia e que tinha algo de um ente desconhecido, um animal recém-descoberto, que eu não saberia dizer qual. A voz era penetrante, agitava e dominava com leveza o auditório em suas repentinas, mas constantes, modulações". Nessa descrição do magnetismo de Karl Kraus qualquer traço de misantropia parece acinte.

No segundo livro, como que para me tranquilizar, ele faz aforismo para dizer que divide as pessoas que não cumprimenta em quatro grupos: para não se comprometer; para não comprometê-las; para não se prejudicar junto a elas; e, por fim, para não se prejudicar junto a si mesmo. Não é fácil, ele diz, mas consegue estabelecer rotina de não cumprimentos: "Sei expressar de tal modo cada uma dessas nuanças que não sou injusto com ninguém", arremata. Mas então faz novo aforismo: "Não cumprimentar não basta. Também não cumprimentamos pessoas que não conhecemos". Entre ele mesmo e a vida, o caso é decidido entre cavalheiros. "Os adversários se separaram irreconciliados." Em tudo, parece um misantropo que age.

Quando chega a noite, ou melhor, o último livro, Kraus dispara venenos: "O analista transforma o ser humano em poeira"; "'O que o senhor tem contra X?', perguntam geralmente aqueles que têm algo de X"; "Como o mundo é governado e conduzido à guerra? Os diplomatas mentem aos jornalistas e acreditam na mentira quando a leem". Aliás, a respeito da guerra, eu diria que a facilidade com que populações são levadas a abraçar a causa é prova mais que suficiente da imbecilidade e do fracasso do projeto humano. Poderia continuar por muito tempo e muitas citações que corroboram o que penso que seja sintoma da misantropia explícita de Kraus. Encerro com uma contundente: "Não, a alma não fica com cicatrizes. A bala entrará por um ouvido da humanidade e sairá pelo outro".

Misantropo miniaturista

Se para jornalistas o tema não é simples, dada a própria natureza do trabalho, para escritores a dificuldade é ainda mais intensa, uma vez que não possuem a desculpa da natureza do trabalho. Escritores andam ao redor de certos temas espinhosos e muito poucos arrumam coragem para enfrentamento. Mais fácil, lhes parece, é recuar e falar de outra coisa. Dificilmente um crítico percebe o que acontece e menos ainda se mostra disposto a apontar o dedo. A verdade é que a categoria dos críticos é tola o suficiente para ser levada no bico por escritores espertinhos que mudam de assunto como quem toma banho.

Suponho que o medo dos escritores é este: o perigo de saírem chamuscados de assunto tão áspero. O que me leva a Dalton Trevisan, esse observador minucioso do ser humano acanalhado que comparece nos contos cada vez mais enxutos, redundantes e novos. É um ser humano que parece geograficamente localizado, não à toa o autor é chamado de Vampiro de Curitiba, mas a verdade é que logo se percebe que a geografia é o que menos interessa nas narrativas e, afora um ou outro regionalismo, o canalha de Trevisan é bastante universal. Com diálogos manifestos apenas com travessão seguido do sinal que indica pergunta, as elipses cheias de sentidos a serem preenchidos pela leitora, ele avança. Como na narrativa "Água pelando", em que a mãe irascível diz:

"— Se você não para quieta, minha filha…

"— ?

"— … está vendo aqui a chaleira de água pelando?"

Nas histórias de *Pico na veia*, os títulos inclusive vão embora, ficam apenas números para indicar cada novo texto. Contido, às vezes, num só período: "Não vou a lugar nenhum e, ai de mim, todo dia acabo chegando lá". Desalento selvagem, as histórias trevisaninas. Garantia do fracasso humano, reafirmado com ironia brutal e persistente.

62

Um pulo

Poetas talvez mereçam um canto especial aqui. Mas ia ser difícil fechar a conta, porque os exemplos, nesse caso, se multiplicariam ao infinito.

Vou ficar com um apenas, para não ser acusado de absoluta negligência. Mas insisto, o assunto não acabaria mais, se fosse o caso. Cabe tudo no ensaio, só digo isso.

Há um poema de Francisco Alvim que se chama "Aqui", do livro *Elefante*. Como tudo na poesia dele, há do minúsculo particular ao absoluto cósmico. Pulo a primeira parte, os seis primeiros versos, fico com os quatro últimos, que transcrevo sem aspas, apenas em corpo menor, embora seja citação, fiquem _s leitor_s informad_s. Mesmo que seja um acinte despropositado esse corte que proponho, cesura que não está lá:

aqui não tem mar tem céu

e ficamos claustrófobos

panos de chão irrisórios

do cosmo

Que termine sem ponto final é apenas mais uma das enormes sutilezas da minudência na poesia de Alvim. Sempre haverá crítico para dizer que o poema é muito mais a respeito da insignificância do que da misantropia. Banana para o crítico, cuja miopia prossegue em ascensão.

Todo poema é tratado misantrópico, todo. Cada um. Especialmente o que não quer ser. Poesia ou é descompasso ou nem pode almejar a ser qualquer coisa.

E estamos conversados.

63

Ponderação
brevíssima

Falei em aforismo, falei em poesia. Sinto-me tentado a incluir meus aforismos aqui, uma vez que não sou poeta. É jeito de criar livro dentro do livro, embora talvez o que eu tenha a dizer possa ser resumido a apenas um capítulo singular.

A ele, então.

64

Farpas de misantropia

Insignificância deveria ser palavra curta.

*

Não faltaria assunto se eu fosse comentarista de gafes humanas, dada a velocidade com que se multiplicam. Ombudsman da humanidade é um bom cargo, aceito com ambos, prazer e desgosto. Cartas para a redação, por favor.

*

Compactação. O mundo precisa cada vez menos.

*

Todo misantropo que se preze deveria viver pouco. É forma de assumir compromisso verdadeiro com a causa da misantropia. Misantropos longevos são falsificações. Meu problema é ter superado a idade limite.

*

Escreveria: misantropo, ao seu indispor. Num cartão de visitas nunca entregue.

*

Misantropia que se preze precisa se comunicar de maneira eficiente com o mundo, inocular antídoto para armadilhas do convívio.

*

Pessoas comentam muito a respeito do cultivo das relações humanas. Mas honestidade, se houvesse, as levaria a pensar também no peso do desgaste das relações.

*

Outra palavra para usar em vez de misantropo é iconoclasta. O ídolo rompido pelo misantropo é outro ser humano igual a ele mesmo ou imagem abstrata que nem merecia atenção, para começo de conversa. Toda medida se resume a isso.

*

A legitimidade da dúvida entre humanos talvez seja a única âncora existencial confiável.

*

Todo mundo quer ser feliz. Ninguém vai.

*

Misantropia é o mel da minha cicuta.

65

Meu avô Valéry

Ao sofrer de excessos de consciência de si, o poeta e ensaísta Paul Valéry cria um dos mais fascinantes personagens da história da literatura em *Monsieur Teste*. Ele consegue uma modalidade muito curiosa de misantropia, inteiramente voltada para uma única pessoa. "Encontrava em mim, sem nenhuma dificuldade", Valéry escreve no prefácio, "tudo o que precisava para odiar a mim mesmo." Caso único de misantropia autossuficiente, direcionada não para a sociedade, mas para o próprio indivíduo que a possui. Ele é caso único de misantropia individual.

A frase de abertura anuncia a bofetada no rosto do leitor: "A tolice não é meu forte". Essa advertência cria de imediato um muro, que só consegue transpor o leitor que não é imbecil. A maioria certamente para aí mesmo e recua, afrontada. Mas claro, outra leitura é a de ironia do autor, talvez ao lado ou acima dessa potencial tolice, que é própria e é do outro. Vou citar o restante do primeiro parágrafo: "Vi muitos indivíduos; visitei muitas nações; participei de diversos empreendimentos sem gostar deles; comi quase todos os dias; toquei algumas mulheres. Volto a ver agora umas centenas de rostos, dois ou três grandes espetáculos e talvez a substância de vinte livros. Não guardei nem o melhor nem o pior dessas coisas: sobrou o que pôde". O que tem de trivial, tem também de misantrópico. Com toque de acintoso. Para mim, o que mais se destaca é a expressão "talvez a substância". Quem sabe nem isso. Há uma espécie de conformismo neste parágrafo, mas também um tanto significativo de revolta potencial, que me parece comovente. Ele trata a si mesmo sem condescendência: "Raramente perdi-me de vista; detestei-me, adorei-me; — depois, envelhecemos juntos". E isso é só o narrador, sem ter chegado ainda ao personagem de Monsieur Teste.

Paul Valéry, com este livro, torna-se tipo de herói particular para mim. Não sou fã especial da poesia nem gosto tanto dos outros ensaios (embora admire a sagacidade criativa do livro a respeito do método de Leonardo da Vinci, com notas laterais ao texto principal que criam espécie de segundo livro e ampliam a complexidade de recepção), mas

Monsieur Teste é sutil a ponto de passar despercebido e potente o bastante para frequentar o cânone, mesmo que a ideia de cânone esteja em ruínas pelos cantos e em toda parte. Personagem feito de pensamento, quase que de pensamento puro, e de provocações. Que nunca consegue se imaginar homem superior, como tanta gente faz por aí. "Preferi a mim mesmo. O que chamam de homem superior é um homem que se enganou." Pronto, desaba, edifício do ego. Eis material para a implosão.

Quando esse narrador começa a observar Monsieur Teste, sujeito de aparência modesta que vive de medíocres operações semanais na Bolsa e faz refeições num pequeno restaurante, chega a esta conclusão: "Quando falava, não erguia nunca um braço ou um dedo: ele *matara a marionete*". Direto no estômago de todo mundo, mas como se fosse a coisa mais banal. Em vez de levantar a voz, bradar, vociferar contra a sociedade, subir nos banquinhos para proferir discursos, Teste é suave e, sem se alterar, desmonta a mania de grandiloquência, os exageros da ambição. É talvez o mais suave dos misantropos, o mais gentil, e talvez, há de se considerar isso, talvez o mais poderoso. Porque sequer se reconhece como misantropo. Ele parece alguém que simplesmente desistiu de tudo, a não ser de si mesmo e das próprias ideias. Um dos capítulos intitula-se "Alguns pensamentos de Monsieur Teste", e traz justamente uma espécie de apanhado das ideias, a começar por esta: "Deve-se entrar em si mesmo armado até os dentes". Ninguém vai ter descanso. A junção talvez do que eu vinha dizendo nos capítulos anteriores, a possibilidade de o aforismo chegar à poesia. Valéry é o sujeito indicado para fazer a transição e, se não alcança, pelo menos é possível vê-lo na tentativa e no esforço.

João Alexandre Barbosa, num posfácio para a edição em português do livro de Valéry, diz que a ambição do escritor é criar uma *Comédia intelectual*, depois da *Divina* e da *Humana*, e que ele parte de *Teste* para se espalhar pelos demais textos, sejam os ensaios, sejam os diários que produz ao longo da vida. Não sei se exagero, mas toda vez que releio *Monsieur Teste*, tenho a impressão de enxergar na figura do personagem central a imagem que conheço do próprio Valéry, o senhor magro, de olhos tristes e bigode grisalho e digno. Por não conhecer sua voz, imagino-a rouca e tranquila, a escandir as palavras como se conversasse por versos. Talvez meu avô abstrato, se tivesse avô francês. Imagina eu, filho de Monsieur Teste ou neto de Paul Valéry, o que mais ou menos dá na mesma.

66

Dose extra
de veneno

Ainda no episódio dos pensadores compactos, que lançam faíscas de pensamento por meio de aforismos, podemos pegar desvio aqui para falar um pouco de Emil Cioran, pensador romeno que escreve em francês depois que se muda para a França. Não dá outra, todo sujeito que pensa a sério a respeito de qualquer questão esbarra, necessariamente, em alguma veia misantrópica. Esteja ela mais explícita ou mais disfarçada, não importa, existe e talvez seja o melhor veículo para o verdadeiro pensamento. Numa das faíscas de *Silogismos da amargura*, Cioran escreve: "Desconfiem dos que viram as costas ao amor, à sociedade, à ambição. Vão se vingar de a isso terem *renunciado*".

Fala dele mesmo?, é só o que consigo pensar ao ler esse aforismo. O pensamento de Cioran neste e em outros livros é vingança?, penso também. Em dois aforismos a respeito de livros, num ele diz que além de demolir tudo em volta um livro precisa também demolir-se a si, e noutro menciona a sobrevivência de certos escritores a despeito das flutuações da moda, para concluir: "O que faz durar uma obra, o que a impede de ficar datada, é a sua ferocidade". Não é afirmação gratuita, ele insiste. "Reparem no prestígio do Evangelho, livro agressivo, para não dizer venenoso."

67

Só não o chamem de escritor, pega mal

Ir e voltar no caminho do pensamento compacto também é seguir por um caminho. Por isso, um breve recuo até o século dezessete, onde está La Rochefoucauld, autor de *Reflexões ou sentenças e máximas morais*. Duque, cujo prenome civil era François 6°. Máxima é forma francesa para epigrama, ou seja, verdade que é expressa de maneira breve, aguda e na forma de paradoxo. Em outras palavras, primo do aforismo, quando não é ele mesmo. A diferença fundamental é que o aforismo torce o nariz para o moralismo, enquanto a máxima não só tolera como promove efeito moral.

A vida tumultuada na guerra começou cedo para La Rochefoucauld. Casado aos catorze anos com Andrée de Vivonne, aos dezesseis estava em campanha. Itália em 1629, Países Baixos em 1635-36, Flandres (norte da Bélgica) em 1639. As relações do rei, Luís 14, com os nobres não são das melhores e La Rochefoucauld sente isso na pele, com exílio e envolvimento em intrigas da corte, depois de provocar o primeiro-ministro Richelieu. Durante a guerra civil francesa, a Fronda, entre 1648 e 1653, por conta da autonomia da nobreza, acaba ferido com tiro de mosquete na cabeça que quase o deixa cego. Abandona carreira militar para cuidar da mãe e passa a escrever as *Memórias*. Quando volta a Paris, começa a escrever as primeiras máximas, gênero que ajuda a consolidar.

O espírito corajoso e litigante de François encontra canal mais tranquilo de expressão. Embora continue a processar outras famílias com vigor incrível, depois de muitas perdas materiais acumuladas. Conversações nos salões passam a ocupar tempo e interesse, o que envolve bater papo com Pierre Corneille e Nicolas Boileau. Um estudioso, Will G. Moore, diz que o cuidado de La Rochefoucauld "com a manutenção de notas e versões de seus pensamentos a respeito de assuntos morais e intelectuais em jogo é claro, a partir dos manuscritos que sobreviveram".

François de la Rochefoucauld confia bastante no poder das paixões, "os únicos oradores que sempre convencem". Homem simples com paixão é mais eficaz que o sujeito eloquente que não a tem, argumenta. Parece preocupado com pesos e medidas, com temperança. Mas de vez em quando deixa escapar: "O mal que praticamos não nos atrai tanta perseguição e ódio como nossas boas qualidades". O que me deixa a certeza de que ali habita um misantropo, mesmo que seja um que frequenta salões de conversa na França e disfarce bem. Todo homem é movido por interesse, compreende, esse mesmo sujeito que "fala todas as línguas e representa todos os papéis, até o de desinteressado". Tanto que escreve série de variantes desta frase: "Costumamos perdoar os que nos aborrecem, mas não perdoamos os que se aborrecem conosco".

Como nobre, no entanto, sente desprezo por quem o trata por escritor. Mas sabe, "a hipocrisia é uma homenagem que o vício presta à virtude".

68

Com a corda no pescoço ele se vinga

O conjunto de 109 aforismos que o escritor tcheco Franz Kafka escreve tem história peculiar. Doente, Kafka ganha licença de saúde em 1917 e vai morar por alguns meses na propriedade da irmã Ottla, o apelido de Ottilie, em Zürau, a oitenta quilômetros a leste de Praga. Com a tuberculose que vai matá-lo mais tarde, em 1924, Kafka decide abreviar os escritos, compactá-los. Nesse período no campo, inspirado pela "respiração diferente", tenta escrever de outro modo, embora a obra seja toda marcada por narrativas breves: novela, conto, parábola. Sempre houve pressa, ou a compreensão de que não é preciso se estender demais para ser penetrante feito machado.

O primeiro dos aforismos de Kafka dá a medida do estranhamento que ele sempre provoca. O verdadeiro caminho, escreve, "passa por uma corda que não está esticada no alto, mas logo acima do chão. Parece mais destinada a fazer tropeçar do que a ser trilhada". A obra de Kafka é essa corda esticada que faz o leitor tropeçar, quando percebe que não pode se equilibrar sobre ela. "A partir de certo ponto não há mais retorno", registra no quinto aforismo. "É este o ponto que tem de ser alcançado." Não tenho qualquer dúvida de que o escritor tcheco é dos misantropos mais eficazes, embora como sempre, quando se trata dele, o assunto é abordado de forma aparentemente indireta. Para Kafka, a misantropia está voltada contra o próprio pai, de quem demanda afeto e um tipo de reconhecimento que o velho comerciante acha difícil retribuir. Misantropia como forma de amor. Até o fim, estranhamentos, suspensões, inquietude. No último aforismo, Kafka diz que não é preciso nada, nem sair de casa. "O mundo irá oferecer-se a você para o próprio desmascaramento, não pode fazer outra coisa, extasiado ele irá contorcer-se a seus pés."

No período em que está com a irmã, Kafka não escreve ficção. Mais tarde passa a limpo os aforismos, retirando-os das anotações feitas em diários, o que pode indicar que tem a intenção de publicá-los, embora quando está perto de morrer peça ao amigo Max Brod para destruir os escritos não publicados em vida.

Para a sorte ou a condenação da humanidade, Max Brod não cumpre o prometido.

69

Mais um
capítulo inútil

Francis Bacon é quase trinta anos mais novo que Michel de Montaigne. Não inventa o ensaio pessoal, como faz o francês que o antecipa nessa, mas é dos responsáveis pela ciência moderna, ao escrever *O progresso do aprendizado*, livro que consegue novo rumo para o esforço pessoal do seu tempo e que ajuda a abrir caminho para o Iluminismo. Não é pouco. Sobretudo porque afirma que ciência é negócio de Deus, não do Diabo, o que pode fazer alguns narizes se torcerem, à época. Um pouco como se adaptasse Montaigne, argumenta o filósofo e crítico literário Roger Shattuck em *Conhecimento proibido*, Bacon distingue em muitos dos escritos que produz três tipos de filósofos: "Os que pensam que conhecem a verdade, ou dogmáticos presunçosos; os que acreditam que nada pode ser conhecido, ou céticos desesperados; e os que continuam a fazer perguntas a fim de obter um conhecimento imperfeito, os inquisidores persistentes".

Montaigne escreve os *Essais*, Bacon publica livros com o mesmo título, mas em inglês e um pouco depois, *Essays*. E se tem ensaio de Montaigne chamado "Da amizade" – adivinhem? –, Bacon tem ensaio com mesmo título. No entanto, acabam-se aí as coincidências. O ensaio de Montaigne é grande homenagem ao amigo Etienne de la Boétie, autor do *Discurso sobre a servidão voluntária*, belo texto contra tirania e contra inépcia de todo mundo capaz de sacrificar a própria liberdade (La Boétie era misantropo, não resta dúvida, podem incluí-lo na nossa lista).

Além disso, tem uma consideração logo no início do texto de Montaigne que lembra o que acontece aqui, porque ele diz que os assuntos são estranhos no livro, "formado de pedaços juntados sem caráter definido, sem ordem, sem lógica e que só se adaptam por acaso uns aos outros". Que fique claro que conheço o ensaio de Jean Starobinski no qual ele menciona a etimologia da palavra *exagium* para esclarecer que ensaio não é tentativa, mas exame, pesagem, controle, ou aponta para enxame de abelhas ou revoada de pássaros. E ainda, como verbo, *exigo* seria empurrar para fora, expulsar, depois exigir. Mas isso em nada modifica o que está aí, nas palavras do Montaigne e talvez não passe de mera demonstração de vanglória da minha parte. Só porque não quero transparecer para xs leitorxs que sou daquele tipo idiota que confunde ensaio com tentativa. Em troca, passo por idiota metido a besta. Grande coisa.

Bacon parte do impacto de uma frase: "Quem se deleita na solidão, ou é um animal selvagem ou um deus", com a qual não concorda inteiramente. Ele argumenta que uma pessoa que nutre ódio ou aversão contra a sociedade tem mesmo algo de animal selvagem, mas, de outra parte, solidão propicia prazer que permite conversação melhor e mais elevada e, portanto, merece algum respeito. Aliás, uma das pessoas mencionadas no ensaio de Bacon é Epimênides de Cnossos, filósofo de Creta que viveu no século 7 a.C. e do qual se diz que passou cinquenta e sete anos adormecido numa caverna, segundo a lenda, e que era chamado de "homem estranho", porque, ao contrário dos demais, acreditava num único deus. A intenção de Bacon é dizer que os homens, no fundo, não compreendem solidão, embora, em contraste, multidão não seja companhia, "visto que os rostos que enxergamos nada mais são do que uma galeria de quadros".

Ou seja, pensando bem, Bacon não serve ao meu propósito de elencar homens mal-humorados e misantropos contumazes e empedernidos. Embora ele tenha escrito uma síntese a respeito de casamento que mostra bem a disposição: "Todo homem se descobre sete anos mais velho na manhã seguinte ao casamento".

Creio que fiz mais um capítulo inútil, a não ser talvez pela comparação entre solidão, selvageria e divindade, que afinal pode ser contribuição. Que fique também o capítulo inútil, mais um, para deixar estabelecido ainda outra vez que nem tudo nessa vida se resume à utilidade.

Por fim, nota local a respeito de amizade, afinal tema deste capítulo inútil. O jornalista Nelson Rodrigues uma vez escreveu: "O amigo nunca é fiel. Só o inimigo não trai nunca. O inimigo vai cuspir na cova da gente". É de se pensar que Nelson Rodrigues foi grande, grandessíssimo misantropo...

70

Um que
escapou

À medida que envelhece, a pessoa não consegue mais fixar os olhos em outra, e começo a me dar conta de que não é por ter cabeça que a faz se dispersar por diversos assuntos interessantes, mas porque se sente cada vez mais covarde ao perceber que não realizou nenhuma das intenções originais que tinha até o momento. E isso a envergonha.

Acho que tinha que ter incluído esse meu achado no capítulo em que escrevi aforismos. Mas agora é tarde, fica aqui, sozinho, separado dos demais.

71

O nada
que é tudo

Uma vez que ninguém se aventurou a fazer ensaio a respeito do "nada", o escritor inglês do século dezoito Henry Fielding se arrisca. Muito embora diga que vários autores contemporâneos resvalaram pelo assunto, ainda que inadvertidamente, o que tem um pouquinho de veneno, há de se convir, falta ensaio e pronto, eis que Fielding se apresenta gentilmente para resolver o assunto.

Depois de lembrar o provérbio latino "ex nihilo nihil fit", ou seja, "nada surge do nada", geralmente atribuído a Parmênides, e reaproveitado por Shakespeare em *Rei Lear*, ao dizer "nothing can come of nothing", ou seja, nada pode surgir do nada, o que é a simples tradução do provérbio, em suma, depois disso tudo Fielding rebate: "Ao contrário, tudo procede do 'Nada'. Esta é uma verdade confessada pelos filósofos de todas as escolas, e o único ponto de controvérsia que debatem consiste em saber se o que existe procede do 'Nada', ou se o 'Nada' procede do que existe".

Toda a terceira parte do ensaio de Fielding é para provar a dignidade do "nada", que ele diz ser o fim e o princípio de todas as coisas. Rindo e fazendo rir, o escritor mostra que se "nada" está no princípio e no fim, está também no fundo de todas as coisas, ou seja, há como que onipresença do "nada" e, para resumir a ópera, tudo é nada.

É talvez o mais acintoso ensaio escrito para desqualificar todo mundo, reduzir tudo a pó, ou a nada, e se afirmar misantropicamente jocoso e pimpão.

Alguém faça estátua de Henry Fielding, por favor.

72

Máscara
de sorrisos

Um dos melhores disfarces da timidez é arrogância. Selma não sabe que sou tímido. Ela gostou da minha postura autoconfiante quando me viu pela primeira vez, me disse um dia desses. De mim para mim eu pergunto, que autoconfiança é essa de que ela está falando? Não tenho a mínima ideia de onde ela tirou isso. O ser humano gosta de se enganar e é muito eficiente nisso. Selma se arriscou numa ilusão do que para ela seria autoconfiança, quando na verdade é timidez e misantropia. E talvez, insisto, talvez, a misantropia possa passar como autoconfiança, se a pessoa está algo distraída.

— Sempre achei que você tinha esse ar de quem sabe tudo — ela me diz. — Ou, se não sabe tudo, acha que sabe. Esse ar de absoluta autoconfiança. Foi isso que gostei em você.

Rio, talvez para manter um pouco mais a ilusão dela. Meu riso em parte tenta desmentir o que ela diz, como se admitisse para ela mesma que afinal passa da hora de parar com essa a ilusão e então rio para te desmentir, é isso que meu riso significa. Mas em parte é riso que confirma a ilusão que ela tem da minha autoconfiança, riso que diz exatamente o contrário: sim, sei tudo o que existe no mundo e por isso sou autoconfiante, posso rir um pouco quando você me joga isso na cara, para mostrar que não me abalo e que confirmo essa visão de mundo, que afinal me é bastante generosa.

Selma sorri de volta. Mas a verdade é que não tenho ideia do que significa o sorriso de Selma. Se pelo menos tivesse sensor que funcionasse do lado de dentro das outras pessoas, com medidor de emoções que pudesse contemplar profundidade, intensidade e volume do que Selma sente. Mas só o que tenho são especulações e só o que posso ver é o formato do sorriso de Selma, a covinha que se forma na lateral do rosto quando sorri, olhos que ficam pequenos. Ou se ela falasse, se pudesse realmente me contar toda a extensão dos significados de cada sorriso que me presenteia ou me nega, porque sim, há momentos em que ela poderia sorrir e, no entanto, permanece séria.

— E se eu te falasse que não sou autoconfiante? — pergunto a ela.

— Eu diria que você está mentindo — me responde, na lata.

Ainda sorrimos um para o outro, mas acho que nossos sorrisos não são compatíveis. Nem sei se um dia foram. A hiperconsciência não me dá folga.

73

O fantasma
nunca apareceu

Não acho que tenha sido uma pessoa fria, até perder Raquel. O tombo que foi perder Raquel. A perda radical de Raquel, de si mesma para a morte, e para mim até que eu morra. Eu não era frio, mas confesso que fiquei. Não posso mais pensar na hipótese de perdas. Elas não me caem bem. De modo que prefiro manter certa distância e evitar envolvimento muito profundo, Selma sabe disso, falei com ela, expliquei tudo. Não contei a data em que aconteceu, falei somente de mim, da perda, da viuvez, alguma coisa a respeito de ter ficado travado depois do que aconteceu, ela disse ter entendido, mas não sei se entendeu mesmo. Junto com Raquel, morreu a parte em mim que se importava demais com outra pessoa. Agora, só me importo comigo mesmo e estou bem assim, é o que consigo. É o máximo que posso. Essa parte não falei por completo para Selma, suponho que ela intuiu.

O pior foi a sensação de alívio que me durou dois segundos. Descansou, um cretino dentro de mim que era eu mesmo disse. Não havia ninguém para ouvir, mas eu me ouvi dizendo isso e é o quanto basta para disparar o sistema interno de culpa, difícil de superar. Raquel descansou, murmurei, quando ela parou de respirar e morreu, na madrugada do dia cinco, o dia do meu aniversário de quarenta e cinco anos sobre a face do planeta. A verdade terrível que me passou pela cabeça foi que eu também ia poder descansar, pelo menos um pouco. Estava tão cansado de atravessar noites e mais noites ao lado dela, dormindo mal, ajudando-a quando me pedia ajuda ou quando eu insistia em oferecer. Meu corpo estava tão exausto que suspirei de alívio por um segundo ou dois. Ela descansou e agora vou descansar. E me senti um enorme, um gigantesco cretino por ter pensado isso, por ter sido tão egoísta. Porque sabia que o descanso dela ia ser eterno, ia ser descanso sem fim, enquanto o meu era temporário, até arrumar com o que me cansar de novo.

Mas é evidente que não descansei, que não podia descansar. Havia trâmites, havia todo um teatro da morte que precisei cumprir, como se fosse espécie de diretor que atribui personagens aos atores mas também executa papel na peça, do viúvo recente, do homem cansado e contrito com olhos fundos, olheiras gloriosas e voz baixa e grave, que balança a cabeça e recebe abraços comovidos ou falsamente comovidos, mas abraços e pêsames e sinto muito por sua perda e algumas abobrinhas a respeito de ela estar à minha espera do outro lado que sou obrigado a ouvir calado, balançando a cabeça, assentindo.

A morte tem rudimentos que a gente acha que não domina mas ao morrer alguém tão próximo eles estão lá, inseridos no seu DNA comportamental e você simplesmente executa o papel, como eu fiz, pensando que eu, ao contrário de Monsieur Teste, não matei minha marionete interior e portanto sou refém eterno do papel estúpido que me disponho a cumprir, sem esboçar qualquer tipo de reação ou revolta. Claro, isso a respeito de Monsieur Teste pensei depois, quando li alguns anos mais tarde o livro do Valéry e lembro, retrospectivamente, do meu comportamento durante o velório e enterro de Raquel e me dou conta de quão submisso aos padrões eu sou, ou sempre fui.

São tantas frentes que preciso pedir ajuda, mas ainda assim o papel de coordenar tudo, convites, anúncio no jornal, contrato da funerária, pagamento do cemitério, tipo do caixão, velas, flores, alimentos, é muito estranho a quantidade de detalhes que você precisa pensar e decidir e, sim, posso ser uma pessoa sem amigos, mas Raquel os tinha e vários se apresentam, solícitos, para ajudar. Não recuso ofertas, mas determino quem fica encarregado do quê, que passos, em que ordem são dados. E por fim descanso, depois do tumulto grave que é toda a movimentação. E por fim, quando tomo banho e abro o guarda-roupa do nosso quarto, que agora será para sempre o meu quarto, no singular, quando abro e vejo os vestidos de Raquel dependurados posso finalmente chorar em desespero, derramar lágrimas que parecem que tinham secado antes desse momento, mas que vêm aos borbotões e parecem querer compensar o longo período que passei sem chorar com uma espécie de avalanche. Posso sentar no chão com um vestido dela nas mãos, e depois na frente do rosto, para receber toda essa água que existe dentro de mim.

Um dos amigos, Túlio, marido da melhor amiga de Raquel, Jana, quer ficar comigo e passar a noite. Se oferece mais cedo, na saída do cemitério, e depois de novo, quando ele e a mulher passam lá em casa a pretexto de terem esquecido alguma coisa. Mas passam só para renovar a oferta, pelo que entendo.

— Não é bom você ficar sozinho esta noite — ele diz. — Pelo menos essa primeira noite. É bom ter alguém ao seu lado.

Mas dispenso a oferta e quando ele insiste, secundado por Jana, que também se oferece para passar a noite, sou inflexível na recusa. Só vou compreender o que estão querendo fazer por mim, o querem me dizer quando tentam não me deixar sozinho, quando me deparo com as roupas tristes de Raquel no armário, as roupas solitárias e abandonadas, que tenho que ter forças para doar, mas que me fazem chorar compulsivamente por boa parte da noite, achando que o cansaço bem que poderia fazer o favor de se apresentar, no fim das contas, mas ele não dá as caras e portanto choro a noite inteira até amanhecer o dia, quando finalmente a exaustão vence, por pontos. Penso que é pelo fato de me ver sozinho e de ver vestidos que não serão mais preenchidos pelo corpo de Raquel. Nada do fantasma dela para me assustar ou me confortar, no entanto. Não há fantasma, espectro, sombra, nada, para conversar comigo, para me dizer alguma coisa do além. Para me oferecer conforto, para me fazer algum tipo de convite indecente. Achei que o cansaço acumulado talvez vá me propiciar algum tipo de alucinação, Raquel transparente a me dizer alguma coisa. Até que vem o sono e então durmo algumas horas, mas logo o telefone começa a ficar insistente, as pessoas ainda querem dizer coisas, lançar algum tipo de consolo inútil para mim e tenho que acordar novamente, tendo dormido pouco, e assim as coisas vão se acumulando mais um pouco, mas me contenho, seguro a minha onda, não explodo como imaginei que seria capaz de explodir.

Nem na terapia que se segue explodo, embora em algumas sessões tenha tentado exorcizar a culpa que atribuo a Raquel por ter adoecido, morrido e me abandonado sendo agressivo com Sandro, o terapeuta. Mas nem com ele explodo completamente, como gostaria. Nem mesmo quando arrumo coragem para lhe contar o que me passou pela cabeça no momento em que Raquel morreu, que ela tinha descansado e agora eu também vou poder descansar, e ele me dá uma resposta tão cretina, ao dizer que esse tipo de pensamento é muito mais normal e recorrente do que posso supor, que acontece a muita gente e não devo me sentir culpado por isso. Alguma coisa da violência que é tão substancial da constituição deste país eu gostaria de ter conseguido manifestar para me mostrar patriota diligente, mas a verdade é que nem isso consigo fazer direito, porque passo a sentir outro tipo de culpa, a culpa de ser apenas otário igual a tantos outros, porque tem um tipo de pensamento que é semelhante a tantas pessoas, por ser só mais um, e meio ridículo, um tanto patético. Pergunto a Sandro se fantasiar com o assassinato do terapeuta também é comum, mas ele desconversa e muda de assunto. Deve pensar, como George Bernard Shaw, que o assassinato "é a forma extrema de censura" e que talvez eu esteja determinado a censurá-lo. Desisto de continuar a terapia no momento em que começo a pensar, não a sério a respeito de matar o terapeuta, mas em começar a mentir que vejo o fantasma de Raquel.

74

Século de horrores

Também me preocupo com minha capacidade de enxergar o grande quadro, em vez de ficar apenas amargando meus problemas pessoais. O século passado, o vinte, foi um século especialmente interessado em dar cabo dos humanos. Tentativas se sucederam com ímpeto, gosto e muita vontade. A Primeira Guerra Mundial desejou isso com ardência. É o momento em que as guerras deixam de ser atividade para profissionais nelas envolvidos, em lugares previamente escolhidos para esse fim, os campos de batalha, e passam a ser guerras que se interessam pela morte de civis dentro de cidades, novo cenário da guerra, que afeta essa gente despreparada para enfrentar conflitos armados e entra na história apenas como vítima fácil. No fim da confusão, nove milhões e duzentos mil soldados morrem. Seis milhões de civis também. Além disso, vinte milhões estão feridos e há dez milhões de refugiados.

A Segunda Guerra Mundial é especialmente perniciosa. Guerra em que alemães desenvolvem mecanismo eficaz de promover matança em escala industrial, morte como negócio interessante a ser estimulado e feito de jeito que coloca em xeque o princípio de racionalidade humana de todos os tempos e aponta para fracasso objetivo da coletividade que atende pelo nome de raça humana.

O desfecho da guerra não é menos cruel: norte-americanos decidem lançar duas bombas atômicas sobre populações civis em Hiroshima e Nagasaki, no Japão. É século devotado a educar a humanidade para misantropia, se ela estava fingindo que não estava interessada até então. Ao fim da guerra em escala planetária, uma outra se faz, a Guerra Fria, ameaça de destruição nuclear que coloca países envolvidos numa crescente pressão de corrida armamentista, esforço para ver quem constrói mais bombas atômicas, quem tem mais poder de destruição de massa, quem tem pinto maior e pode se proclamar macho alfa do planeta. "Não apenas as nações mais bárbaras, mas igualmente as mais civilizadas, gastam imensos recursos no desenvolvimento de armas nucleares e biológicas de poder destruidor inimaginável", diz Roger

Shattuck, em *Conhecimento proibido*. Eu diria, especialmente nações mais civilizadas que têm mais recursos a disposição para fazer o tipo de investimento elevado que essa decisão demanda. Nações bárbaras, no caso, sabem que têm papel secundário na peça.

Guerra também parece estar sendo movida contra o planeta em si, com aumento das temperaturas, ataques à camada de ozônio, promoção do derretimento das calotas polares, esforço consistente na matança de espécies de animais, destruição, destruição bárbara e os envolvidos não parecem estar nem um pouco interessados em discutir qualquer mudança de curso. Humanos simplesmente enlouquecemos coletivamente e quanto pior fica, mais interessante parece que achamos.

Nunca tantos foram tão expulsos de suas nações e vagaram, apátridas, nem sempre recebidos de maneira gentil em outros países. Uma das vozes mais incisivas contra o regime de segregação sul-africano, o apartheid, que vigorou entre 1948 e 1994, Steve Biko escreveu um livro chamado *Escrevo o que quero*, que serve de inspiração não só contra o apartheid, mas também para a luta anticolonial e antirracista. No entanto ele é preso, torturado e brutalmente assassinado pelo governo sul-africano. É o século vinte, mas elementos toscos do passado, como racismo, persistem com vigor que só pode merecer a conclusão de que a coletividade humana fracassou redondamente.

Para falar do caso brasileiro, porque é óbvio que mais cedo ou mais tarde o assunto teria que chegar ao quintal de casa, para falar da naturalização da violência dentro das fronteiras brasileiras vou precisar abrir outro capítulo.

75

O caso brasileiro

A violência da constituição do Brasil, desde o início forjado em brutalidade e estupidez, como se os valores mais bárbaros fossem lastro que se precisa para fazer país como nenhum outro, afinal erigido a partir de colônia de exploração de recursos. País que se acostuma a ter cara dupla: para fora, para turista, para estrangeiro, para o outro, é país da diversão, do riso, do carnaval, da alegria; mas para consumo interno é país da violência, da desigualdade, do mal em estado bruto, eviscerado, a se manifestar todo dia.

O que faz do Brasil, Brasil, é sangue negro derramado, trabalho recusado, indolência estúpida que avança por sobre a oleosidade do sangue. Capelão de comitiva inglesa, Robert Walsh registra, no século dezenove: "Nunca passei por uma rua do Rio sem que tivesse a impressão de que algumas de suas casas eram cadeias, devido aos gritos e gemidos de alguns infelizes, que partiam de seu interior, juntamente com o estalo dos açoites, anunciando que estava sendo infligido um castigo corporal a alguém".

Um país tão cruel que não é suficiente escravizar quatro milhões e oitocentos mil negros ao longo de quatro séculos, mas também é preciso destruir mais tarde a documentação que mostra toda a trilha de sangue deixada, apagar memória, destruir passado, impedir que no futuro se faça história ou qualquer tipo de censo que permita começar, nem que de forma remota, a se pensar em algum tipo de compensação. Tenho vontade até de omitir o nome de Rui Barbosa, responsável pela atrocidade, fazer com ele o que ele fez com a história, esquecer, mas é melhor não. Que fique registrado o nome do cretino e que sobre ele recaia toda a desgraça que merece.

Não se pensa em compensação, nunca se pensará em compensação, a verdade é também esta, a verdade brutal e abjeta é que não se quer promover qualquer tipo de acerto de contas com o passado. O sujeito que nasce nesse país só pode pensar em algum tipo de opção pela misantropia quando se dá conta daquilo em que se meteu. Mas não, cresce comendo um dos doces mais açucarados do planeta e acredita que o país tem democracia racial e felicidade, cerveja, futebol e carnaval e precisa mais o quê para o cabra ser feliz? Não, que compensação o quê, não precisa disso, não, deixa pra lá. Vamos fazer aqui uma roda de samba e esquecer. Nós somos mesmo esquecidos, não respeitamos mesmo os horários dos compromissos assumidos, somos meio bandalhos, meio cretinos, meio risonhos, deixa tudo pra lá, ninguém quer briga. Meio malandros, meio safados, meio cretinos, muito otários se preciso for. Acochambramos, saímos assim meio de lado, desconversamos, enganamos, mentimos, mentimos muito, nossas especialidades.

Somos especialistas em safadeza. Em jeitinho. Enquanto a violência continua firme e forte, estrutural, estruturante, nas relações de trabalho, nas relações pessoais, nas ruas com a polícia, das mais mortíferas do planeta, nos massacres que prosseguem em relação aos índios, violência gentil, risonha, que pula carnaval, que vai aos campos de futebol, que veste fantasias, que toca pandeiro nas rodas de samba, que articula milícias, que vende ou compra drogas, que prostitui crianças, que não permite abortos mas os pratica rotineiramente em redes clandestinas e abusivas, violência que não se reconhece violenta, mas é, é muito, é demais, violência bestial, que se crê assintomática, mas tem todos os sintomas. E quando vê, o sujeito vira misantropo, só pode. Não tem outra saída. Se for honesto, profundamente honesto.

Quer dizer, se fosse.

Fronteira final

76

Todo mundo enxerga com a miopia possível e pessoal. A minha é essa lente da misantropia que acinzenta e esclarece, ou distorce e no fundo as coisas ficam mais embaçadas do que estou disposto a admitir. Quer dizer que talvez esteja vendo tudo errado. Enxergo a questão em toda parte, o que pode me indicar que não está em parte alguma, ou não está onde vejo, pelo menos.

No extremo, o que talvez fale aqui é a respeito do limite do humano — e do que pode existir depois. O não humano, o pós-humano, sem dúvida, primeira e mais óbvia resposta. Essa discussão que vai e vem, ensaísta colibri a explorar flores diferentes. Desde que o mundo é mundo e até o sem-fim do mundo o tema esteve e me parece que estará na pauta. Me recordo de uma época da minha vida, quando não tinha nem vinte anos, em que considerava *Blade Runner*, dirigido por Ridley Scott, o melhor filme de todos, justamente porque ele discutia o limiar do humano e do mais-que-humano (demasiado humano) que os replicantes se propunham a experimentar e eu era sujeito acabrunhado por natureza. Talvez o que me agradasse é que também me sentia meio estranho em meio aos humanos, eu também não tinha segurança quanto ao potencial da minha limitada humanidade, do meu arrepio de humanidade.

É um filme da década de oitenta do século vinte, a respeito do fim da década de dez do século vinte e um, mais precisamente 2019, que hoje faz parte do passado. Numa Los Angeles então futurista, carros voam, uma chuva ácida cai o tempo todo, só restou na Terra gentalha, escória, porque quem podia se mandou para outros planetas, certamente menos poluídos. Uma corporação é responsável por fazer replicantes (robôs tão perfeitos que ninguém distingue se são humanos ou máquinas) para enviar aos planetas mais inóspitos. Ou melhor, como alerta Guillermo Cabrera Infante num ensaio a respeito do filme, a palavra é *réplica*. Ele puxa a orelha do tradutor (o espanhol deve ter cometido o mesmo equívoco que o tradutor para o português): "Ninguém replica a nada".

O ensaio se chama "A caça do fac-símile", faz parte do terceiro volume do livro *Cinema ou sardinha*. É um ensaio curioso, no qual o escritor cubano chama Los Angeles respectivamente de Los Angeles Infernales, *lunatic asylum* e de *locus abyssus abyssum*. Não é mais asilo de todos os loucos, "mas sim uma visão do que virá: *nightmare* do qual despertaremos uma noite". Os animais foram todos extintos, Cabrera Infante lembra, "não resta mais carne nem pescado, o planeta transformado em um restaurante ao qual sempre se chega atrasado". O tempo também foi abolido, o futuro não é mais promissor, mas transformado em presente piorado, "um amanhã pior: és pó e terminarás comendo pó. Ou fios de plástico. O que for achado primeiro." Mas o que realmente importa está no conjunto de frases seguintes: "O futuro é do mais odioso. Em meio ao entretenimento mais sofisticado, poucos filmes mostraram uma realidade mais espantosa que a morte". O futuro é misantrópico.

No entanto, voltando ao enredo, réplicas são fabricadas para durar quatro anos no máximo. De modo que algumas, revoltadas, de vez em quando se rebelam e voltam à Terra, para confrontar quem sabe o criador. Soa conhecido? Pois é. A diferença é que humanos só humanos não podem falar diretamente ao Criador e lhe tomar satisfação.

O filme centra fogo na figura de Rick Deckard, detetive que se aposentou do trabalho de *blade runner*, ou seja, de caçador de androides, aliás o subtítulo em português. É a divisão da polícia especializada em capturar, ou melhor, em neutralizar os revoltados que aparecem na Terra, à procura de Tyrell, o dono da megacorporação que fabrica as tais réplicas (Deus substituído pelo poder do Capital, algo nessa linha, suponho, para mostrar que as divindades afinal também são mortais, têm tempo de duração). Na divisão policial, dar tiro pelas costas num android não é considerado covardia, afinal, não se trata de humano. Eles chamam qualquer medida contra uma réplica de "remoção", em inglês, *retirement*, aposentadoria. Ética e moral são valores restritos e aplicáveis somente aos humanos, suponho, e daí é claro que algumas perguntas extras vão precisar ser respondidas.

No entanto, Deckard recebe convocação para voltar à ativa, que é feita naqueles termos policiais corriqueiros, isto é, ou você volta, ou quem sabe você mesmo passa a ser alvo de outros policiais que vão te matar sem qualquer escrúpulo. Deckard decide voltar, não é bobo nem está a fim de colocar alvo nas próprias costas. É o detetive ao mesmo tempo durão e covarde. Em resumo, humano. E é esse o cenário para os desdobramentos que o filme oferece.

Quer dizer, o cenário é pouco mais que isso, porque o filme junta ao mesmo tempo futurismo de carros voadores numa megalópole de aparência infinita com clima sombrio dos filmes *noir* dos anos trinta e quarenta do século vinte, quando a crise do mercado norte-americano afetou a produção hollywoodiana e exigia que os filmes tivessem baixos orçamentos porque não havia dinheiro para financiar megaproduções. Roteiristas precisam ser e são criativos, pronto, problema resolvido. A força do diálogo e da interpretação supera o efeito especial fácil. Dessa junção de mundos aparentemente díspares, em que o detetive solitário e cheio de frases que destilam sarcasmo tenta sobreviver em meio à sordidez reinante em ambiente supermoderno, o filme navega bem. E o que parece ser apenas relato de detetive à procura de encontrar aquilo que investiga começa a se transformar aos poucos em outra coisa, história de amor entre detetive e a secretária de Tyrell, que talvez seja réplica ainda mais avançada e sofisticada que os modelos existentes, porque Tyrell consegue implantar nela memórias de uma sobrinha dele mesmo (ou de alguém, mas o detetive e a namorada conjecturam se não seriam da sobrinha...). O resumo até aqui é que a secretária, Rachael, sequer tem consciência de que é réplica, o que eleva a questão a outro patamar: o que define o que é humano, no fim das contas? Basta consciência atrelada ao corpo? Consciência com que nível de inquietações e perguntas? Daí a pouco o espectador começa a pensar nessas fronteiras entre o que é humano e o que está ao lado e não é ainda ou não é mais. Será que Rachael, que ao ser submetida a teste de perguntas e respostas que também avalia pressão sanguínea, dilatação da pupila, choca-se com o resultado e descobre-se não-humana, algo de que vinha desconfiando, como passamos a saber mais tarde, será capaz de desenvolver emoções que são consideradas do campo humano, coisas como empatia, amor? Qual o nível de melancolia ou depressão será capaz de desenvolver? E essas lágrimas que derrama numa cena, são reais? São subproduto de emoção humana legítima? O que é legítimo, afinal, quem define autenticidade de emoção e com que critérios? É aula de filosofia disfarçada de trama de cinema.

Deckard faz o trabalho de retirar réplicas de cena uma a uma, enquanto nos intervalos lida com emoções, pessoais e alheias, as de Rachael. Amor em meio a ambientes inóspitos ao amor, é daí que vem boa parte da força dos filmes *noir*, talvez demonstração da resiliência do sentimento. Sarcasmo, hipocrisia e cinismo (no sentido contemporâneo do termo) quase sempre vencem, mas só de existir possibilidade do amor, lasca que seja de esperança, e pronto, espectadores entramos a torcer favoravelmente, como se isso fosse tábua de salvação em meio a mares revoltos de emoções negativas. Enquanto houver possibilidade e esperança de amor, nem tudo está perdido. Mesmo que sarcasmo e escárnio vençam, mesmo que a mulher seja *femme fatale* que no fim despreza e espezinha o pobre detetive, pelo menos ele não perde o último grão de esperança que se multiplica entre nós, espectadores.

Numa linha narrativa, existe o detetive e sua procura. Na outra, temos réplicas acuadas, mas também ousadas, e suas demandas revoltosas. Estão determinadas a encontrar respostas para as próprias perguntas: afinal, por que têm tão pouco tempo de vida? Esse tempo não pode ser ampliado? Tempo de *vida* aqui não é só força de expressão, o que elas têm pode, sim, ser definido como vida. Quando finalmente uma das réplicas, Roy, invade a sede da corporação e se defronta com o Criador, ou seja, Eldon Tyrell, e lhe faz a pergunta a respeito do tempo, o arrogante criador tenta exprimir resposta que parece compensatória porque é frase de efeito, mas não deixa de ser bem cretina para justificar a própria arbitrariedade (prerrogativa divina, aliás): "A chama que brilha com intensidade se consome mais rápido". Sim, espécie de metáfora análoga para explicar o pouco tempo (?) de vida de um ser humano, eterno insatisfeito.

O que sabemos por experiência é que as duas linhas narrativas convergem e fatalmente vão se encontrar lá no fim. Quando Deckard enfrenta Roy num velho hotel abandonado e é salvo de queda das alturas por conta da compaixão (em outras palavras, da misericórdia, da piedade, em suma, da humanidade) do androide, o que ele ouve é desabafo de um ser que sabe que está perto do fim e que talvez queira fazer confissão ou legar um tipo de memória, ou seja, age de forma demasiado humana. Coisas que vi em outros planetas, Roy diz e se lamenta, "ficarão perdidas no tempo como lágrimas na chuva". E, sim, no momento em que diz isso chove, o que talvez seja sugestão de que ele realmente chora, que o lamento é legítimo, humano, inquieto, angustiado e, terrível, mas não menos verdadeiro, inevitável. Quer mais humano do que isso? A chuva também serve para disfarçar parte da vergonha que chorar porventura provoca no humano do sexo masculino, por que não? Mesmo que saiba que está diante da morte, a vergonha persiste.

Claro, o filme tem ainda possibilidade de deixar Deckard e Rachael se unirem, humano e réplica, como coda para o filme e obviamente que na sequência do último enfrentamento, o de Deckard e Roy. Ou talvez Deckard também seja réplica, tudo é possível. Mas fiquemos com a potencial união entre raças, embora não se possa falar em raça para definir algo que é cópia, mesmo que capaz de simular humanidade. Mas penso nos humanos que também simulam humanidade quando não a têm, isso os torna réplicas? E sempre há a dúvida de fundo, se uma réplica comete crime, quem responde por ele? E se for a réplica, será que ser mantida na penitenciária, caso seja julgada e condenada, vai gerar nela o tipo de emoção que um humano sente, de claustrofobia, de angústia, de confinamento, e talvez, como se espera, de redenção? Qual o sentido de manter réplica em penitenciária? E por falar nisso, qual o sentido de se manter ser humano em penitenciária, para começo de conversa, uma vez que se comprovou que isso não redime ninguém? E por aí afora, as perguntas só se multiplicam.

Em algum sentido, Deckard e Rachael são arquétipos redimensionados de Adão e Eva, responsáveis talvez por iniciar um novo tipo de linhagem, a dos não humanos, a da interação possível entre humanos e máquinas. Com as características humanas algo preservadas, a rebeldia dos pais originais e, talvez uma das mais fundamentais características humanas, capacidade de se reproduzir. Tudo isso num ambiente de mundo pós-apocalíptico (veja no que deu os excessos do homem contra a natureza).

Há deslocamento de tempos no filme, entre passado (do cinema *noir*) e futuro (dos filmes de ficção científica), como se a narrativa quisesse afirmar que o presente não existe, é ilusão, que não deixa de estar correto, sob todos os parâmetros, e ajuda a salvar o filme de ficar datado, agora que 2019 é parte do passado. E é também do paradoxo do tempo que nunca é, que sempre só foi ou só será, que o filme retira boa parte do charme. É evidente que sou levado a pensar ainda a respeito do que há de maquínico nas ações humanas, redundância, repetições, por exemplo, que sou forçado a operar ao longo da vida. Isso me leva a mais um aforismo deslocado de lugar.

O ser humano é máquina de existir.

No fundo, é filme a respeito de quão obsoleto é o ser humano. Tão obsoleto e, no entanto, resiliente, porque insiste em permanecer vivo o máximo que puder, insiste na prerrogativa de se julgar a coisa mais importante e central do universo, mesmo sabendo não ser. No fundo, ainda, é filme a respeito da centralidade do medo que o homem tem do momento em que será suplantado — e será — por algo menos imperfeito, por algo melhor, por algo menos fadado a fracassos e hesitações, algo além do humano.

E talvez, o motivo pelo qual falei tão longamente a respeito desse filme é porque acredito que para se atingir o estágio pós-humano será preciso colocar em pauta justamente emoções e sentimentos que não se situam mais na humanidade, mas em outro ponto além. E com isso, caímos de novo no velho assunto deste ensaio, a velha e boa misantropia. Roy, por exemplo, que tinha todos os motivos (humanos) para se sentir ressentido ou amaldiçoado com a vida curta, e que no fim, em vez de optar pela obviedade da misantropia, sucumbe à humanidade de uma emoção como simpatia, misericórdia, compaixão por um humano no fundo supera a expectativa inicial para elevar a discussão em um ponto. Ou talvez Roy tenha sentido a prepotência de um deus, mesmo que um deus caído porque mortal, para deixar marca indelével naquele serzinho a quem afinal de contas poupa de cair e se estatelar lá embaixo; afinal, Adão sofreu queda, podemos nesse resetar da humanidade agora poupar outra queda, iniciar com outra estratégia; ou ainda, talvez Roy seja mesmo só máquina e, no fundo, tenha sido programado para poupar, e mesmo que tenha conseguido subverter a própria programação anteriormente, ao se rebelar e cometer crime ao fim do encontro com o criador, no fundo a programação se impõe de novo; ou mais ainda, talvez Deus seja também máquina, indiferente às aspirações humanas, surdo às preces porque não é isso que a programação lhe propicia e permite, e ele aliás tem certa dificuldade em entender propósito em ações humanas.

Misantropia, nessa situação particular, torna-se produto de falha humana, profundamente humana, erro no projeto original, mesmo que estimulada por iniciativa que tinha como objetivo suplantar o humano, para começo de conversa. De novo misantropia é remetida a limbo, a não lugar, a não existência, a não potencialidade. De novo, fica sem ter aonde ir. Não surpreende o tratamento pouco respeitoso e subalterno que tem recebido ao longo do tempo na história da humanidade. Sinto que minha tentativa de reabilitá-la vai falhar. Talvez porque esteja destinada a falhar. O humano inventou misantropia para regular a própria humanidade, para se dizer: esse é o limite, não pode cruzá-lo. Você vai querer fazer isso, porque o humano quanto mais limitado, mais se revolta. Mas nesse caso específico, não tem saída, meu chapa, misantropia é apenas última fronteira e barreira intransponível. Mesmo quando você tiver conseguido chafurdar o lado de dentro do pensamento de outro ser humano (algo a respeito daquilo que o historiador e filósofo da ciência Nicholas Rescher especula, mencionado em *Conhecimento proibido*[2]) e ver o que tem lá, mesmo quando você tiver conseguido não mais morrer, talvez os dois últimos limites do projeto humano, você ainda não vai ter alcançado a potencialidade da misantropia, a não ser como hipótese. Ela é a fronteira final de tudo. Só sujeito profundamente humanista pode se transformar em misantropo de verdade.

Talvez resida aí o segredo da coisa, nesse paradoxo. Segredo intransponível e que não se resolve.

---

2 Os humanos não estão preparados para certas informações, Rescher argumenta, e se não tivéssemos de viver "em meio a um nevoeiro de incertezas sobre toda uma gama de temas que na verdade são de interesse e importância fundamentais para nós" não seríamos sequer humanos mais, com o que talvez Roy concordasse.

77

Um tempero

Para compensar a desmedida do capítulo anterior, que ficou grande, decidi fazer um bem curto, só para temperar o andamento do livro e dar um pouco de respiro à narrativa e um pouco de espaço em branco na página.

Pronto.

78

Queda
de braço

Estou em meio ao texto a respeito da misantropia em *Blade Runner* e a campainha toca. Levanto, deduzindo o que será, vou checar e não tem mistério, é Selma, para me atrapalhar os cornos de novo. Ela sabe que se um dia a trato mal e grosseiramente, há chances de no dia seguinte tratá-la como rainha. Alguma coisa de bipolaridade no comportamento cotidiano, sem dúvida. Mas pode acontecer de ser rude e bruto dois dias seguintes, especialmente se você me interrompe no meio de um raciocínio que estava indo tão bem.

— Você não pode ficar só enfurnado dentro de casa — me diz Selma, entrando daquele jeito tão à vontade que ela tem, como se a casa fosse dela, depois que abro a porta. — Precisa sair um pouco, tomar sol, esticar as pernas.

— Selma, você devia ter ligado — digo, bem direto, depois de fazer pausa razoável entre o nome dela e o restante da frase.

— Otávio, você teria me dispensado, verdade ou mentira? — ela também faz a mesma pausa dramática entre o meu nome e o resto da frase.

Não precisamos confirmar. Mas ela não vai deixar barato.

— Eu sei que você está escrevendo e tudo — continua, e algo em mim me sugere que talvez esteja em parte querendo checar justamente isso, se estou em casa e se escrevo —, mas acho que você não pode me recusar isso. Vamos sair e vou comprar uma camisa de presente para você, por conta do seu aniversário, já que você diz que não quer festa. E isso você não pode me negar.

— Selma, eu estou no meio de um argumento importante para o meu livro, não posso parar tudo para ir a uma loja com você escolher camisa.

— Eu te levo e te trago, serei além de tudo sua motorista — ignora o que acabei de falar e continua a dizer o que veio insistir em dizer. Jovialidade exagerada, encenação de estado de felicidade que talvez nem sinta.

— Selma, vou falar de novo — falo mais lento, mas sem alterar a voz, o que talvez conte vantagem para mim. — Eu, não, vou, sair, de, casa, agora. Você entende isso? Está claro ou vou precisar desenhar?

Tom de escárnio. Mas ela é casca grossa, embora às vezes acuse o golpe.

— Não precisa ser grosseiro. Eu estou querendo te dar um presente, só isso.

— Não estou sendo grosseiro, estou te explicando que agora eu não posso, não quero e não vou sair de casa para comprar camisa. Me deixa terminar ali o que estou escrevendo. Vamos combinar um outro dia, uma outra hora.

Em outras palavras, me deixa em paz um pouco. Em outras palavras, vá embora.

— Eu posso sentar aqui na sala e ficar quietinha e te esperar concluir o que você tem que é tão mais importante do que eu e aí a gente vai. Pode ser assim?

Como fazê-la entender? Não, não pode.

— Se você ficar aqui, vai colocar pressão para eu acabar logo e eu não quero qualquer pressão em cima do que estou escrevendo. Não vai dar certo. Melhor você ir embora e a gente combina outro dia.

Selma pode ser chata insistente, mas sou empedernido convicto. Vamos ver quem ganha. E tenho um texto ali para escrever, ideias que preciso anotar logo, antes que se percam. Ela ainda me enrola um pouco e insiste na argumentação. Eu, inflexível. Então vai embora. Finge mágoa, porque, né? Mas amanhã estará inteira, tenho certeza. E o ciclo poderá recomeçar mais uma vez. Assunto simples que vira bola de neve, dentro de discussão interminável e meio estúpida.

Volto ao escritório e tento retomar o texto. Não rola, me desconcentrei. Perdi o embalo em que vinha.

Selma vence. Fico a pensar até que ponto não era esse o objetivo dela, de algum modo prejudicar o que eu tento fazer. Claro, inconscientemente, nunca vai admitir outra possibilidade.

79

Não se
perde tudo

Pelo menos, enquanto brigo com minha mente de maneira inútil para tentar recuperar a linha de raciocínio, antes de perdê-la para sempre, tenho outra ideia para título do livro.

Que tal se ele se chamar *Teses sobre a misantropia*, me pergunto.

E eu mesmo respondo, nada mal, meu caro, nada mal.

A desvantagem da misantropia é que a certa altura o sujeito começa a falar sozinho e a se dirigir a si mesmo como se fosse interlocutor. Indício mais ou menos claro do fracasso da misantropia, uma vez que todo humano parece precisar de algum tipo de interlocução, nem que seja solitária.

Talvez o título não seja ainda este, mas claramente está a caminho, perto de chegar, é só manter a calma. Se nada melhor surgir, vai este, que não está nada mal, repito. Me sinto um tanto ridículo por falar sozinho, porque além de sintoma de alguma loucura da solidão, significa que não consegui chegar ao ponto certo da misantropia, em que não falo mais com qualquer pessoa, nem comigo.

80

Sei revidar

O que talvez falta dizer a respeito do filme *Blade Runner* é que ele aponta para uma possibilidade de misantropia inédita na história da humanidade, que não se manifesta por repulsa, mas por superação do humano. Em alguma medida, misantropia é isso, não só aversão, ódio ou desprezo ao humano, mas mudança de marcha com ultrapassagem de fase, pura e simples. Acho que é a síntese do raciocínio e do que tento dizer. Misantropia como superação.

Selma não venceu ainda. Não completamente, pelo menos.

Menos
a palavra

Se pretendo abordar misantropia como aquilo mesmo que o radical etimológico da palavra indica ficaria apenas com ódio, aversão e desprezo. Dá pano para muita manga, de toda forma. Enquanto penso a respeito desse assunto, me dou conta de que em outra frente as coisas vão muito bem. Encontro muitos títulos, tropeço neles a cada instante. Crio arquivo para anotar toda a lista, pode ser útil para alguma coisa.

O que me ocorreu por último foi pensar que não posso ter a palavra em causa no título, equívoco rotineiro que venho cometendo até agora. Ou seja, nada de usar misantropo no alto do livro, para evitar a obviedade que isso representa. Reparo que até agora só um dos títulos que criei está nessa categoria, e nem é o melhor: *Memórias de um hiperconsciente*, lá no início. Está na hora talvez de pensar mais a fundo a respeito da questão, chegar mais ao núcleo do tutano e, ao mesmo tempo, não ser tão óbvio.

Penso em *História do ódio*, uma forma de dizer a coisa diretamente e de ir ao fundo do problema. Se o ensaio ganhar aspecto mais cronológico e falar de como a misantropia evoluiu ao longo do avanço das civilizações pelo tempo, esse título pode ser bom candidato, sem dúvida.

Outro, na mesma linha, que se não tivesse problema de sonoridade ficaria muito bom, é *Contra tudo*. O problema localizado, nesse caso, é que existe a tendência de ser lido de uma vez só como se fosse palavra única, *contratudo*, o que leva a pensar em forma grande e vigorosa de contrato, um contratudo, sólido e competente como nunca antes. O outro era apenas contrato, esse aqui é contratudo, que abrange todos os casos previstos e não previstos. Também lembra, por semelhança sonora, contratura, tipo de lesão muscular causada por estresse, quando o músculo se contrai e não volta ao estado normal em seguida. Não fosse por esses pormenores, acho que cairia bem. Mesmo que fosse adicionado de outro elemento, *Contra tudo e todos* (que aliás usei como título do capítulo 60 ali atrás), manteria a sonoridade problemática que apontei. Melhor desistir desse título.

Pelo menos, se nada der muito certo na trajetória do ensaio a respeito da misantropia, posso fazer manual de neologismos ou estudo a respeito da criação de títulos para narrativas. Acho que estou ficando bom nisso.

82

Último capítulo à toa

Todo teórico tem um quê qualquer de moralista, dedo policial em riste para palpitar a respeito de seja lá que assunto for, na tentativa de arrumar um mundo inarrumável (mais uma criação para o *Manual de neologismos*). Todo teórico tem olho torto e abstrato para o mundo, porque vê como poderia ser, não como de fato é.

O mundo, como de fato é, não passa de chatura sem fim.

Verdade é que agora não me lembro mais o motivo pelo qual comecei este capítulo, eu talvez tivesse ideia qualquer maravilhosa para desenvolver nele, mas o fato é que me perdi logo ao começar (dessa vez nem posso culpar Selma, ela não me interrompeu). Pensei por um instante que deveria juntar o que coloquei no início deste capítulo com o que escrevi a respeito de moralismo quando falei de Swift, mas quando releio o que escrevi naquela outra parte, vejo que as coisas não se juntam exatamente, ficaria estranho.

Deixo aí, mesmo assim, mais um capítulo à toa para esta história, cheia deles. Mesmo que leitor&, leitora e leitor fiquem cansados com essa aparência desleixada de capítulos inúteis que se acumulam (afinal, o cara escreve num computador, custa cortar fora capítulos desnecessários, passar a limpo e deixar a história no ponto certo?) que, claro, dá o que pensar.

Qual sentido de deixar capítulos vagabundos, não conectados ao tema principal, qual recado que se quer transmitir com isso, devem ser perguntas que vocês se fazem, entre outras. Alguma coisa quero dizer com isso, recado qualquer secreto em andamento, senão não faria qualquer sentido manter tantos capítulos sem pé nem cabeça.

Nem que seja para enfatizar que a vida é mesmo arbitrária e, portanto, literatura e ensaísmo também precisam ser um pouco, às vezes, arbitrários e algo confusos. Chega dessa ideia de que literatura, ensaio, são justamente criações de mente organizada para se contrapor à bagunça do mundo. Teórico é sujeito que não para de teorizar, de tirar abstrações da mente hiperconsciente, formular e reelaborar planos, projetos, metas, desenhos, conjecturas, hipóteses, teorias, teoremas, tralha sem fim que tira da cabeça como se fosse mágico que puxa coelhos de dentro da cartola.

Basta. Este foi o último capítulo com essas características, combinado? Daqui para a frente, só resta espaço para organização e coerência.

Persistência universal

83

Verdade também, verdade ainda, é que essa quantia de capítulos inúteis que se acumularam e que me levaram a falar a respeito do assunto me deram ainda outra ideia para título que tem a ver com abordagem um tanto metalinguística que venho adotando aqui no livro, meio instintivamente, admito, não era algo de caso pensado desde o início.

Bastidores do ensaio.

Passo a passo de como se faz ensaio, hesitações, ir e vir, busca de referências, articulação das ideias. Tudo parte do livro e, portanto, o título deveria refletir esse tipo de inquietação.

O problema é não enfatizar o tema de força, que afinal é misantropia. De outra parte, meu lado teórico que gosta de problematizar a organização das coisas talvez se sinta bem com a mudança de foco. O título, em vez de ser o óbvio resumo do tema principal, se torna mecanismo mais ou menos lateral de pensar a respeito da natureza do ensaio. Com isso, o autor ao mesmo tempo questiona o status quo que prevalece quando o assunto é formulação de título adequado, cuja ideia de fundo é que precisa ser atraente para que o maior número possível de leitores se sinta estimulado a procurar pelo texto. Como se no frigir de tudo o que motiva a leitora é título sagaz, provocativo, quando se sabe que não é (ou não é só, pelo menos).

Para um assunto peço a compreensão d_s leitor_s, a persistência para com o tema e mecanismos criativos que venho empenhando para conseguir provar a existência de misantropia em toda parte, mesmo onde aparentemente não poderia existir. Se pensar bem, por exemplo, a expulsão do paraíso que está numa narrativa fundamental da Bíblia deixa claro que misantropia atinge inclusive Deus, que expulsa o homem do paraíso e lhe retira a imortalidade (que, convenhamos, nem era mesmo o melhor presente).

Deus é o primeiro e mais potente misantropo, ao renegar qualquer possibilidade de vínculo com o projeto humano, ao desistir do homem e mandá-lo para fora do Jardim do Éden. Adão e Eva, pragas de jardim, devidamente limpo depois da sequência do consumo da maçã do conhecimento (que, aliás, era figo, parece que houve um problema qualquer na hora de traduzir). Ou seja, Deus, antes de Voltaire, que pelo visto não passa de plagiador barato, sabia da importância de cultivar o jardim. Dimensão, minha gente, dimensão. É disso que se trata.

84

Causa dos rebeldes

Lembrei que preciso falar, nesse tópico de jardim do paraíso, a respeito de John Milton, o poeta inglês. Ele sabia o quanto o ser humano foi forjado para a rebeldia. Não à toa, cunha a expressão "instinto da indisciplina" para falar da ação de Adão e Eva no paraíso que em suma perdem, por não conseguirem conter a própria curiosidade, atributo humano que compele para frente (e para fora).

Porque obviamente não conseguiram controlar a rebeldia. É sempre disso que se trata, quando se trata de falar do humano. O que me leva de volta ao meu ponto: falar em misantropia é falar a contrapelo, falar de um dos tipos mais avançados de rebeldia, porque implica na rejeição do projeto humano. O que, em alguma medida, diga-se de passagem, é o que sinalizam Adão e Eva quando morderam a maçã. Destituídos do paraíso, dão origem à multiplicação de si mesmos em descendentes, uma das formas mais venenosas de misantropia.

85

Avanço por cima de todo mundo

O mito do doutor Fausto, que fala de intercâmbio com o Diabo para aplacar a sede de conhecimento que tem um sujeito meio entediado com a vida, é tendência no teatro de fantoches da Idade Média. Em 1587, Johann Spies coloca a história no papel pela primeira vez no *Faustbuch* e desde então o assunto sobressai na literatura de modo geral, porque toca numa corda sensível: o que você está disposto a fazer para adquirir conhecimento, para avançar?

Na peça de Christopher Marlowe (coleguinha e oponente de Shakespeare), *História trágica do Doutor Fausto*, a personagem quer voar e se tornar invisível, para ser imperador do mundo e virar divindade. Gotthold Ephraim Lessing deixa peça que retira Fausto da Idade Média, mas infelizmente só sobraram fragmentos do texto. Suficiente, no entanto, para inspirar a Johann Wolfgang von Goethe no século dezenove a ideia de que Fausto pode ser salvo, em vez de condenado ao inferno. Inversão extrema do texto bíblico, diga-se de passagem. Embora seja perdão divino o que talvez não funcione no fechar das contas, quando se trata do ápice do texto de Goethe, *Fausto*. É difícil demais compreender o perdão concedido, parece que de antemão, a sujeito tão egoísta e desprezível.

No início do poema dramático de Goethe, Fausto põe de lado os vínculos que tem: com livros, com linguagem como caminho para conhecer, com posição que ocupa na comunidade, com relação que tem para com a universidade e, livre de tudo, trata diretamente com o agente do Diabo, Mefistófeles. Ou seja, se torna misantropo contumaz, não tem outra possibilidade de vê-lo de forma diferente. A partir disso é que pode se aventurar pelo mundo que é oferecido de bandeja para ele por Mefistófeles. A dimensão da narrativa é a de personagem que perde estribeiras, que não controla as próprias e intensas energias mentais, expandidas até a perdição. O personagem, diz o escritor, filósofo e cientista político Marshall Berman em *Tudo o que é sólido desmancha no ar*, é "intelectual não conformista, um marginal e um caráter suspeito". O primeiro capitalista digno de respeito, argumenta Berman.

Para Goethe, é a obra de uma vida. Começa a escrever o *Fausto* aos vinte e um anos de idade e considera o livro terminado em 1831, um ano antes de morrer, com oitenta e três. Mas fragmentos surgem depois da morte de Goethe e a publicação integral se dá mais tarde. Berman diz: "A força vital que anima o Fausto goethiano, que o distingue dos antecessores e gera muito de sua riqueza e dinamismo é um impulso que vou designar como desejo de *desenvolvimento*". Desejo que precisa enfrentar obstáculos, os principais deles, humanos no caminho, que resistem aos ares de mudança que estão sendo oferecidos por esse protótipo de empreendedor, por esse precursor do capitalismo selvagem, que passa por cima do que lhe estiver pela frente, por esse misantropo entusiasta.

Humanos no caminho são varridos do mapa — desculpem a redundância, mas o progresso precisa progredir, lógica que preside a narrativa —, custe o que custar. E custa. A vida dos envolvidos. Primeiro Gretchen, seduzida e abandonada impiedosamente, depois um casal de velhos. Eles talvez resumam todos os sacrifícios que serão necessários fazer no altar do desenvolvimento (os muito jovens, os muito velhos), do avanço, do capital, se quiserem, e que serão, nesse e nos séculos vindouros, inúmeros, incontáveis. Mas também resumem essa aversão que Fausto tem pelos humanos e por mais que finja se torturar pelos sacrifícios, bem, no fim recebe recompensa de ser poupado de cumprir sua parte no trato e ceder a alma ao Diabo: é salvo e sobe aos céus.

Ou seja, Goethe inventa o misantropo bem-sucedido.

86

Conquista inconquistável

Por falar em misantropos bem-sucedidos, sobretudo desses que passam por homens do mundo, abertos a interações, não é possível esquecer de mencionar Don Juan, conquistador inveterado. Na superfície, sujeito disposto a interações, a toda sorte de diálogo que lhe permita realizar o objetivo, qual seja, conquistar todas as mulheres do mundo. Uma por uma. Catalogar a conquista, numa lista de nomes que é controlada de perto pelo criado, Catalinón. Falo do Don Juan criado por Tirso de Molina na peça *El burlador de Sevilla o El convidado de piedra*, datada de 1630. O título não deixa dúvida, Don Juan é enganador, trapaceiro. Seduz com palavras, gestos, mas importa que seduza, perca, desvirtue, desvie, a voz é a da persuasão. Prometa o que for, casamento, por exemplo, a todas elas.

Uma vez criado, o personagem ganha impulso incrível, tanto que é reapropriado por outros dramaturgos, como Molière; vira ópera, como atesta *Don Giovanni* de Mozart e Lorenzo Da Ponte; e influencia prosadores, poetas e ensaístas mundo afora. Sedutor confiante, sedutor renitente, sujeito que não pode fazer outra coisa que não seduzir, até que um dia, no confronto com o pai de uma das jovens conquistadas, Don Gonzalo, mata-o. Mais tarde, ao se deparar com a tumba do sujeito, convida-o jocosamente para jantar. A estátua do morto (o convidado de pedra do título) comparece e retribui o convite para a noite seguinte. No cemitério, a que Don Juan comparece para não ceder ao próprio medo, a vingança de Don Gonzalo se concretiza: arrasta Don Juan ao inferno. Há intenção clara de educar pelo exemplo, na peça de Tirso de Molina. Não seduza, seu destino será igual ao de Don Juan. A perspectiva de Molière é inteiramente outra: o personagem torna-se mais cínico, mais desviante, no bom sentido.

Renato Mezan, no ensaio *A sombra de Don Juan*, menciona que o personagem não é sedutor só na trama, mas para muitos leitores que lhe procuram acompanhar os passos. Don Juan é sedutor por definição: uma vez conquistada qualquer das mulheres, a ideia de continuidade cessa imediatamente no próprio ato da sedução. De outra parte, "a reiteração incessante do mesmo gesto conquistador é uma necessidade intrínseca ao personagem, monocórdio em sua desabalada carreira". Cada mulher é seduzida uma única vez, mas Don Juan continua a seduzir todo dia, reiteradamente. No texto de Molière, "as atrações nascentes têm encantos inexplicáveis, todo o gozo do amor está na renovação". *Don Giovanni*, a ópera de Mozart e Lorenzo Da Ponte, aposta na alta velocidade do ritmo acelerado para indicar ideia de pressa na consumação da conquista. Conquista e descarte. Conquista e próxima, por favor. Conquista e avante. O teste de todas as mulheres até que se encontre a perfeita — que nunca vem, não virá, importa antes a procura incessante.

"Juro de novo cumprir o doce sim", Don Juan mente no início da peça para a duquesa Isabella, com quem acaba de fazer amor. Ela insiste: "Meus sonhos, promessas e compromissos serão realizados?". Parte da sedução é sempre mentirosa. Isabella quer saber se ele pretende se casar. Don Juan, portanto, confirma a mentira: "Sim, minha querida". Está se passando pelo noivo dela, o duque Otavio. Parte da conquista é fingimento de emoções.

Dona Ana, a próxima da lista, quer se entregar ao verdadeiro amado, o marquês de La Mota, para que, uma vez deflorada, o casamento seja a saída honrosa que permite impedir o rei de Castela de casá-la com alguém que não conhece ou quer, como o protocolo da época permite e indica. Interceptada a nota enviada por ela ao marquês marcando encontro, Don Juan apresenta-se disfarçado para repetir a burla, mas ao notar que o homem não é o amado, Ana grita, o pai aparece para socorrê-la e no duelo que se segue com o trapaceiro, morre. No final da peça, é ele quem pune o conquistador inveterado.

O impulso de Don Juan, se Kierkegaard estiver correto no ensaio *O erotismo musical*, é narcísico, embora realizado numa busca de si mesmo no outro. No caso, na conquista e submissão do outro. E por que afinal todas as mulheres que entram no raio de alcance sucumbem, necessariamente? Ele vive um presente eterno, instante perpétuo da conquista e gozo; uma vez alcançado, move-se a fila. Talvez por isso Kierkegaard diga que Don Juan "não seduz, deseja, e este desejo tem *efeitos sedutores*".

Don Juan parece impedido de amar, interessa-lhe apenas a conquista. Ele é inconstante — substitui as mulheres como se fossem objetos descartáveis — e constante — repete o gesto da conquista indefinidamente. Amor não representa valor absoluto, é apenas resultado do comportamento obsessivo do sedutor, ele o repete à exaustão. Don Juan ama a todas as mulheres porque não pode amar nenhuma e por isso pode ser nomeado misantropo. É monomaníaco às custas de toldar sentimentos alheios, para os quais não liga a mínima. Mas por que sucumbem? Por que se deixam seduzir por esse canto das sereias às avessas? Por que dão ouvidos a essa promessa que talvez não precisasse de tanta malícia para saber que não será cumprida? O seduzido não é só vítima, é também agente no processo. O sedutor invade, mas do outro lado há uma perda de vontade de se defender, efeito hipnótico que os envolve na mesma esfera de voragem. A persuasão pode ser compreendida como modalidade de violência, mas violência consentida. Don Juan só promete o que sua interlocutora está preparada para ouvir.

87

É assim que Selma me trata

Atendo o telefone, é Selma com convite, para que vá à casa dela, para que jante com ela. Diz que preparou prato especial e que vou gostar. Tenho enorme preguiça de sair de casa, de enfrentar pessoas no habitat natural, a rua. Pessoas são deselegantes, nervosas, irritadas e irritadiças, se parecem muito comigo, aliás, o que me enjoa. Preferia que explodissem, mas as pessoas não vão fazer esse tipo de coisa para me agradar. Pena, talvez assim pudesse até aventar a possibilidade de sentir simpatia por humanos.

— Quero preparar um jantar gostoso para a gente — ela me diz, manhosa, ao telefone.

Minha mente dá um salto, claro. O que ela quer, qual a agenda secreta de Selma para estar me fazendo esse tipo de convite, é isso que minha mente perturbada começa a formular, ansiosa, sabe-se lá movida por que tipo de paranoia. Talvez o tipo comum que se acha em cada esquina, a paranoia que é bem distribuída entre toda a população, mais do que o senso comum, como queria alguém, talvez Descartes.

— Está acontecendo alguma coisa que eu precise saber? — pergunto.

É melhor ser direto. Ir ao centro do problema que te aflige. Por isso pergunto.

— E o que estaria acontecendo? — ela pergunta de volta. — Até onde eu sei, não tem nada acontecendo, apenas uma namorada que convida o namorado para jantar com ela em sua casa. Um sábado corriqueiro na vida de milhares de pessoas.

No caso, a casa dela. Selma mora num apartamento bem claro que recebe na sala a luz matinal. O modo como decorou, com elegância e simplicidade, torna a coisa toda de muito bom gosto. Resultado de privilégios que se prorrogam, tanto na vida dela quanto na minha. À noite a iluminação bem planejada dá efeito aconchegante ao ambiente, em tons quentes. Se não fosse tão radical podia me mudar para lá e morar com ela, Selma às vezes tenta me convencer, meio de brincadeira, meio a sério, parece que testa a temperatura da água para ver até onde pode avançar, se por acaso mudei de ideia depois de alguma visita.

— Além disso, os meninos vão estar aqui este fim de semana. Pensei em fazer um jantar para a família.

Agora sim, chegamos ao centro da pauta. Agora as coisas estão claras.

— No caso, eu não sou família — reforço, como se precisasse.

Então é essa a pauta. A agenda do convívio, que ela julga importante estimular de parte a parte, confiante de que será possível superar a premissa, nem sou fã dos filhos dela, nem eles de mim. Selma julga possível armistício entre as partes, para o bem da humanidade.

— Seria bom a gente fazer uma refeição todos nós juntos — ela insiste.

— Você não pretende me pedir em casamento na frente dos seus filhos, não, pretende? — tento provocar.

— Se for essa a sua preocupação, pode vir sossegado.

Minha preocupação é inteiramente outra. Sair de casa. Correr o risco de dividir o elevador com pessoas de outros andares. Encontrar estranhos, ter que manter conversação em termos civilizados por período superior a quinze minutos. Como transparecer essas coisas sem ser ofensivo. Minha mente procura nos escaninhos, a resposta não vem.

— Está bem, eu vou — afinal digo. O verdadeiro misantropo é sujeito que não cede. Estou longe de alcançar esse estágio. — Mas me promete que o jantar vai ser toda a programação familiar e mais nada. Não tem depois, não tem agenda extra. Não tem vamos sair para tomar um sorvete nem vamos todos a uma festa. Nada disso.

Ela promete. Mais uma vez caio na lábia de Selma. Depois do jantar, ela propõe um filme. Em casa mesmo, na televisão enorme no meio da sala. Daquele jeito que não permite recuo, nem dos filhos, nem meu.

Por sorte assistimos calados, porque fico com humor de cão. Sobretudo depois do seminário de meia hora para decidir que filme ver, com discussões intermináveis a respeito de gêneros e possibilidades.

Quando ela me leva na porta para se despedir, reclamo da armadilha. Selma me dá beijo, segura meu rosto com as duas mãos, quer colhê-lo para si de uma árvore imaginária, me olha como se eu estivesse falando sânscrito e me despacha. Diz que eu devia relaxar, que nem foi a pior experiência da minha vida. Saio amuado.

Depois mando mensagem, magoado, me dizendo traído, esfaqueado pelas costas, senhor de cinquenta anos tratado como adolescente de quinze, que precisa ser atraído com falsos pretextos. Ela responde com uma palavra, incompletos, e não sei se se refere aos meus cinquenta anos ou se aos quinze. O time dos misantropos fez uns mil pontos essa noite. A humanidade negativou. Pompeu me fulmina com o olhar quando entro em casa, o traidor sou eu, por ter esquecido de colocar comida no pote dele antes de sair.

88

Distâncias intransponíveis

Pulei a parte do jantar propriamente. Meio que de propósito, para fazer avançar a narrativa, para não me deter em diálogos que se repetem aos quatro ventos pela superfície do planeta. Literatura e ensaio deveriam ter outros propósitos. Mas sinto que faltou detalhar um pouco mais o suplício. Isso pode ser importante.

Para Ângela e Bruno, filhos de Selma, devo ser aquele sujeito esquisitão que é o namorado da mãe, carrancudo ranzinza que de vez em quando comparece para jantar ou outro programa de família. Para mim, são filhos jovens da namorada com agendas pessoais que não entendo, com ambições que não partilho, com projetos que não ajudei a formular. Completos estranhos. Ela estuda engenharia florestal num país com muitas florestas em extinção e políticas públicas pífias, além de poucas ações para conter a devastação em andamento. Ele é estudante de matemática, uma área em que o país não tem exatamente muita aplicação para avançar, em que pese o instituto de matemática pura ser referência no assunto e o fato de já ter conseguido abocanhar uma vez medalha Fields, espécie de Nobel da área. Por conta do trabalho de um matemático, Artur Avila, que ninguém a não ser ele mesmo entende do que se trata. Bruno uma vez tentou me explicar e se enrolou. Ele talvez tenha lapso do que é, mas duvido que compreenda. O trabalho tem a ver com operadores, que uma vez o próprio matemático tentou definir como "matriz infinita e simétrica", o que não ajuda muito.

É evidente o fosso de afinidade entre nós, entrincheirados em temas tão díspares. Não, melhor mesmo não descrever agonias e silêncios do jantar, conversas fiadas que Selma tenta jogar para um lado e para o outro, como se fosse árbitra engajada no esforço de nos aproximar, gerar algum tipo de afinidade que nos permita criar vínculos afetivos. Suponho que o empenho dela seja questionado mais tarde, quando talvez se pergunte por que é que insiste em namorar um cara que não faz qualquer gesto na direção de suas crias, ou por que os filhos não mostram qualquer abertura que permita criar laços de afinidade. Claro, filhos têm ciúmes, essa parte é óbvia, ela talvez os perdoe mais do que tende a me perdoar. Mas isso sou eu, cogitando a respeito das cogitações de Selma. Ela mesmo nunca me disse o que pensa ou deixa de pensar a respeito desse assunto.

Não, melhor mesmo é pular o jantar, como fiz no capítulo anterior.

89

Um tipo de arte

Desprezo me parece forma bastante eficaz de demonstrar misantropia. Porque sempre se pode desconfiar do uso de uma ponta de ironia naquele que despreza. Despreza porque não quer nem se dar ao trabalho de pensar a respeito do desprezado.

A melhor tradução disso está num diálogo do filme *Casablanca*, de 1942, dirigido por Michael Curtiz. O personagem de Peter Lorre, o escorregadio (para dizer pouco) Ugarte, pergunta para Rick Blaine, o personagem de Humphrey Bogart: "Você me despreza, não é?". Ao que Rick, dono de um café que leva seu nome e de simpatia parecida com bazuca, responde: "Eu o desprezaria, se pensasse em você".

90

Grandes cretinos
e o prejuízo da causa

Talvez devesse abrir capítulo para tratar dos desagradáveis casos de misantropos que não se contentam com refúgio onde se possa viver sossegado, mas insistem em agir. Gente que tem compulsão por destruir qualquer conjunto da humanidade, ou, se possível, melhor ainda, toda ela. Átila, Hitler, Stálin, J. Robert Oppenheimer, a lista seria enorme, caso eu a fosse estender. Misantropos praticantes.

São pessoas desagradabilíssimas, sem dúvida, e o pior tipo de propaganda para a causa, na verdade, porque mostram a que extremos podem levar, se você não souber dosar a medida.

Quase incluo nessa lista o marquês de Sade. Mas ele não entra, está numa outra categoria, a dos venenos à disposição, que você pode escolher lançar mão ou não usar, a depender do discernimento que é capaz de ter. O marquês é outro tipo de perigo, merece capítulo só para si.

91

Mas antes (de novo)

Antes, ainda no capítulo dos títulos, acho que deveria chamar a este livro de *Vinhetas de rodapé*.

Afinal, escrevo capítulos tão curtos e levianamente sintéticos que talvez seja o título que melhor se enquadra para o conjunto. Prova disso é que comecei a repetir títulos de capítulos, como este, *Mas antes*, que compareceu lá atrás, no começo deste livro.

Estou a operar minuciosa miniaturização das ideias. A dificuldade é não perder a essência.

Capítulo
do marquês

92

Sade defende ao longo da vida reinado de terror moral e filosófico e deixa escrita obra que é difícil de localizar, embora esteja ocorrendo fenômeno curioso de elevá-lo à categoria de clássico, movimento que começa no século vinte e que não deixa de também ter implicações e perigos. Numa das cartas que escreve da prisão para a mulher, ele dá o tom da queixa: "Não é minha maneira de pensar, mas as dos outros, que tem sido a causa de minha infelicidade". Passa boa parte da vida adulta metido na prisão e escreve algumas afrontas, entre elas os livros *Filosofia na alcova*, *Justine*, *Juliette* e *120 dias de Sodoma*. Tarja preta.

A respeito da reabilitação literária (e dos perigos decorrentes) do marquês de Sade, recomendo a leitura do capítulo "O divino marquês", o mais longo do livro de Roger Shattuck, *Conhecimento proibido*. Ele passa em revista toda a trajetória de pensadores que procuram reabilitar a obra de Sade (são quatro estágios, segundo o escritor, e ele parece ter conhecimento de causa para falar a respeito do assunto) e aponta para os perigos de se mexer com veneno e expô-lo à atmosfera. Alguém será inoculado e nem sempre saberá reagir dentro da normalidade padrão. Não à toa, o historiador francês Jules Michelet chama o marquês de "professor emérito do crime" e de "apóstolo dos homicidas".

A certa altura da argumentação de Shattuck, ele diz que as justificações de Sade do estupro e do assassinato "como naturais e inevitáveis assemelham-se às justificativas panglossianas das guerras e dos terremotos como pertencentes ao inescrutável domínio da Providência". Em teoria, ele acrescenta, Sade inverte todos os sinais. Ou, como diz Sergio Paulo Rouanet num ensaio a respeito do marquês incluído no volume *O desejo*: "Ele subverte a sociedade e subverte a subversão". Mas é mais complicado do que isso e o teórico arregimenta bem os próprios argumentos. O problema do mundo bidimensional proposto por Sade é uma das sacadas de Shattuck, é o estilo a que ele chama de "bolero", repetido à exaustão com intensidade crescente de modo a deixar marca forte nos leitores. "O único efeito estilístico em que Sade é mestre é o *crescendo*." Nietzsche, de outra parte, mantém a transgressão que estava em Sade, mas sem as cenas de tortura e destruição sexual, "transformando-se em um atraente Valhala da filosofia lírica".

Enquanto os manuais dedicados ao amor e ao erotismo na história da literatura se voltam todos para promover valores positivos (os chineses *A arte da alcova* e *Segredos da câmara de jade*; o latino *Ars amatoria*, de Ovídio; o Kama Sutra hindu; *A arte do amor cortês*, de Andreas Capellanus), Sade menciona que só há uma possibilidade de se alcançar prazer: pela dor do outro, pela submissão absoluta, pela prática reiterada do crime. Como fazia parte da aristocracia e colocava a própria classe acima da lei, sem precisar se submeter a princípios e legislações, é preciso obviamente colocar o pensamento do sujeito entre aspas duplas e suspender um pouco o julgamento. As vítimas não têm a quem reclamar, na ocasião, ou seja, são forçadas às sevícias e aos crimes, o que joga por terra qualquer defesa que o marquês queira fazer de qualquer que seja o argumento. Acresça-se um detalhe: todas as cenas dos livros de Sade se passam numa alcova, não num quarto, não em público, como se ele soubesse que o que faz não pode ser visto, não *deve* ser visto. Apelou, perdeu, meu chapa. Vivemos numa era com outros valores, sinto muito, e sua classe social é desprezível agora, para dizer o mínimo.

Certeza que o marquês hoje em dia ia sofrer um bocado, se tentasse implementar sua política sexual às avessas. Mas é verdade que Sade toca em pontos sensíveis demais e de maneira um tanto chocante, a tal ponto que torna o pensamento realmente difícil de enquadrar e classificar, e também não pode simplesmente ser posto de lado. Talvez por isso — certamente que também por isso — é escanteado pela sociedade da época. Era o tipo de misantropia nociva, contagiosa e infecta demais para ser deixada à solta. "Seu niilismo moral profusamente ilustrado entrou para nossa corrente sanguínea cultural", admite Shattuck, para defender que não é mais possível simplesmente passar a borracha por cima da obra venenosa do marquês. Somos todos obrigados a conviver com ela, o que Shattuck propõe é que se faça com toda cautela possível e com uso de máscara de proteção, para evitar contamínio.

Campo diferente
de estudos

Gary Saul Morson escreve alguns de seus trabalhos intelectuais sob o pseudônimo de Alicia Chudo,[3] quando normalmente esse recurso de usar pseudônimo fica reservado ao pessoal da prosa de ficção. Especialista em crítica literária e em estudos eslavos — seus principais trabalhos são sobre Liev Tolstói, Fiódor Dostoiévski e sobre o crítico literário Mikhail Bakhtin —, Morson é professor na Universidade Northwestern, em Evanston, Illinois, cidade bem próxima e ao norte de Chicago e também às margens do lago Michigan. Em 2013, ele lança livro chamado *Prosaico e outras provocações: empatia, tempo aberto e o romance*. Usando o pseudônimo, escreve nesse livro capítulo intitulado "Misantropologia: voyeurismo e a natureza humana", que se inicia com a proposta de introdução de nova disciplina, justamente a misantropologia que dá nome ao capítulo e que ele define de modo breve como sendo "o estudo da maldade da natureza humana".

Não se trata de se apresentar como ciência objetiva, como faz a colega antropologia, mas ao focar no estudo do mal humano, a misantropologia rejeita relativismos e não é amoral. Ao contemplar o século vinte, que colecionou Auschwitz, Gulag, o Khmer Vermelho, a revolução cultural de Mao, o genocídio em Ruanda (e eu poderia acrescentar, por exemplo, a bomba atômica em Hiroshima e Nagasaki), o misantropologista é levado a se perguntar, "se isso não constitui um caso contra a natureza humana, o que constituiria?". É claro que tudo vem de fundo comum, pensar quem veio primeiro, ovo ou galinha.

O que veio primeiro, indivíduo ou sociedade? Há quem argumente por um lado ou outro. Chudo lembra pressupostos da microeconomia (cada pessoa faz egoisticamente sua parte, a economia é a soma dessas iniciativas individuais) ou da teoria freudiana (as pessoas são egoístas e forçadas à socialização, e da supressão da tendência natural no humano decorrem

---

3 Com o pseudônimo, lança livro com título excelente: *E calma vai a vodca, ou quando Púchkin dá um empurrão: Guia mesquinho para a literatura e a cultura russa.*

as neuroses) para em seguida fechar com Bakhtin e com o psicólogo Liev Vygóstki, que defendem o primado do social sobre o indivíduo. O coletivo introjeta no indivíduo o conceito de "eu", uma vez que todo mundo está de olho no que o outro anda fazendo, antes de tudo. Rousseau acredita que o ser humano é intrinsecamente bom, a sociedade é que o perverte. Marx vê o problema na existência de classes sociais: retire as classes, o mal some. Para os utopistas, diz Chudo, se a humanidade consegue se livrar do crime e da crueldade, "vamos dizer, ao eliminar a propriedade privada — a felicidade universal surgiria". Algo que Freud obviamente desdenhou, se referindo aos bolcheviques, que acreditavam nisso que ele chamou de ilusão e de falso pilar onde se sustentar.

Grandes céticos sempre enxergaram o mal como um dos principais fundamentos na constituição do ser humano: o Eclesiastes, Edward Gibbon, Jonathan Swift, Voltaire, Dostoiévski. "Nem sempre triunfa, mas nunca deveria nos surpreender", argumenta Chudo, que não enxerga só semelhanças entre misantropologia e misantropia, mas diferenças fundamentais. "Para começar, a misantropia é ela mesma um dos vícios estudados pela misantropologia", diz Chudo. Além disso, enxerga misantropos como muito seguros de premissas, "o que significa que colocam fé excessiva em seus poderes de discernimento". Mas é justamente contra isso que tento argumentar, ou seja, acho que é possível pensar num novo modelo de misantropo, que inclua autoanálise e boa dosagem de ceticismo a respeito das próprias convicções.

Um misantropo pode estar errado (a história da civilização é a prova cabal disso, a aposta sistemática feita na coletividade, a absorção que ao longo do tempo se faz da experiência em grupo), provavelmente está, em boa parte do tempo. Mas justamente por isso talvez seja momento de repensar: se a humanidade fez aposta na coletividade e falhou, não está passando da hora de considerar a alternativa?

Misantropos são "insuficientemente céticos", diz Chudo, mas acho que existe certo exagero nesse argumento. Se a misantropia pode não passar de utopia desiludida, numa inversão dos sinais, acho que oferece mais do que isso: contraponto digno para qualquer esperança de que o projeto humano possa dar certo.

O ponto de virada no texto de Chudo se dá quando ela argumenta que Swift é grande misantropo, o maior da literatura, enquanto Dostoiévski é grande misantropologista, porque enxerga bem e mal a conviver na natureza humana como "(1) irredutíveis um ao outro, (2) inerradicáveis, e (3) fundamentalmente sociais".

94

Como se chama
essa dança

Um passo para frente, um passo para trás. Devia arrumar nome para essa dança. Recuemos a Pascal. Toda vez que alguém o cita, é para relembrar a frase que está no livro chamado *Pensamentos*, aquela que associa homem a caniço, que embora seja "o mais fraco da natureza", mesmo assim é caniço pensante; reconheço, é divertida, foi usada em citação pelo velho e bom Machado de Assis, admirador de Pascal, mas há mais.

Acho que é hora de conhecer o Blaise Pascal antissocial, que é capaz de escrever: "Como se explica que um coxo não nos irrite e um espírito coxo nos aborreça?" e antes de ele mesmo fornecer a resposta, gostaria de dizer uma palavrinha. Convivo bem com pessoas simples, pessoas que não tiveram acesso à mesma educação que eu e que em algumas situações conseguem se mostrar ainda mais bem educadas (por mérito próprio, delas, e demérito meu, que sou uma besta). Me entendo bem, respeito, na medida do possível — parto do pressuposto de que preciso ser respeitado de volta para respeitar alguém, é bem básico —, dialogo com facilidade. Mas tenho impaciência infinita com o estúpido que é arrogante, que fala o que bem entende, que inclusive ocupa os mais altos cargos da nação mas não passa de energúmeno, bronco, tosco. E claro, você deve estar pensando, e o que tenho a ver com isso? Verdade que nada, mas quis me expressar, antes de devolver a palavra a Pascal. Fim do intervalo.

"É que o coxo reconhece que andamos direito, e um espírito coxo afirma que nós é que mancamos; se assim não fosse, teríamos piedade e não raiva", escreve. Em outras palavras, Pascal também detesta energúmenos, embora não ensine como identificá-los de maneira rápida e eficiente. Critica a vaidade, tão arraigada em alguns corações que o sujeito, seja soldado, criado, cozinheiro, malandro (uso os exemplos fornecidos pelo próprio Pascal) se gabam de ter admiradores, bem como os filósofos. "E os que escrevem contra isso querem a glória de escrever bem, e os que os leem querem ter a glória de os ter lido; e eu, que

escrevo isto, talvez tenha essa vontade, e talvez os que me lerem…"
Tudo é vaidade e estamos todos no sal, esse o recado. Pascal recicla o
Eclesiastes fácil, mas tem certo charme na expressão.

O resultado é sim, gostamos de Pascal, quando ele fala desse modo.

95

Vida e obra

Começo a desconfiar do ensaísta que sou. Forneço informações a respeito de um ou outro dos convidados que aparecem por aqui, como fiz, creio, com Gary Saul Morson. No capítulo seguinte, pulo por cima da vida de Pascal e me fixo em dois ou três dos *pensamentos* (para ser preciso: dois, embora um terceiro tenha sido mencionado de leve, no início do capítulo anterior, daí a oscilação). Devia ter critério semelhante para todos, tratá-los por igual ou, se não por igual, pelo menos com mesmo nível de detalhamento na hora de contar um pouco da vida da criatura.

Nem todo mundo tem obrigação de conhecer Pascal e saber que ele nasce em Clermont-Ferrand no dia 19 de junho de 1623, que é filho de Étienne Pascal e de Antoinette Bégon, e que é geniozinho desde a infância, que adora matemática, que estuda aqui e ali e onde se dá e como é o convívio com as irmãs e por que motivo uma delas decide inclusive lhe escrever uma biografia.

Essas informações, afinal, dão certo colorido à narrativa, retiram pessoas do mundo abstrato das ideias e coloca na vida real, com escaramuças, confusões, mau cheiro do lixo e luxo dos palácios, certos convívios, algumas desavenças, o rame-rame que dá movimento às narrativas e que é importante de alguma maneira manter, mesmo nos textos ensaísticos. Saber que Pascal tem veia religiosa acentuada, por exemplo, pode fazer com que algumas pessoas torçam o nariz para ele, eu entre elas. Embora, por outra parte, também seja preciso saber separar as coisas, pensamento elevado em alguns pontos, por um lado, de falhas ou defeitos ou problemas de partidarismo religioso, por outro, que nem deveriam ser vistos dessa maneira para não deixar transparecer um dos meus muitos preconceitos, mas, enfim, agora foi, falei, está falado, não volto atrás.

Peço desculpas pela falha em relação ao andamento da narrativa, pela tendência de ensaísta de esquecer desses pormenores pessoais de vez em quando que, de novo, dão colorido.

Me perdoam? Sigamos.

Não perdoam? Sigamos também, ou deixem que eu siga sozinho.

96

Pílulas enormes de sabedoria

Não sei por que me ocorre pensar que talvez tenha sido antes o cansaço de Arthur Schopenhauer que o leva a escrever aforismos, em vez de algo como desejo racional do filósofo de dar cabo à linearidade dos argumentos filosóficos, lógico-expositivos ou qualquer coisa assim, algo que fica bem num texto acadêmico, chato de apresentação. O cara estava cansado, eis tudo. Encheu o saco, decidiu tocar o foda-se sem maiores preocupações, por que não pode ser algo assim? Veja, em 1818, ele publica *O mundo como vontade e representação*, que é para ser a obra máxima. Mas só trinta e tantos anos mais tarde e quando publica *Parerga e paralipomena* [Ornatos e suplementos], um livro que tem aforismos num capítulo intitulado *Aforismos para a sabedoria de vida*, o reconhecimento chega. Aforismos enormes, diga-se de passagem, mas ainda assim, para um alemão, aforismos. Ou, como ele mesmo define, foi livro de "pensamentos dispersos, embora sistematicamente ordenados, sobre diversos temas". Uma vez famoso, qualquer assunto relativo ao sujeito é digno de frequentar matérias de jornal, até ferimento na testa que o filósofo adquire em Frankfurt, onde mora praticamente solitário, salvo pela companhia do cachorro Atma.

Curioso que exista quem pense que foi Nietzsche o introdutor do aforismo na filosofia moderna. Bem, não foi. Próximo assunto.

Como registra um estudioso de Schopenhauer, Jair Barboza, ao falar a respeito da obra mais conhecida do filósofo alemão, *O mundo como vontade e representação*, o filósofo é exemplo magnífico de confiança: "Todo viver é sofrer; os desejos são de natureza negativa; a dor é positiva, e, quando não é ela, é o outro polo do sofrimento, o tédio, que impregna a vida". Ou seja, vai dar tudo certo e vai ficar tudo bem. Tenham confiança. O otimismo é contagioso, Schopenhauer é um solzinho brilhante. Não à toa, ele disse que a vida é negócio "que não cobre os próprios custos". Alguma dúvida que um dos alvos do ataque é aquele sujeito, mencionado aqui, que dizia ser este o melhor dos mundos possíveis? Pois é. Carinha zangado, o Schopenhauer. Senão, veja o que ele diz logo na abertura de *Dores do mundo*: "Se a nossa existência não tem por fim imediato a dor, pode dizer-se que não tem razão alguma de ser no mundo. Porque é absurdo admitir que a dor sem fim, que nasce da miséria inerente à vida e enche o mundo, seja apenas um puro acidente, e não o próprio fim. Cada desgraça particular parece, é certo, uma exceção, mas a desgraça geral é a regra". Quanta simpatia.

O ser humano gosta de se guiar por conceitos e máximas?, o filósofo talvez um dia tenha se perguntado. Responde ele mesmo: sim. De modo que vou lhe dar conceitos e máximas para viver, tome. Não dá para ser feliz, mas menos infeliz, quem sabe. O segredo é se desviar ao máximo das dores, se possível. Se você conseguir evitar muitos males na vida vai sair no lucro, é mais ou menos a consolação que Schopenhauer tem para oferecer. Para descarnar um homem, mostre-lhe suas limitações. O filósofo ataca o código de honra e o desmascara, a honra "*não* consiste na opinião dos outros sobre o nosso valor, mas simplesmente nas *exteriorizações* dessa opinião".

Se eu fosse pensar e, título para definir toda a obra de Schopenhauer, seria *Tá rindo de quê?* Título que pode servir para definir a época atual, em que as pessoas parecem ter perdido a capacidade de rir e talvez também o interesse. Como se rir fosse ofensa, especialidade humana que precisa ser banida da face do planeta. Mais do que nunca, livros que contam a história do riso se tornam necessários, para deixar registrado para as civilizações vindouras como é que se extinguiu esse traço de humanidade em algum momento da trajetória.

Único livro que teria intenção formativa parecido com o seu, Schopenhauer diz na introdução dos *Aforismos*, é o de Girolamo Cardano, autor da obra *De utilitate ex adversis capienda* [Da utilidade da adversidade]. Intenção formativa que ele chama de eudemonologia, ou seja, "a instrução para uma existência feliz". Certo. Vida feliz traduzida em linguagem schopenhaueriana quer dizer: como evitar desgostos que a vida vai lhe jogar na cara em quantidades assombrosas. Quanto mais se desvia, mais eficiente você é.

Logo no fim da introdução consegue mostrar o que pensa do mundo. "Em geral, os sábios de todos os tempos disseram sempre o mesmo, e os tolos, isto é, a imensa maioria de todos os tempos, sempre fizeram o mesmo, ou seja, o contrário; e assim continuará a ser." Me parece que o recado é bem claro: os sábios não assim tão sábios, se continuam a insistir com os tolos, em vez de irem todos fazer outra coisa mais interessante.

Schopenhauer sabia, pessimismo nada mais é do que misantropia de bom humor.

97

Selma e o mundo

Pensam que eu me esqueci de Selma? Claro que não, nem ela me deixa esquecê-la, porque me interrompe toda hora, me tira da minha casmurrice de misantropo e me apela para ir ao mundo com ela. E eu, o que quero do mundo? Quero distância. Mas ela insiste que não, que é preciso, quer minha companhia, eu preciso tomar um pouco de sol, comprar meias, tomar café fora de casa, essas coisas. Suspiro, engulo xingamento, às vezes vou, às vezes resisto, embora minha tendência natural seja sempre negar, num primeiro momento. O mundo deveria ser de mais resistências, creio. Mas de vez em quando é preciso ceder um pouco. E assim vamos, aos tropeções.

Quando puxo o assunto com Selma a respeito de Schopenhauer, a respeito de Chudo (meu argumento para tentar persuadi-la a gostar de Morson é dizer que ele tem pseudônimo feminino, acho que isso vai interessá-la), a respeito de Pascal e de Cardano, mas ela nem aí.

O mundo, Selma insiste.

A teoria contra o mundo, devolvo. Somos dois turrões.

— Selma, você não acha curioso que a Itália tenha produzido um monte de geniozinho durante o Renascimento e que a gente não se lembre do nome de mais do que uns dois ou três diferentes? — pergunto, enquanto ela me faz caminhar por corredores de shopping como se fosse a coisa certa a fazer. — Olha o caso desse Girolamo Cardano, o cara escreveu mais de duzentos trabalhos a respeito de medicina, física, matemática, filosofia, religião e música, além de ser mago e astrólogo. E o que a gente sabe dele? Nada, às vezes nem o nome. Ou você já tinha ouvido falar de Cardano?

— Ouvi falar de sorvete — ela me diz, apontando com a cabeça e a ponta do indicador para um quiosque. — Está tão quente. Você quer também?

— O pai do Cardano foi amigo do Leonardo da Vinci — digo, para ver se ela reage à minha provocação a respeito de dois ou três nomes conhecidos do Renascimento. — E o único imperador é o imperador do sorvete.

Ela ri do meu comentário, sem entender a referência.

— Vou querer um de limão, eu acho, ou de pistache, se tiver — ela cogita o sabor, antes mesmo de chegar ao quiosque. E abre a bolsa para procurar algo lá dentro.

— Cardano foi viciado em jogos, inclusive escreveu um livro a respeito do assunto.

— Eu tenho um tio que é viciado em jogo — finalmente ela reage. — Tio Marcos. Lembra dele? Vocês foram apresentados uma vez lá em casa. Ele já perdeu fortunas no jogo do bicho e soube que também aposta em cavalos e joga pôquer pela internet, onde perde muito também.

Pelo visto, atingi um nervo.

— Mas o que complicou a vida dele foi ter tido um filho executado, sob acusação de ter matado a mulher, em Pavia — continuo, ainda a respeito de Cardano, fingindo ignorar o que ela me diz sobre tio Marcos. Vou jogar todas as informações que tenho porque quem sabe assim consigo estabelecer mais conexões com ela.

Dá certo. Ela não sabe onde fica Pavia.

— Onde é Pavia?

— Na Itália. No norte. Fica entre Milão e Gênova.

— A parte rica da Itália. Eu tenho muita vontade de conhecer o norte da Itália. A gente podia ir.

— Sabe o que pegou mesmo para o Cardano?

— Nem ideia. O que você acha da gente ir no fim do ano?

— Ele fez o horóscopo de Jesus e o tribunal da Inquisição não achou a menor graça. Mandaram o sujeito para a prisão.

— Melhor do que ser queimado.

— Isso é verdade.

— Que sabor você vai querer? — ela insiste, quando chegamos finalmente ao quiosque de sorvete. — Vou marcar nossas passagens para o fim do ano. Moça, tem de pistache?

98

Nem remotamente feliz

Um dos motivos para o sujeito ficar de mau humor para com a vida pode ser um grande acidente pessoal. Girolamo Cardano amargou impotência sexual por dez anos da vida, entre os vinte e um e os trinta e um. "Lamentei amargamente esta miséria", escreve na autobiografia *De propria vita* [O livro da minha vida], porque parece lhe apresentar como perspectiva que terá que viver longe da possibilidade de casamento e isolado. "Comparado com a servidão pesada sob o meu pai, ou a crueldade, ou os transtornos dos litígios, ou erros cometidos contra mim pelos meus concidadãos, ou o escárnio dos meus colegas médicos, ou as falsidades faladas contra mim, ou toda a grande massa de mal possível, nada poderia me trazer tanto desespero, tanto ódio à vida, tanto dissabor com quaisquer prazeres, tanta mágoa duradoura", ele escreve a respeito da impotência, que afinal consegue superar.

William George Waters, autor de estudo biográfico a respeito de Cardano, diz que depois de se ler essas palavras amargas é difícil acreditar que um sujeito como esse pudesse ser, mesmo que remotamente, feliz, "muito menos [acreditar] no estado de felicidade em que ele se encontra ao se sentar para descrever a situação passados quarenta anos".

De fato, em outro ponto da autobiografia, Cardano fala da felicidade de praticar o bem e de ser crente a Deus. Mas isso, pouco depois de ter anotado: "Amo a solidão, pois nunca pareço me dar tão bem com aqueles que me são caros quanto me dou com eles quando me encontro sozinho." Parece uma contradição, eu sei. Mas há que se lembrar, como faz o biógrafo, que Cardano pode ser enquadrado com justiça tanto no time dos homens de ciência quanto no dos homens de letras. Poucos transitam tão à vontade entre esses dois hemisférios.

Eu poderia dizer o mesmo. Amo Selma quando não estou com ela. Quando estou, quero esganá-la. Suponho que empatamos, acredito que ela também deve sentir a mesma coisa a meu respeito.

99

Dizer russo amargo é ser redundante

Mikhail Liérmontov cumpre a sina dos escritores românticos e, tal como Púchkin, aliás grande ídolo pessoal, morre num duelo, aos vinte e sete anos, em 1841. Como é desses maníacos pela escrita, tem tempo de deixar muita coisa no papel. Uma das peças, ainda da fase imatura, quando ele insiste em copiar as referências sem qualquer pudor, tem título em alemão, que traduzido fica *Pessoas e paixão: uma tragédia*. A homenagem era para a peça *Misantropia e arrependimento*, do dramaturgo alemão August von Kotzebue — outro que morre de maneira violenta, assassinado por estudante ligado a uma seita estudantil, por conta da crítica acerba que Kotzebue havia escrito.

Aliás, por falar em alemão, deixa eu acrescentar nota lateral aqui. A palavra para misantropia não deixa dúvida nessa língua a respeito do que se trata: *Menschenhass*, ou seja, ódio às pessoas (*Menschen*, pessoas; *Hass*, ódio; e, sim, substantivos em alemão são escritos com letra maiúscula, perguntem a eles, alemães, o motivo; eu desconheço). Na tradução, misantropia.

Escrita quando o autor tinha dezesseis anos, a peça de Liérmontov remete ao drama que ele mesmo viveu: disputa pela sua custódia, levada a cabo pelo pai e pela avó materna. Na peça, o personagem central é atormentado pelas pressões e querelas dos adultos e comete suicídio. Numa peça do ano seguinte, ou seja, 1831, intitulada *Strannyi tchelovek* [Um homem estranho], trama parecida se estabelece, mas sem parentes; agora é a sociedade quem coloca pressão no personagem.

Os anos de 1834 a 1836 representam, na carreira do jovem escritor, o período de transição. As ideias não mudam, mas ele ganha expressividade e lábia. Aparecem alguns poemas eróticos (ou pornográficos, a depender do ponto de vista do estudioso que interpreta). "Longe de serem meras curiosidades literárias, eles são chave importante para a perspectiva e a poética de Liérmontov", diz Simon Karlinsky no capítulo *Misantropia e sadismo nas peças de Liérmontov*, publicado no livro *Liberdade a partir da violência e de mentiras: ensaios sobre poesia e música russa*. Karlinsky é professor da Universidade da Califórnia, em Berkeley, e especialista em línguas e literaturas eslavas; se notabiliza sobretudo por ensaios a respeito da poesia de Marina Tzvietáieva. Os temas são complicados. Em três dos cinco "Poemas de cadetes", como são chamados os versos, Liérmontov defende o ponto de vista de estupradores e mostra desprezo pelas vítimas. A peça mais famosa dele, *Maskarad* [Mascarada], publicada em 1835, também é pródiga em crueldade. Embora baseada claramente em *Otelo*, a peça tem nível muito elevado de maldade do marido, Arbenin, que envenena o sorvete da esposa, Nina, jovem aristocrata bem mais nova, e a observa morrer num tormento horrível. "Uma forma de estupro espiritual", diz Karlinsky, que se refere à personagem de outra peça, mas inclui também a situação de Nina e os ecos dos "Poemas de cadetes", que refletem, mais do que misantropia, especialmente a misoginia do dramaturgo. Quando chega ao período de maturidade, em 1837, Liérmontov escreve um poema em que acusa a sociedade russa por ter permitido que o seu maior poeta, Púchkin, morresse em duelo. Por conta da veemência do poema, Nicolau 1º bane Liérmontov para o Cáucaso. Nesse período, escreve o romance *Herói de nosso tempo*, um poema narrativo e as peças líricas que crianças decoram até hoje na Rússia, quando estão na fase de aprender a ler. Pena que o desenvolvimento do escritor é interrompido, embora ele tenha continuado, mesmo nessa fase, a ser o misantropo que havia lá no início da carreira.

A peça, junto com outros escritos, coloca Liérmontov no time dos misantropos especialmente venais.

100

Aforismo extra

O homem se balança entre esperança e desespero: sina sombria, viver mergulhado no último, sem conseguir se livrar do primeiro.

Pessimismo é revolta contra a humanidade

Pensei nesse aforismo do capítulo anterior ao me lembrar do personagem de detetive numa série de televisão que foi veiculada no Brasil com o título original, sem tradução, *True Detective*, criada por Nic Pizzolatto. O sujeito investiga crimes brutais com ajuda do parceiro meio bronco. Os crimes são horrorosos e ocorrem em série. O detetive em questão tem pessimismo sombrio extremado, o que parece imensa contradição, quando se olha para o tipo de perfil que normalmente se tem associado a essa profissão. São pessoas pragmáticas e ao pé do chão, não introspectivas e filosóficas. São pessoas que se preocupam mais com a marca da cerveja que vão beber depois do trabalho ou se aquela *stripper* vai estar no palco à noite do que com o sentido da existência e modos nem sempre gentis de encará-la.

O detetive em causa se chama Rust Cohle, vem do Texas e tem fala especialmente arrastada que combina bem com ele, como se quisesse puxar palavras ao máximo para extrair algum tipo de sentido extra delas, como se as pudesse pesar numa balança enquanto pronuncia lentamente cada uma. Fuma feito condenado, bebe como profissional. Num dos diálogos, diz que se considera realista, embora, admite, em termos filosóficos possa ser chamado de pessimista. Ou seja, faz parte do time do Schopenhauer, do Kierkegaard, dessa turminha meio sombria.

"Acho que a consciência é um passo em falso trágico na evolução", Cohle diz numa das cenas. "Nós nos tornamos muito autoconscientes. A natureza criou um aspecto da natureza separado de si mesma. Somos criaturas que não deveriam existir, de acordo com a lei natural…" O problema todo, diz Cohle, e faz pausa para tomar um gole, dar um trago, é termos a ilusão de possuirmos um "eu", a que se acrescentam a experiência sensorial e os sentimentos, programação que leva as pessoas a se acreditarem pessoas, "quando na verdade todo mundo é ninguém". Um doce, amor de pessoa. "Acho que a coisa honrosa para a nossa espécie fazer é negar essa programação. Parar a reprodução, caminhar de mãos dadas para a extinção; uma última meia-noite, irmãos e irmãs escolhendo se livrar de um acordo brutal." O sujeito é tão difícil que o parceiro, Marty Hart, a certa altura tenta fazê-lo se calar dizendo: "Vamos fazer do carro um lugar para meditação silenciosa de agora em diante". Mas não pensa em sugerir ao parceiro para usar a ideia de reprogramação para se autorreprogramar e parar um pouco de pensar de maneira tão negativa a respeito do mundo.

Não à toa, Rust Cohle costuma encher a cara nos dias em que está de folga. Só assim parece capaz de continuar, de se suportar vivo um pouco mais.

102

Tolerância

Por falar em personagens de séries de televisão ou do cinema, lembro de algo. No ensaio do Guillermo Cabrera Infante a respeito de *Blade Runner* ele menciona diálogo do filme *O último chá do general Yen*, lançado em 1932 e dirigido por Frank Capra, um dos diretores mais ácidos e sardônicos de todos os tempos.

Megan Davis é missionária na China. O general Yen é um senhor da guerra, cruel, e, no entanto, ambos se apaixonam, enquanto lá fora as ruas de Xangai estão em chamas. Fogos da paixão pessoal e fogos sociais são da mesma ou de diferente natureza?

Quando Megan acusa o general de ter atropelado com o carro em alta velocidade o seu carregador ou puxador de riquixá, e pergunta se não pretende fazer nada para evitar que morra, o general responde: "Se o seu carregador está morrendo, senhora, é então um homem afortunado. A vida, em seu melhor momento, é apenas tolerável". E quando alguém adverte a senhorita Davis de ter se dirigido a um sujeito desconhecido (e rico), ainda acrescenta que a vida humana "é a coisa mais barata na China".

O que está recheado dos ingredientes favoritos de Capra, cinismo com pitada de escárnio, mas que também aponta, há de se convir, para os descaminhos da misantropia.

103

Micromisantropia estrutural

Às vezes penso que não basta criar títulos, deveria começar a desenvolver conceitos, como fazem esses sujeitos que estão por aí com fórmulas mágicas de microgerenciamento de emoções e empreendimento inovador, qualquer bobagem dessas. Penso em falar, sei lá, por exemplo, em micromisantropia estrutural, que afeta sobretudo escritores que tentam se mostrar pobres (seja em expressão, seja existencialmente, nesse caso, por meio dos personagens) quando são de países estupidamente ricos. O escritor fala de deserto, ou desolação, mas em volta tudo é opulência e exagero. Do que esse maluco fala?, todo mundo meio que se pergunta. É tipo um norte-americano como Sam Shepard ou como Raymond Carver, que se esforçam para mostrar personagens melancólicos a vagar em meio a paisagens despovoadas ou em cidades fervilhantes, mas com olhos voltados para os pontos cegos. É claro que no fundo a lição talvez seja justamente outra, a de que mesmo na opulência, sempre haverá ser humano descontente e insatisfeito com a condição existencial.

Personagens que são mais tristes do que conseguem ser misantrópicos.

Nas *Crônicas de motel*, por exemplo, de Sam Shepard, a descrição vem a primeiro plano, como se ser minucioso na descrição livrasse a cara dos personagens de terem sentimentos. Numa narrativa, nem sei como chamá-la, crônica talvez seja impraticável, mas dizia, numa narrativa ele conta da vez em que tenta imitar o sorriso de Burt Lancaster em *Vera Cruz*. Mas então se dá conta de que tem dentes estranhos, ao contrário da dentadura perfeita do ator, e que as pessoas estão olhando de jeito esquisito para ele e então, claro, para de sorrir. "Eu o faria apenas em particular. Logo, até isso se desvaneceu. Retornei para minha cara vazia", diz o narrador. Não chega a ser misantropia. Essa literatura talvez tenha recado, nem sempre dá certo ou é entendido, mas ela tem recado, com toda essa quantidade de descrição. Talvez seja o de que o mundo está em boa parte é na superfície, talvez que a própria literatura tem que ser superficial, para emular a sociedade cuja opulência nada mais é do que disfarce para vazio e nada. Mesma coisa pode ser dita, creio, para livros de Ernest Hemingway. Muita ação e movimento para não deixar ver que por dentro o sujeito está vazio de emoções, pensamentos, raciocínios, ideias, conceitos. Ele é pura ação porque não pode ser outra coisa, nem quer. No fundo, é literatura misantrópica ao apontar limitações superficiais dos seres humanos reduzidos a tão pouco, porque é como se dissesse que é isso mesmo, a humanidade avança, avança, mas não sai do lugar.

O que acho que quero dizer, no fim das contas, é que não é possível confiar num escritor que não seja misantropo. Ou isso, ou sem chance de levá-lo a sério.

A micromisantropia estrutural a que está submetida a obra de Raymond Carver no contexto do pós-guerra norte-americano etc. Vou criar alguma bobagem como essa. E aí cito o momento em que Raymond Carver sai da esfera de influência dos amigos e editores e passa a fazer cortes nas narrativas por conta própria, quando diz que algo ocorreu com a escrita: "Ela desceu ao subterrâneo e depois emergiu outra vez, banhada por uma nova luz aos meus olhos. Eu estava começando a desbastar, até ficar só na imagem, depois até a figura em si". Às vezes, em meio à aridez do minimalismo descritivo, encontram-se algumas frases realmente espantosas e que podem iluminar. Num dos contos de Carver, ele escreve: "A escuridão girava e pressionava as margens de luz". Está lá, no meio de um parágrafo e poderia passar despercebido, mas para alguns leitores é como faca gelada e penetrante que entra no próprio corpo, para sair aquecida de sangue. Misantropia universal, se quiserem.

Poderia dar certo, se eu começar a falar umas coisas como essas. Venderia palestras e embolsaria dinheiro. Dinheiro é sempre bom. Pode não ser tudo nessa vida, mas ajuda a atravessá-la com certo conforto. Ou ajuda a permanecer miserável emocionalmente, mas com luxos compensatórios. Dinheiro compra tudo, escreveu certa vez Nelson Rodrigues, até amor verdadeiro.

O mundo não pode abdicar de todos os cínicos, vai ficar tudo muito sem graça. O curso poderia se chamar microgerenciamento de misantropia cotidiana. Só para os fortes de espírito.

104

Para além
do humano

Metamorfose é tema recorrente ao longo da história da literatura. É como se os escritores dissessem, ah, quer dizer que posso inventar? Sem qualquer limite? Então espera, deixa testar um negócio aqui. Ou é como se dissessem, cansei de ser humano, como é que seria a vida se eu me transformasse num junco, ou num touro, ou num centauro? A lista é longa, mas vou ficar nos mais óbvios: Ovídio, La Fontaine, Kafka, Ionesco. É tradição que rende frutos e abordagens, sem parecer ter perdido o vigor.

A família de Gregor Samsa, na novela *A metamorfose*, recusa-se a aceitar que tenha restado qualquer resquício de humanidade na nova condição dele, talvez não se possa acusá-la de misantropia. Ou pode ser misantropia justamente se recusar a reconhecer o quanto há de humano na nova condição de Gregor. Em se tratando de Kafka, essa possibilidade não tem como ser descartada. Talvez seja o ponto importante a se reconhecer.

No começo do livro de Marie Darrieussecq *Porcarias*, a narradora começa muito gentilmente e de maneira humilde a pedir desculpas. Ao leitor: "Sei que esta história poderá causar confusão e angústia, que vai perturbar as pessoas"; ao editor "que tiver paciência de decifrar esta letra de porco" e que "aceitar a responsabilidade deste manuscrito", porque "talvez ele não seja poupado da prisão, e desde já quero pedir desculpas pelo transtorno". Por fim, novamente se dirigindo ao leitor, diz: "Suplico ao leitor, e mais ainda ao leitor desempregado, que me perdoe essas palavras indecentes". E começa a descrever de maneira singela como, de simples trabalhadora que a narradora nunca nomeada é, e que é contratada para trabalhar numa perfumaria chique, aos poucos se converte em porca, como título e palavras iniciais deixam claro que vai acontecer. Em parte, por conta do trabalho de se prostituir, sem dúvida, talvez seja a metáfora mais óbvia. Mas obviedade não combina muito com relatos de metamorfose. De modo que talvez seja preciso pensar em outras camadas de interpretação. Para mim, o que chama muito a atenção no livro de Darrieussecq é o fato de ela criar narradora quase simplória, que narra de maneira singela ("na minha cabeça tinha sempre sol") atrocidades todas que se passam em volta, como se não tivesse tanta importância ou não devesse causar repugnância, o que é desconcertante e talvez seja justamente um dos objetivos a serem alcançados por este tipo de prosa.

Ela engorda, mas os clientes, num primeiro momento, continuam a achá-la sexy. Ou talvez porque estão indiferentes a ela, preocupados apenas consigo mesmos e com o orgulho que sentem se si mesmos por poder boliná-la, como ela sugere. A menstruação não desce, ela se percebe grávida, abortos se sucedem, engorda, joelhos lhe doem sob o peso dos clientes ou por ficarem apoiados na posição de quatro que deixa ainda mais à mostra o quanto há de animalesco nas relações sexuais. Mora com o namorado, Honoré, que não apenas se revela surpreendentemente compassivo com as atividades da narradora, como se beneficia dos eletrodomésticos de última linha que ela compra com ganhos extras.

Ela não consegue mais se alimentar direito, prefere legumes, batatas cruas, com casca, até mesmo flores que ganha dos clientes entram na nova dieta. Então muda estilo, torna-se mais agressiva e sexual, o que força a clientela também a mudar. Quem não se adapta, para de frequentá-la. "Os clientes que eu preferia agora eram os que me pediam para ser amarrados antes das massagens", diz. Bestialismo também começa a fazer parte da nova rotina. Alguns estupros. A escalada de situações mais fortes e provocadoras não perde o ritmo singelo, mas ela, metamorfoseada em porca, vai por exemplo dormir na própria merda, ou devorar cadáveres, em estadia num hospício. A pele fica cada vez mais rósea, grossa, pelos se tornam problema constante, nova teta lhe aparece depois de beliscão de um cliente. Cremes que recebe na perfumaria em que trabalha de nada servem mais. "Por mais que eu passasse todos os cremes do mundo na minha terceira teta, não adiantava nada, ela se negava a desaparecer." E então começa a lenta decadência, que descreve. "Do meu antigo *esplendor* tudo ou quase tudo tinha desaparecido."

Metamorfose não é tentativa de exercício da imaginação literária ilimitada, é também clara demonstração de insatisfação com existência humana. Ou seja, toda metamorfose é, no fundo, manifesto misantrópico. Se eu puder deixar a condição humana, todo escritor que entra por esse caminho parece dizer, e no fundo com isso manifesta imensa insatisfação com a humanidade.

105

Enclausurado no peito, no entanto livre

Søren Kierkegaard não é sujeito fácil. Segundo uma das biografias, escrita por Claire Carlisle e intitulada *O filósofo do coração*, Kierkegaard "fez filosofia olhando para a vida a partir de dentro, e mais que qualquer outro filósofo ele trouxe a vida pessoal para dentro do trabalho". Conhecido como pai do existencialismo, Kierkegaard tem filosofia que fala do drama e da dificuldade de ser e permanecer humano. "Ele se tornou um especialista em amor e sofrimento, humor e ansiedade, desespero e coragem; ele fez desses assuntos do coração a matéria-prima de sua filosofia", diz a biógrafa.

Uma escritora sueca que escreve texto a respeito da vida cultural de Copenhagen em 1849, Frederika Bremer, tenta marcar uma entrevista com o filósofo, mas ele se recusa a falar com ela, embora seja celebridade na cidade — ou talvez justamente por isso. Mesmo assim, Bremer o descreve a andar no meio da multidão da capital da Dinamarca, por horas a fio. Parece estar com a mente e os olhos fixos num mesmo ponto. "Ele coloca seu microscópio voltado para esse ponto", Bremer escreve, "e investiga cuidadosamente os menores átomos, os movimentos mais fugazes, as alterações mais íntimas." Ponto, no caso, o coração humano.

Num famoso aforismo, ele registra que a vida tem de ser vivida prospectivamente, mas só pode ser compreendida retrospectivamente. Como vive pouco, até quarenta e dois anos, não se sabe até onde Kierkegaard chega a ter tempo de compreender a vida. Com ele, a filosofia deixa de ser abstração para falar de sujeitos com paixões, disposições, humores. Enfim, existência, para usar a expressão que expressa a filosofia.

Diante da sedução e da vertigem provocadas pelo abismo a seus pés, de que Kierkegaard fala, o ser humano flerta com possibilidade de liberdade: liberdade de saltar para o abismo.

Ritmo solitário

Começo a desconfiar que Selma desconfia de mim. Ela tem motivos, não discordo. Quer dizer, ela tem motivos para desconfiar — se tornou parte de quem ela é esse ceticismo incrustado — e mesmo que estivesse envolvida com outra pessoa, qualquer outra, ela iria desconfiar do mesmo jeito. Não lhe dou motivos em particular para desconfianças e a verdade é que não tenho qualquer intenção ou interesse de traí-la, mas ela não consegue evitar, sofreu trauma grande demais e percebe sinais onde nem existem. Basta troca de mensagens em que eu demore a responder ou responda de maneira evasiva e pronto, devo estar traindo, a cabeça dela começa a formular, ou eu suponho que formule.

Um dia, quando Selma ainda era casada, volta mais cedo para casa e encontra o marido, hoje ex-marido, na cama com outra mulher. Não uma vagabunda anônima qualquer, como ela diz quando me conta a história, mas uma das melhores amigas de Selma. Para ela é duplo trauma, a partir do qual, primeiro, todos os homens são por definição traidores e mais cedo ou mais tarde isso será exposto, como verdade que está escondida, mas vem à tona. Segundo, Selma não pode mais confiar em mulher alguma para ser amiga.

— É uma compulsão, vocês não conseguem evitar — ela me diz, quando conclui a história a respeito do marido e meio que coloca todos os homens sob supervisão permanente a partir de então, quarentena sem data prevista para acabar.

É verdade que no meu passado cometi traição, mas perdi completamente a vontade de voltar a fazer isso com alguém. Estava magoado, queria causar dor, causei. Pronto, lição aprendida, dói para todo mundo, não preciso mais disso. Mas não adianta explicar isso a Selma, ela segue cética, e de vez em quando, ao aparecer de surpresa na minha porta, acho que está mais interessada em checar a verdade dos meus atos e quem sabe me flagrar com outra mulher do que realmente com saudades de me reencontrar. Abro a porta sempre sorrindo, porque sei que não vai encontrar ninguém aqui comigo. Tenho a tranquilidade da consciência tranquila e Selma sabe que, se a traio, é somente nos pensamentos. Aí a liberdade vigora como sempre. A questão, insiste, é que passar dos pensamentos às ações é um passo. Não para mim, mas ela não se convence. Tudo bem, seguimos.

— Vocês homens não pensam com a cabeça de cima — ela diz, apontando o indicador para a própria testa.

Curiosamente, aceita bem a ideia de fazer putarias com alguma convidada extra, desde que possa participar. Inclusive sugeriu mais de uma vez. Desconfio que só para tentar transparecer a imagem de mulher liberal, talvez na hora dê jeito de sabotar o encontro. Não faço esforço, a ideia de fazer um *ménage à trois* fez parte das minhas fantasias do passado, é verdade, mas perto dos cinquenta me parece apenas prova de que não me canso de ser ridículo e a verdade é que cansei. Selma não percebe potenciais contradições do que sugere, para ela faz todo sentido não me deixar sozinho com outra mulher e tolerar a presença alheia desde que esteja junto. Nesse caso, não há traição, e não deixa de ter certa lógica. Mas se por acaso lhe explico que estar com outra mulher *com a devida autorização*, que ela poderia me conceder gentilmente, em tese não seria muito diferente, nesse caso recua. Não é bem como vê a coisa. Alguma avaliação interna talvez lhe diz que sua presença junto comigo e outra mulher seria capaz de neutralizar o ciúme que sente, e que ficaria ampliado caso não pudesse estar presente.

O problema dos céticos, talvez, é que vão desenvolver espécie de casca reativa a qualquer proposta que o mundo tenha a oferecer e vão se fechar a qualquer tipo de iniciativa que poderia ser interessante como experiência. Prevenção e cautela, de um lado, versus ousadia e ímpeto, de outro. A verdade é que quanto mais velho me torno, menos me arrisco, característica mais ou menos trivial do ser humano, aumentar doses de precaução à medida que envelhece. Nisso não sou diferente dos demais. Só no ódio e na aversão os suplanto, nisso não se comparam comigo.

Selma desenvolveu também casca protetiva. Caso me flagre com outra, vai embora batendo os pés, mas sem surpresas, sem sofrer tanto, lhe parece, já que meu comportamento apenas confirmará suas expectativas e talvez só lhe corroa leve decepção enquanto risca meu nome do seu caderninho, decepção que afogará rapidamente em sei lá que novas atitudes e exercícios. Talvez vestido novo, nova modalidade de tratamento para a pele e ligações sistemáticas para antigos interessados em usufruir a recém-conquistada liberdade.

O que Selma não sabe é que a desconfiança me estimula a também desconfiar dela, embora eu resista. Desconfiança é faca de lâmina dupla, se ela desconfia tanto de mim, quem me garante que preventivamente não está se encontrando com outros apenas para garantir que não vá sofrer tanto *quando* (não é questão de *se* para ela) conseguir finalmente me flagrar.

Às vezes chego a considerar que Selma adoraria dar logo um flagra em mim, para poder se livrar rápido da angústia da expectativa de *quando* é que a traição deve acontecer. Há, mais que ceticismo, certa dose até elevada de cinismo. Mas também suponho que no dia seguinte a cada uma de suas tentativas frustradas de me flagrar com as calças arriadas ao lado de outra mulher ela deve sentir um pouco, nem que seja bem pouco, de vergonha. Algo a respeito do qual nunca iremos conversar, porque suponho que vá manter a postura de jamais admitir que é isso o que faz por meio de desculpas esfarrapadas, me vigiar de maneira que julga ser sutil – e talvez seja –, mas percebi e é o que importa. Quando penso na vergonha do dia seguinte que ela sente, o perverso em mim sorri contente e vitorioso. Mas também sei que isso passa, a vergonha dura um dia, dois, depois ela encontra novos motivos para vir promover inspeção.

O coração humano, por mais que tente bater em harmonia ao lado de outro, está sempre num ritmo solitário. É como se negasse o tempo todo a verdade última, de que sua batida derradeira será sempre e mesmo solitária, e quisesse ir contra a natureza ao procurar algum tipo de associação.

Talvez parte dos motivos para alguém querer viver distante do convívio com os outros, voltando aqui a falar a respeito de misantropia, seja ponta de narcisismo. Explicado, por sua vez, pelo princípio egoísta que é comum em todos, altruístas ou misantropos. Afinal, agendas são pessoais. Altruísmo é máscara social que permite a qualquer um explicar o verdadeiro motivo que o move ao altruísmo: vaidade de ser apontado pelos outros como alguém bom. Misantropo é, nessa linha, sujeito despido de vaidade do reconhecimento alheio ou da capacidade de fazer o bem? Em absoluto. Nele existem vaidade e potencial para boas ações. Apenas, ele *escolhe* não praticar o bem.

107

Fora com a lei

Bem no começo de *Walden*, depois da epígrafe em que diz não se propor a escrever ode ao desânimo, Henry David Thoreau argumenta que ao começar a escrever as páginas do livro, mora sozinho, a mais de quilômetro e meio de qualquer vizinho, numa casa às margens do lago que dá nome ao livro, construída por ele mesmo, na pequena cidade de Concord, Massachusetts. Por dois anos e dois meses vive ali, isolado, perfeito misantropo.

Ou nem tanto, quando se consideram outros fatores. Como os que levanta a jornalista da revista *The New Yorker* Kathryn Schulz, na matéria veiculada em outubro de 2015, cujo subtítulo pergunta: "Por que, dadas as invenções, inconsistências e miopia, continuamos a adorar *Walden*?". A imagem que se tem do escritor, argumenta Schulz, foi simplificada para se tornar inspiradora. "Nessa imagem, Thoreau é a nossa consciência nacional: a voz da América selvagem, nos instiga a sermos verdadeiros conosco mesmos e a viver em harmonia com a natureza", escreve.

A imagem, no entanto, é falsa, ou no mínimo distorcida. Leitura séria do livro de Thoreau vai mostrar que o sujeito é narcisista, fanático por autocontrole e inflexível na crença de que não precisa de mais ninguém no mundo para se virar, argumenta a jornalista, ela mesma poço aparente de mau humor, embora temperado por escárnio. Mas o livro, prossegue, é mais fantasia a respeito da vida na floresta e fantasia a respeito de escapar da responsabilidade de viver entre as gentes do que qualquer outra coisa.

Verdade que há série grande de restrições que podem ser feitas ao texto de Thoreau, entre elas podem-se incluir a crítica à arrogância do escritor, favorecido, sem dúvida, pelo convívio com e influência de Ralph Waldo Emerson, também habitante da pequena Concord. Parece que Thoreau é restrito demais, inclusive consigo, no que diz respeito à alimentação, consumo, moral, qualquer coisa. E esse tipo de restrição não é engolido facilmente. Mas é sobretudo talvez a arrogância do escritor que provoque tantos brios. Ele escreve, em *Walden*: "Os homens, em sua maioria, levam vidas de sereno desespero. O que se chama resignação é desespero crônico." Está errado? Não está. Mas é ofensivo para boa parte das pessoas, não resta dúvida.

Claro que o texto ácido de Kathryn Schulz pode ser escrito de tal maneira que me leva a criar angulação específica no modo de enxergar a experiência de Thoreau e nuançá-la. Ela é capaz de ser tão sardônica que me impede de ver com qualquer simpatia o que o escritor procura estabelecer. Schulz escreve: "Mas pior do que a autonegação radical de Thoreau é sua negação dos outros. A coisa mais notável de que ele parece se abster enquanto mora em Walden é a companhia, que ele encara como, na melhor das hipóteses, chatice que consome tempo, e na pior, ameaça para sua alma mortal". E claro que ao terminar o parágrafo com frase de efeito que diz que para Thoreau os humanos têm o mesmo status moral que uma maçaneta, ela parece não deixar brecha para mais nada por cima das cinzas do que acaba de pegar fogo com o combustível altamente inflamável que usa.

Acho excelente que se procure acabar com reputações estabelecidas, mesmo porque monumentos erigidos por critérios culturais podem e devem ser cambiados de tempos em tempos, sobretudo no que escapam de alcançar a dimensão arquetípica das questões mais fundamentais. Mas também há de se perguntar a respeito dos motivos para tanto alarde, me parece. Nunca são só boas intenções. Às vezes, fogueira na reputação de alguém serve para alimentar reputação nascente. Jornalistas da revista *The New Yorker* não estão imunes às chamas, tanto quanto qualquer outra pessoa. A questão é que fogueiras precisam estar visíveis e ao alcance para construir (ou queimar) reputações.

Como também é claro que gente que mergulha de qualquer jeito na natureza selvagem pode ter desfecho desastroso. Em 1996, o jornalista Jon Krakauer escreve livro a respeito do aventureiro Christopher McCandless, que se embrenha num parque nacional no Alasca e passa a morar num velho ônibus abandonado no meio do mato até morrer de fome, alguns anos antes, em 1992. O relato vira o filme *Na natureza selvagem*, em 2007, e desperta tanto interesse em turistas pelo lugar que em junho de 2020 autoridades decidem tirar o ônibus velho e abandonado do parque, porque por mais que magnetize fãs e turistas, tornou-se atração perigosa. Num comunicado, uma autoridade menciona que esforços para resgates de gente que se perde à procura de encontrar o ônibus são perigosos e caros. "Mais importante, estava custando a vida de alguns visitantes", diz à ocasião Corri Feige, comissária de Recursos Naturais do Alasca. Mas não é também para morrer que as pessoas se embrenham nessa experiência pré-adâmica, é de se perguntar. E talvez deixar que isso aconteça seja interessante. Me parece persistir equívoco no epíteto de selvagem como atributo da natureza. Selvagem é o homem, que em fúria não deixa semelhante em paz: extorque, estupra, extirpa, estripa, tortura, não muito infrequentemente mata sem piedade.

De toda forma, vale lembrar que Thoreau, mesmo a contrapelo da convivência com semelhantes (o que para mim, vale lembrar, não é demérito, antes o contrário), é militante entusiasta antiescravidão, o que o coloca ao lado das boas causas. E também faz campanha pela desobediência civil. No livro que tem esse título, por sinal, ele diz que quando a injustiça é grande e te força a ser injusto com outras pessoas, "digo, então, que se transgrida a lei".

108

Desacertos do mundo

Alguns homens levam vida de maneira muito sociável, o que praticamente inviabiliza chamá-los misantropos. É o caso de Ralph Waldo Emerson, escritor, poeta e filósofo norte-americano, habitante de Concord a certa altura da vida, onde exerce influência sobre Thoreau, por ser mais velho.

No entanto, vou insistir: ao abraçar as ideias do transcendentalismo, que defende a expressão de um "eu" profundo e universal, Emerson no fundo é misantropo, porque se é preciso encontrar harmonia universal, isso nada mais é do que sintoma da completa ausência de harmonia *neste mundo aqui*. Transcender o mundo porque humanos não se aguentam, aí sim, estamos nos entendendo, senhor Emerson. De maneira aparentemente contraditória — mas pode-se deduzir facilmente que não é disso que se trata — ele se torna campeão do individualismo. Ao contrário de Descartes, que reputa o mundo como bem distribuído em bom senso, Emerson uma vez escreve que "o bom senso é tão raro quanto o gênio". Mundo de escassez, sem dúvida. Mundo de desacertos. Não por nada, anota em *Conduta da vida* que você acaba de jantar, "e, por mais que o matadouro esteja escondido escrupulosamente a uma agradável distância de quilômetros, existe cumplicidade". Estamos todos jantados, somos cúmplices.

No fim do ensaio *Nature*, em que escreve pela primeira vez a respeito das ideias do transcendentalismo (o texto se torna divisor de águas para o movimento), Emerson anota: "Construí vosso próprio mundo". Ora, o que é isso senão apelo aos homens para que se tornem cada vez mais misantrópicos? É claro que a continuação e o fim do texto apontam para outras possibilidades, uma vez que ele diz: "Vossa mente adotará enormes proporções quando se desabrochar. Uma revolução nas coisas irá determinar o fluxo dos espíritos". Mas também é possível lembrar que pouco antes, no início do último parágrafo, ele havia dito: "Então, vamos todos olhar para o mundo com nossos próprios olhos".

Sim, caro Emerson, isso mesmo, vamos. É o que faço normalmente, aliás.

Não à toa, havia escrito em *Ensaios*: "A sociedade é, em todos os lugares, uma conspiração contra a personalidade de seus componentes". Tendo esse conceito em mente, não é difícil concluir o óbvio: misantropo. Claro que é possível encontrar toda sorte de argumentos para pensar justamente o contrário disso, mas não quero olhar para a superfície do que as pessoas se acostumaram a enxergar quando olham para esse pensador. Não bastasse, anota em *Sociedade e solidão*: "A biblioteca de um homem é uma espécie de harém". Ao que acrescento: e precisa de quê mais nesta vida? Amém.

109

Soa bem

Voltei com uma ideia.

Talvez possa, sim, usar a palavra mágica no título deste livro. Se ficar contundente o bastante, é possível que o leitor goste, é possível até que prefira.

Pensei em *O grande livro da misantropia.*

Acho que soa bem e resume a ópera de forma competente.

110

Meus fantasmas e eu

Enfim chega o dia do meu aniversário (todo ano isso, meus sais). Planejo passá-lo quieto no meu canto. Prometo a mim mesmo que mereço. Talvez me esqueçam. Ser esquecido é o máximo de sabedoria que um homem pode almejar para si, a esmagadora maioria só consegue isso na posteridade, alguns nem aí. Tento não pensar em Raquel, mas impossível. Gostaria de me deparar com o fantasma dela, como acontece nas peças e em alguns romances, situação em que poderíamos conversar e nos resolver e talvez ela se dissolvesse para sempre. Mas não. É dia que gostaria de passar em paz. Paz, no entanto, é a mais vã das esperanças humanas.

Não obstante, Selma.

Óbvio que ela não me deixa quieto. Atendo a ligação.

— Será que pelo menos a gente pode se ver hoje? Quero te dar um beijo.

Não se pode recusar tudo sempre. Há que ceder. Mundo é negociação. Talvez tenha comprado presente. Que seja. Pelo menos não esqueço de encher a vasilha de Pompeu antes de sair de casa desta vez.

Concordo com ela, inclusive sou convencido a ir ao encontro dela em sua casa, agora que os filhos voltaram para as respectivas universidades em outras cidades e podemos ficar sozinhos. Fazer sexo na sala ou na cozinha, embora a gente continue a preferir o quarto.

No entanto, o impensável.

Ela abre a porta, entro, trocamos beijo e logo em seguida um monte de gente se materializa na sala dela subitamente e grita o horror na minha direção em três tons, por meio de bocas sorridentes: "Surpresa!".

Fico lívido, nem sorrio amarelo, é demais para mim, o gosto do beijo a virar veneno, o gosto agora metálico do beijo, este é o sabor do arrependimento, consigo ver o anúncio. Não existem muitos acontecimentos exteriores na vida de um misantropo, de modo que festa surpresa parece o palco das Nações Unidas. E se tem coisa que não interessa para a pessoa com meu caráter é cooperação, acordos multilaterais, organização coletiva, qualquer coisa que envolva equipe.

Sinto faca simbólica me invadir as costas, à procura do coração. É como vertigem ruim, apelo ao abismo que eu gostaria de responder com sonoro não, mais do que estou inclinado a me deixar seduzir.

Pessoas me dizem coisas, Selma brinca com minha palidez instantânea, chega a sugerir que vi fantasma, mas não foi o que gostaria de ter visto. Vi outro, bem mais assustador, fantasma das companhias humanas, vidas barulhentas que assombram pobre homem no dia em que mais gostaria de ficar quieto no canto. Fantasmas de carne e osso, fatais.

Alguém me oferece champanhe, viro a taça de um gole, à procura de ingerir coragem. Depois ergo a taça vazia na direção de Selma, como se fizesse brinde à cafajestagem. Creio que consegue ler no meu sorriso minhas péssimas intenções.

111

Solução de momento

Talvez, me ocorre pensar enquanto estou paralisado na minha própria festa surpresa, talvez pudesse dar título à altura para o meu livro, se levar em consideração o tratamento que o mundo me confere em dias que deveriam passar em branco e que se tornam o centro da tempestade num estalo.

Banana para o mundo.

Traduz bem a situação do misantropo, me parece.

112

Como pular para
as conclusões

Champanhe fortaleceu minha musculatura misantrópica, disposição para enfrentar agruras do mundo. É com galhardia, diria Cervantes, se consultado a respeito da melhor forma de se apresentar para combate. Acho que não, seu Cervantes, acho que é mais veemência. Vamos de veemência hoje, observe.

— Senhoras e senhores, obrigado pela presença — digo, ergo a voz e silencio conversas, todos respeitam breve discurso do aniversariante, se ele se mantiver mesmo breve. — E obrigado por comparecerem a uma festa que insisti com minha namorada que eu não queria.

Riem, acham que faço graça. Nem chegam a perceber o tremor de nervosismo em minha voz. Ou, se percebem, não parecem se incomodar com isso. Riem. Que riam. Os que hoje riem são os que amanhã choram, não é isso o que diz o ditado? Se não diz, devia. Vida como sucessão de conflitos que se revezam. Riso tem efeito terapêutico em mim, me irrita a ponto de fazer o nervosismo em minha voz desaparecer.

— Insisti que não queria por um motivo — continuo, olhando para os convidados, todos amigos de Selma; não os tenho, vocês sabem disso. Amigos são investimento muito elevado, prefiro me abster. O que me dá agora ganas de poder olhar nos olhos de todos os cretinos com os quais não tenho vínculos. Minha voz fica clara. Perdi completamente o medo. — Primeiro, odeio festas, odeio com todas as minhas forças. E mais ainda e especialmente, as festas surpresa, esse arroubo da cretinice humana quando tem a ambição de ser ilimitada.

Disse isso mesmo? Chamei as festas surpresa de arroubo da cretinice humana sem limites? Sim, exatamente essas as minhas palavras. É como jogar bomba de efeito imediato, sorrisos somem todos em sequência, ou assim vejo com olhos da imaginação. Mas esperem, senhoras e senhores, ainda não terminei os trabalhos. Tem mais de onde veio a sequência inicial.

— Odeio festas surpresa e odeio pessoas — aqui faço pausa para deixar o efeito da radiação se espalhar. Perceberam que falo sério, que não tem piadinha na sequência para desfazer algum suposto mal-entendido. — Odeio todas as pessoas e agora acabo de descobrir que, além de odiar cada um de vocês que aceitaram vir aqui hoje, odeio também minha namorada que simplesmente é incapaz de ouvir uma só palavra do que digo ou peço para ela, fazendo uso de um português não devia ser assim tão difícil de entender. De modo que não tenho outra coisa a lhes dizer a não ser isso, eu gostaria que cada um dos senhores e das senhoras aqui presentes fosse à puta que lhes pariu. E já vão tarde, mesmo se forem com a vontade que eu desejo que vocês vão. É isso o que eu tinha para lhes dizer. À puta que lhes pariu. E não precisa mandar lembranças de minha parte. Pela atenção, obrigado. Saúde.

A penúltima frase foi no tom usado pelos comissários de bordo. Ironia que as pessoas não estavam em condição de reconhecer a essa altura dos acontecimentos. O brinde do fecho foi o melhor da ironia que pude tirar da cartola. Duas juntas formam *gran finale*, não?

A festa mela instantaneamente, que é afinal o efeito desejado quando começo o discurso atropelado. Adeus, constrangimento. Tornei-me misantropo às escâncaras, é oficial, agora todos sabem qual o material de que sou feito.

113

Caro visconde, mui bela marquesa

Vida como festa esteve em cartaz na história da humanidade. Por exemplo, do modo como vejo a coisa, durante o século dezoito, se você tem sorte de nascer rico e francês. Se é visconde ou marquesa. Se é o visconde de Valmont, a marquesa de Merteuil, pode atravessar a vida na brincadeira de ser leviano e cínico, combinação de efeitos colaterais mais ou menos imprevisíveis, inclusive para si.

Em *Ligações perigosas*, o romance epistolar de Choderlos de Laclos, manipular, arruinar e perder vidas é igual a tomar café da manhã com todos os nutrientes que o corpo precisa para atravessar bem o dia. Valmont e Merteuil foram amantes no passado, hoje são sócios no crime de perversão. Ele se esforça para retirar do bom caminho uma mulher casada, conhecida pela atividade do marido, portanto presidenta de Tourvel; ela procura convencer a jovem Cécile a perder a virgindade antes do casamento, porque foi preterida pelo sujeito que será o marido da jovem e quer vingança. Dois cretinos felizes e ardilosos.

Enquanto desenvolvem estratagemas e convencimentos para imolar as vítimas, trocam cartas entre si, para explicar os mais recentes avanços nessa ou naquela frente que vêm conseguindo. A classe social dos aristocratas não nutre sentimentos, está "apta apenas para a destruição", como diz Helen Constantine num ensaio a respeito do livro, ao citar uma avaliação que é na verdade de Rousseau.

A monarquia vai perder a cabeça daí a pouco, junto com a aristocracia, na guilhotina da Revolução Francesa. Parece natural o clima de decadência que o romance instiga e que está no centro da trama. No ano da publicação, 1782, o livro tem vinte reimpressões e torna-se sucesso por conta do escândalo — tem quem ache que as personagens são reais, sobretudo por conta da sugestão do próprio autor, num dos prefácios. Laclos nem pertence à classe retratada no livro: é soldado e engenheiro militar.

Amor sempre foi guerra, não é preciso Laclos para descobrir isso. Desde sempre, é o velho tópico arquetípico amor e morte (vida e morte). As maiores paixões humanas, as que mais mobilizam. Aqui, temperadas por artimanhas, jogos, toneladas de hipocrisia disfarçada com rosto empoado de aparências, melhores intenções, táticas, estratégias, métodos.

Tudo fingimento, ardil que permite levar à conquista do território alheio, a capitulação que se segue, zero de tolerância para com vencidos. Misantropia, nesse caso, vem por trás da máscara do sorriso social e de comportamentos superficialmente benévolos. Mas é aspereza absoluta, à espera do melhor momento para mostrar garras, dar bote, sentir gosto do sangue. Amor verdadeiro é malvisto, importa antes trapaça, artimanha, astúcias, às vezes força. Como nas batalhas. Portanto, sentimentos que se sobressaem são fingidos ou simulados. Tudo é palco e divertimento, até eventuais reveses.

No prefácio, Laclos adverte: "Toda mulher que consente em acolher em seu convívio um homem sem princípios acaba se tornando sua vítima". No final será banho de sangue para quase todos envolvidos, brincadeira pode custar caro, virtuosos não serão necessariamente recompensados. Como na vida, aliás. Dúvida nenhuma que Laclos prepara cenário para Sade deitar e rolar, com mais virulência, um pouco mais tarde. E tem quem ache que o mundo melhora. Ele anda mal das pernas, se avaliar bem.

"Nosso destino é conquistar", diz o visconde logo na primeira carta. Pérfidos, vis, nem um pouco virtuosos, muito dissimulados, Valmont e Merteuil tramam, jogam, gozam, articulam, seduzem, maltratam como se não houvesse amanhã. Passa-se da leveza inicial, do clima de potencialidades, para conflito exacerbado, *crescendo*, agonia. Porque a vida não é outra coisa que angústia. Sim, todo mundo sabe que é mortal. Sim, há regras e legislações para a vida comum. Mas por que não colocar também esses universos em conflito?

Misantropos determinados a minar a moral que vige na aristocracia francesa, Merteuil e Valmont preparam guilhotina para os próprios pescoços numa festa libertina e mortal. Não admira o sucesso continuado que esse livro adquire.

Infecção da língua

114

Parece que estou cada vez mais longe de terminar este livro, ele não tem fim, será para sempre livro incompleto. Um pouco como faz o escritor austríaco Thomas Bernhard, que escreve livro com título *Extinção*, no qual o narrador, Franz-Josef Murau, explica o tempo todo a intenção de escrever livro a respeito da própria extinção, daquela familiar, do país, do continente, se tudo der certo, do mundo. O mundo não vai tolerar tal escrito, ele diz, a certa altura, "habituado que está somente à mentira e à hipocrisia, e não aos fatos". A invectiva se dá num imenso jorro, sem parágrafos, texto contínuo, apenas dividido em duas partes, mas narrativa que avança ininterrupta e vociferante. O livro é definido como *antiautobiografia*, usado para se referir a um trabalho do tio do narrador, mas que também pode ser empregado para compreender o próprio livro que se lê. *Extinção é excelente antiautobiografia, modelo para começar, pelo menos. É preciso enfrentar tudo e todos, inclusive a classe dos filósofos e de seus escritos, que devem ser declarados como inimigos e combatidos nas ideias. "Tenho de me insurgir contra Schopenhauer se quiser compreender, contra Kant, contra Montaigne, contra Descartes, contra Schleiermacher, está entendendo." Há motivo para que a gente oculte os próprios pensamentos, Murau diz em outra parte, é "para não sermos assassinados, pois, como sabemos, é assassinado quem não consegue ocultar seu pensamento, seu pensamento efetivo, do qual ninguém além dele próprio pode ter ideia". E se vocês estiverem pensando que ele se volta apenas contra pensamento filosófico, não, a coisa é mais grave e intensa, é claro que Murau não reserva melhores palavras para religiões, para* o que chama de forma barata e venal de mistificação. A fé católica, por exemplo, "é uma falsificação da natureza", moléstia que as pessoas escolhem contrair, é salvação do homem fraco, ele diz, "dependente até a medula, que não tem cabeça própria, que tem de deixar uma outra cabeça, por assim dizer superior, pensar por ele". E o *por assim dizer* mostra quanto desprezo tem pela cabeça supostamente superior, porque num aspecto é mesmo superior, no aspecto de manipular crenças dos homens fracos, que são tantos e se espalham com tanta frequência pela superfície do planeta que é difícil levantar a voz para se opor a tanta sandice, sobretudo quando todos os idiotas estão ávidos por submissão, se entregam como cordeiros para serem manipulados em suas crenças débeis e vacilantes. Mas é esse o papel do sujeito virulento, dos narradores violentos, ásperos, donos de indignação e de língua incontida, mesmo que o preço, no fim das contas, seja a morte. Ao falar a respeito da própria família, Murau diz que aprendeu a pensar no quanto parentes são repulsivos, estúpidos, fracos, idiotas, todos imbecis, o que faz do hábito de pensar contra arma, "que no fundo é a infâmia, com a qual provavelmente só se quer aplacar uma consciência pesada". E no fundo também todos os livros de Bernhard têm o mesmo tom de permanente reclamação, misturada com amargura e ressentimento. Pode ser um texto enorme e ininterrupto como *Extinção*, e também como este capítulo aqui que faço e que procura emular alguma coisa do estilo ao mesmo tempo contínuo, ao mesmo tempo feroz de Bernhard, mas também podem ser os textos curtos dos contos mínimos de *O imitador de vozes*, a bile está sempre lá, o veneno do rancor é a corrente sanguínea dessa prosa. Numa das história do livro de contos, por exemplo, intitulada "Hotel Waldhaus", o narrador, que sempre fala ao longo do livro na primeira pessoa do plural, embora, ao que tudo indique, esteja falando apenas de si mesmo, esse narrador, dizia, fala que não deu sorte com o clima, ou melhor, não deram, porque não vamos nos esquecer que ele está falando na primeira pessoa do plural, não deram sorte com o clima, e, à mesa deles, que na verdade era a mesa só dele, "sentaram-se convidados repugnantes em todos os aspectos". Não parece ser outra a tarefa do escritor desse calibre, expor o tempo todo, de maneira incessante e até algo redundante, a extensão da estupidez humana, de modo que valem pouco quaisquer avanços em quaisquer que sejam as áreas, a essência de tudo é que o ser humano continua a ser o mesmo idiota que sempre foi. "Até nosso gosto por Nietzsche conseguiram estragar", o narrador diz. E então demonstra o tipo de amplitude que pode ter um ódio cultivado dessa maneira. "Mesmo depois do acidente automobilístico fatal, quando seus corpos jaziam nos caixões na igreja de Sils, nosso ódio por eles ainda persistia", conclui. Ódio, me arrisco a acrescentar, que se espalha para alcançar a toda a espécie humana, tão sólido que parece feito da argamassa que percorre toda a superfície do planeta, como se fosse o próprio ar do planeta, ar do ódio eterno, do ódio remoído, esmiuçado, pormenorizado, ódio contra a insistente e brutal estupidez generalizada que não perdoa ninguém, não livra a cara nem mesmo dele, que *é* odiado e odeia a Áustria, país que tenta silenciá-lo conferindo-lhe alguns prêmios literários para ver se consegue dobrar um pouco da petulância e da virulência do sujeito, mas Bernhard resiste, e num livro especialmente ácido e póstumo, chamado *Meus prêmios*, discorre a respeito da estupidez de toda a pompa e arrogância e inutilidade dos prêmios literários, que aceita, me parece, justamente para ter assunto para escrever um livro a respeito do ridículo em torno de cada uma e de todas as cerimônias de entrega de premiação literária, talvez uma das mais suntuosas das manifestações da imbecilidade humana. No fundo, me causa surpresa que o próprio Thomas Bernhard não tenha sido assassinado por ter manifestado de forma tão intensa e veemente e relativamente frequente ideias tão contra o estado de coisas em que o mundo se encontra mergulhado. Talvez, é hipótese, e não passa disso no fim das contas, talvez o mundo afinal goste de sofrer também alguns castigos, quem sabe para se contrapor um pouco, no velho sistema de pesos e contrapesos, para se contrapor, dizia, a grande quantidade de parvalhice que está espalhada por aí como a mais infecciosa das doenças. Mas é só hipótese, não passa disso. Num livro em que faz um relato autobiográfico, chamado *Origem*, e que na verdade reúne todos os livros autobiográficos (são cinco, publicados na Áustria, separados e reunidos na tradução num só volume), Bernhard conta a respeito da relação que tem com o avô, que o defende junto à mãe de uma aventura em que se mete e que, como resultado da qual, falta à escola. Anarquista, o avô discursa contra a mediocridade da escola, instituição destrutiva que ele reputa como responsável mais por subtrair potenciais do que os descobrir ou incentivá-los. Por ser obrigatória, era preciso enviar as crianças para lá, "ainda que se soubesse estar enviando-as para a ruína", nas palavras do avô. "Fábricas de imbecis e de uma mentalidade nociva", completa. Como contraponto a essa defesa apaixonada que lhe faz o avô, existe a mãe, que lhe bate com frequência com um vergalhão e o acusa de coisas terríveis. Ler *Origem* é compreender a gênese da misantropia nesse escritor. "Não sou o tipo de pessoa que deixa os outros em paz, nem quero ser uma pessoa assim", ele diz, a certa altura, para marcar a diferença fundamental que o separa do restante da humanidade. Um misantropo que atormenta, que não deixa em paz os antípodas, ou seja, todo mundo, em última instância. Como ele diz em *O náufrago*: "Em teoria compreendemos as pessoas, mas na prática não as suportamos".

115

Localização rigorosa

A luta pelo estabelecimento do devido lugar que a misantropia merece neste mundo composto na imensa maioria por otários de todos os calibres se faz com grandes nomes, mas também com os pequenos escritores desconhecidos em certas pradarias.

Pío Baroja é escritor espanhol, morre em 1956. Tendo largado a medicina pela literatura, o que parece tão incerto à época quanto temerário hoje, ele tem obra relativamente ampla.

Dele, esta contribuição, apenas, me parece suficiente: "O homem: um milímetro acima do macaco, quando não um centímetro abaixo do porco".

116

Saída
veloz

Com a festa concluída tão rapidamente, as pessoas simplesmente se põem a sair, como se não pudessem suportar o clima de constrangimento que eu trouxe para o apartamento de Selma. Bolsas e chaves rapidamente recuperados, despedidas velozes lançadas como último presente, todo mundo acha por bem não permanecer no local, esvaziar a arena para que os últimos combatentes, Selma e eu, possam se enfrentar em paz, sem testemunho dos inconvenientes. Pessoas detestam a ideia de inconveniência, embora, por outro lado, seja no fim das contas ideia muito atrativa, quando a gente pensa bem a respeito do assunto. De modo que o último grupo, o dos renitentes, precisa de incentivo, o que faço de bom grado.

— Anda, pessoal, não repararam ainda que não são mais bem-vindos, não digo no apartamento de Selma, que afinal é dela, mas neste exato momento, pelo menos. Circulando, todo mundo, anda logo, pessoal. Eu e ela temos um assunto para resolver, mas sem a presença desagradável dos senhores e das senhoras. Se não ficou claro, deixa eu dizer de novo. Fora daqui, seus idiotas.

Um sujeito mal-encarado decide que talvez mereça ficar ou, pelo menos, tentar defender a honra daquela donzela em perigo, Selma. Equivocado, claro, porque a coisa de que Selma menos precisa é de alguém para lhe defender seja do quer for, quanto menos a honra.

— Você é um imbecil, sabia disso? — o sujeito fala, cenho franzido, típica atitude do macho acuado que está prestes a desferir ataque.

— Sim, meu amigo, estou ciente. Mas agora quero você fora daqui. Você e toda essa sua turma. Antes que eu lhe dê uns bons pontapés na bunda. Anda, circulando.

Antes que ele possa pensar em reagir, cresço para cima dele, truque simples de fazer, tem eficácia. Mas Selma intervém e solicita mesmo que todo mundo vá embora, inclusive o sujeitinho meio esquentado e com disposição para herói. Suponho que alguns tenham se reunido lá embaixo para discutir um pouco mais o assunto e suponho até mesmo que alguém tenha sugerido que se chame a polícia, para prevenir qualquer coisa. Mas do mesmo jeito que se acovardaram e saíram da festa com o rabo entre as pernas, tenho certeza que a sugestão flutua dois segundos antes de se dissolver sem que ninguém tenha de fato agido para ligar.

O curioso de toda essa história é que quando sai a última leva do apartamento e enquanto fecha a porta, ouço frase de Selma que é tão óbvia e esperada em situações corriqueiras e banais do cotidiano de alguns casais, mas uma frase que eu jamais, nem se tivesse o direito de viver duas ou mais vidas distintas, imaginaria que fosse ouvir pronunciada por Selma.

— Precisamos conversar — diz.

Deve ter sido o nervosismo que a força a falar esse tipo de obviedade. Mas o fato é que não consigo me conter e lanço um riso feroz, gargalhada que salta de dentro de mim como se tivesse vida própria. Mas por fim concordo com ela e também digo minha obviedade.

— Foi para isso que vim.

De volta
ao deserto

Nos Estados Unidos, onde planícies são extensas, um homem caminha pelo deserto. Ele está de terno, empoeirado, e usa boné vermelho, bastante surrado, velho. Tem barba e parece perdido, embora o fato de usar terno no deserto seja peculiar. Poderia ser divertido, mas o modo como a imagem é produzida cria a disposição e ela não é para comédia, sobretudo pelo falcão que pousa por ali e observa, à espera talvez de que o sujeito vire logo almoço e pela música lenta e sofrida, pelo silêncio insistente do personagem, mesmo em outras cenas, quando existirem interlocutores. Claramente o espectador percebe que é drama, talvez grande drama. O sujeito se chama Travis e sofre de amnésia, algo que daí a pouco será informado. Uma doença interessante, a amnésia, misantropia do cérebro que se volta contra o próprio sujeito.

O filme é *Paris, Texas*, de Wim Wenders, e Travis, interpretado pelo ator Harry Dean Stanton, que não é muito conhecido e trabalha boa parte da carreira como coadjuvante. Travis é resgatado no deserto do Texas, o irmão é informado e vai resgatá-lo. O irmão mora em Los Angeles, onde trabalha para uma empresa que coloca anúncios — ou seja, nesse ambiente de muitas rodovias, é sujeito até bem de vida. Com ele, mora o filho de Travis, o garoto Hunter, que foi abandonado por pai e mãe, ambos separados. Agora que Travis aparece, um vínculo vai precisar se formar entre pai e filho, o que não é exatamente simples. Travis se barbeia, e deixa apenas bigode, também muda as roupas, que recebe de empréstimo do irmão. Esteve fora por quatro anos, metade da vida do garoto, que tem oito.

À medida que recupera algumas informações do passado, entre elas a piada que dá título ao filme — Travis carrega consigo uma velha fotografia de um terreno deserto que pertenceu ao pai e que fica na cidade de Paris, e o pai dava pausa para estimular a imaginação de quem fosse o ouvinte na ocasião, antes de completar com o estado onde fica o terreno, Texas —, enfim, à medida que se lembra do passado, Travis decide, na companhia do filho, ir à procura da ex-mulher, a mãe do garoto.

Encontram-na trabalhando numa espelunca, um lugar onde as mulhe-res dançam para clientes, mediadas por um espelho entre duas salas, uma para a dançarina, outra para o cliente. Um *peep-show*. A economia do sexo, transformado também em mercadoria. Por fim, ambos media-dos pelo espelho que divide as duas salas, o velho casal conversa para tentar se acertar a respeito de velhas mágoas. Ela apaga a luz em sua cabine, o que permite que o espelho perca um pouco da capacidade re-flexiva e vire aquilo que sempre foi para o cliente, vidro transparente. Conversam a respeito de recuperar o relacionamento. É filme a respei-to da solidão, da dificuldade das pessoas de conversarem a respeito dos próprios problemas e desse fio invisível que afinal une uma pessoa a outra. A misantropia do sujeito no deserto é resultado de amnésia que ninguém sabe como é provocada. Mas talvez tenha cura, pelo convívio. Humanos são muito resistentes para aprender novos truques. O truque da coletividade, no entanto, faz sucesso há tanto tempo na história da civilização, por que não continuar a investir nele, pensam.

O deserto do Texas, próximo à fronteira com o México, é também o deserto dos eremitas europeus da Idade Média, que a certa altura resol-veram se retirar do convívio humano e tentar se reconectar com Deus (esse o erro dos eremitas, eles deviam estar à procura de si mesmos, se muito). Ideia que está ali, a tentar e seduzir ainda, desde que alguém possa ouvi-la. Sugestão mais ou menos invisível, que a gente se recusa a ver. Misantropia é o grande projeto alternativo que a humanidade se esforça em colocar de lado, de maneira equivocada.

118

É o fim

Selma e eu por fim temos aquele tipo de conversa do casal que decide pela ruptura, não vou incluir aqui porque todo mundo sabe do que se trata. O casal que não sabe se comunicar, que não consegue explicar um para o outro a verdadeira natureza do problema que o aflige. Ou é o outro que não sabe ouvir, o que mais ou menos dá no mesmo resultado.

Ela está magoada pelo tratamento vil, palavras que ela usou, tratamento vil que dei aos convidados. Ignora a verdadeira e mais profunda natureza do problema. De minha parte, me recuso a pedir desculpas, não só a ela, mas aos otários que ela convidou. Além disso, estou profundamente ressentido com o pouco caso que ela fez do meu pedido de não me aprontar festa surpresa no dia do aniversário. Tudo bem, falhei ao não lhe explicar o que me motiva a querer esquecer de uma vez por todas esse dia, podia ter contado a ela o que aconteceu comigo e com Raquel há cinco anos. Podia, mas não contei. Não contei porque o assunto ainda é ferida aberta e não curada, porque não sei me comunicar, ninguém sabe se comunicar. Não sei me comunicar porque não fiz terapia suficiente, não aprendi a lidar com emoções e com o jeito mais eficaz de manifestá-las para as outras pessoas.

O problema do mundo se resume a isso, comunicação. Língua, e de modo geral línguas, todas elas, não ajudam. Há incompatibilidade completa entre língua e sentimento, que nunca será transposta. Nesse ponto, acho que o filósofo austríaco Ludwig Wittgenstein foi preciso ao terminar o *Tractatus logico-philosophicus*. "Sobre aquilo de que não se pode falar, deve-se calar", ele anotou. A rigor, todo mundo devia ficar calado o tempo todo, é isso. Mas não espere que Wittgenstein diga uma coisa dessas, é muito, mesmo para ele, que parece tão sem papas na língua que no dia da defesa da tese de doutorado diz para os membros da banca, entre eles Bertrand Russell: "Não se preocupem, eu sei que vocês nunca vão entender". No entanto, está lá. Ele mesmo inclui no *Tractatus*: "Os limites de minha linguagem significam os limites de meu mundo". É verdade também que isso tudo parece uma espécie de exaustão do pensamento, que não há mais o que pensar, de que o limite do limite foi alcançado e não há outras saídas possíveis.

O serviço da ciência e da arte é justamente criar outras linguagens para tentar dar conta do problema de fundo, que de toda forma permanece, uma vez que a pessoa está sempre embebida de qualquer que seja a língua que consegue aprender nesta vida. A mais autoritária das instituições, diz, com acerto, Roland Barthes, referindo-se à língua. Nela você não mexe e aí se localiza a origem de boa parte dos problemas.

Irene e eu.

Raquel e eu.

Sofia e eu.

Selma e eu.

Fora as que nem mencionei, por preguiça ou, pior, por esquecimento.

O problema em todos os relacionamentos frustrados, é fácil perceber, está depois do conectivo. Qualquer que seja a mulher que se aproxime de mim, com a melhor das intenções ou não, vai se machucar com fogo da misantropia. Mágoas, decepções, raiva, ódio. Nuances de como enfrento relacionamentos. Serve para o mundo e não só para relacionamentos. Sequer desconfiam, quando digo que não tenho amigos, que a chance de qualquer coisa entre nós não dar certo é enorme. Quando desconfiam, é pelos motivos errados, talvez. Seja como for, iniciamos, para daí a algum tempo estarmos na posição em que estamos Selma e eu, a agredir, a odiar, a jurar futuro em que nenhum precise nunca mais se encontrar com o outro. Sequer nos despedimos. Encolho os ombros, ela vira a cara, saio.

A velha história.

O apanhador
sai de cena

"Eu não estou a fim de entrar nessa, se você quer saber a verdade." Logo numa das primeiras frases do romance, o narrador se sai com indisposição para contar. A história toda implicaria ter que contar onde nasceu, como foi "a porcaria da minha infância", o que os pais faziam, "essa merda toda meio David Copperfield", e Holden Caulfield, o tal narrador, não liga para essas coisas. É mal-humorado. Os pais são bacanas, ele diz, mas não pretende nem vai "te contar a droga toda da minha autobiografia nem nada assim". O livro se transformou em sucesso de vendas, mas também emblema da revolta da juventude. Chama-se *O apanhador no campo de centeio*, e é publicado em 1951. O que as pessoas contam a respeito dele, por exemplo, que tem cabelos grisalhos de um lado da cabeça, ou que se comporta às vezes como se tivesse doze anos de idade, embora tenha quinze, "um pouco é verdade, também, mas não é *tudo* verdade". Sem querer se gabar, apenas para lançar informação que pode ser valiosa, ele diz: "Eu sou o mentiroso mais sensacional que você já viu".

A disposição de Caulfield, a ideia do que faz um bom relato, está expressa nas seguintes palavras: "O que me derruba mesmo é um livro que, quando você acaba de ler, você queria que o escritor fosse teu amigão de verdade, pra você poder ligar pra ele toda vez que desse vontade". Curiosamente, no entanto, no que diz respeito ao escritor de verdade, ele não é amigão de ninguém. J. D. Salinger um dia junta as coisas e se manda para longe de Nova York, cidade em que mora, e passa a viver isolado em Cornish, no estado de New Hampshire, onde permanece incomunicável até morrer, em 2010. É diferente da postura de Thomas Pynchon, que mesmo sem dar entrevistas, continua a publicar; ou como fizeram, no Brasil, Dalton Trevisan e Rubem Fonseca, embora este último tenha dado entrevistas fora do Brasil. Misantropos praticantes, em maior ou menor grau. Tal como os personagens costumam ser também.

No caso de Dalton Trevisan, ajuda na hora de escrever, porque como as pessoas não sabem com quem ele se parece, pode passar invisível e colar em muita gente para ouvir a conversa que depois ajuda no enredo, na dicção dos contos.

Caulfield termina o relato na mesma disposição que começou. Um amigo lhe pergunta a respeito das coisas que ele conta. "Se você quer saber a verdade, eu não *sei* o que eu acho. Eu me arrependo de ter contado isso pra tanta gente." Ele sente saudade das pessoas, por ter evocado o nome delas, é isso o que ele acha. "Nunca conte as coisas pros outros", é o último dos conselhos, se você não quiser sentir saudades das pessoas. Se você tem essa disposição de mau humor aparente, que no fundo é bem divertida. Se você é um tipo de misantropo simpático.

120

Não tem
outro

Estes ensaios não rendem, decidi fazê-los tão curtos que não se desenvolvem além de página, página e pouco. Há como que leviandade do ensaio, ou preparação ridícula para começar a escrever ensaio que afinal não sai do lugar, não avança. Não-ensaio, ou antiensaio, ou meio ensaio. Montaigne deve se revirar no túmulo com minha pessoa. O que, se pensar bem, é excelente, porque afinal fazer as pessoas se revirarem, na vida real ou no túmulo, é um dos propósitos da existência deste texto. Por outro lado, como todos esses semiensaios falam de misantropia, talvez o conjunto afinal se sustente.

O único título possível para este livro, agora sei, é *Ensaio sobre o ensaio*, ou *Ensaio do ensaio*, não tem outro. A não ser, é claro, a variante óbvia, *Ensaios sobre misantropia*.

121

Velha companheira

Quando abro a porta de casa e Pompeu vem se esfregar nas minhas pernas, para deixar claro que o único cheiro que vai aceitar em mim é o dele, sinto não a tempestade que desaba, mas a alegria da solidão acompanhada por felino silencioso que considero bom amigo. Termino relacionamento tóxico, que atrapalha a minha vida, e fiz de maneira a dar a entender que parte da culpa, senão a totalidade, é de Selma, algo que talvez ela vá considerar, assim que passar a raiva que sente de mim neste momento por conta do modo brutal como tratei os convidados.

Solidão é dos maiores tesouros da vida, não sei por que tanto as pessoas se ressentem de possuí-la. Preferem viver embrenhados na floresta dos conflitos do que tocar a própria vida de maneira autônoma. Não admira que o mundo esteja onde está. Claro, até entendo que o desenho orgânico do ser humano o atraia para sexo e a compulsão é tão forte durante um bom período da vida que o sujeito não tem outro remédio senão passar por cima das diferenças fundamentais à procura de dar algum tipo de resposta para o apetite que parece insaciável e que se renova muito fácil. O homem está biologicamente condenado ao convívio, talvez por isso trate com tanto desprezo a solidão, mas insisto, tem um erro aí que precisa ser corrigido. Vou mergulhar na minha solidão daqui, feliz da vida.

Agora sim, vou poder tocar o projeto deste livro em paz, talvez até o termine mais cedo, sem tantas interrupções, sem ser invadido pelo mundo, ou por Selma, correspondente especialmente enviada para me atazanar.

Contrastes e diferenças

O sujeito, personagem do livro que catapultou a carreira do escritor ao primeiro time dos provocadores franceses — o que é difícil, dada a concorrência —, vive na segunda metade do século vinte na Europa ocidental, explica o narrador de *Partículas elementares*, de Michel Houellebecq. "Geralmente só, esteve, entretanto, de longe em longe, em relação com outros homens."

Geralmente só. Esse o ponto. No fundo, todo homem é só. Não apenas ele, no entanto. Segundo o narrador, "os homens da sua geração passaram, além disso, a vida na solidão e na amargura". Amor, ternura e fraternidade humana sumiram, o narrador acrescenta. Tudo é desalento, ao que parece. Indiferença ou crueldade dão o tom das relações humanas.

O personagem chama-se Michel Djerzinski, é biólogo molecular de primeira linha, inclusive cogitado ao Nobel. Mas quando colocado o desempenho pessoal dele e da equipe em contraste, por exemplo, com o que acontece na Dinamarca nos anos vinte do mesmo século, sabe-se que ele perde feio. Niels Bohr cria um instituto de física que reúne Werner Heisenberg, Wolfgang Pauli, Max Born, e discutem juntos de física à filosofia, entremeando história da arte, religião, vida cotidiana, até chegarem ao quantum, algo que passa longe da perspectiva de Djerzinski e colegas, solitários compulsivos, burocráticos, anêmicos. Solitários compulsivos e compulsórios. Misantropos.

Enquanto a interpretação de Copenhagen invalida as categorias anteriores de espaço, da causalidade e do tempo, a pesquisa em biologia molecular "não exige nenhuma criatividade, nenhuma invenção", é tão rotineira que dois anos depois do ensino médio a pessoa consegue manobrar aparelhos, embora os sujeitos continuem estudos e façam doutorados e pós-doutorados.

Paralela à trajetória de Djerzinski, é possível acompanhar a de Bruno, meio-irmão por parte de mãe. Sujeito normal, se é que de perto alguém resiste ao epíteto, Bruno vive a frustração de não poder encontrar tantas parceiras sexuais quanto gostaria. A vida parece sucessão de fracassos e amargura acumulada, mistura que descamba também para doses consistentes de cinismo.

Djerzinski acaba de pedir licença de um ano, talvez para enfrentar a crise dos quarenta. Pretende fazer viagem de pesquisa a um outro país, que termina por ser a Irlanda, mas quando o chefe lhe pergunta se tem planos, ele responde apenas que deseja meditar. Na recuperação do passado do personagem, é possível perceber que, quanto mais se interessa por matemática, "falava cada vez menos". Cresce sem sexo, e aparentemente sem sentir falta, determina-se a centrar forças na carreira profissional. A impressão que se tem do livro é que Houellebecq dividiu-se em dois, Michel e Bruno, para melhor narrar a si. A grande descoberta e avanço provocados por Djerzinski diz respeito às "mutações metafísicas", transformações radicais na visão de mundo que conseguem alcançar a maioria, como o cristianismo, por exemplo, ou a ciência moderna. A proposição mais radical a que se chega, decorrente da linha de pensamento de Djerzinski, é o de que a humanidade vai desaparecer para dar lugar à nova espécie, assexuada e imortal, que não se permite mais lidar com conceito de individualidade. É difícil definir o mais misantrópico dos romances de Houellebecq, mas certamente *Partículas elementares* é sério candidato.

As acusações para o escritor giram em torno de polêmicas: misoginia, obscenidade, eugenia, fascismo, racismo, misantropia, e "delinquência intelectual generalizada", ao lado de, talvez para ainda maior desgosto dos detratores, sucesso comercial e midiático. O conjunto todo forma combo de componentes explosivos, como é fácil de se imaginar. Mas veja que misantropia é um tipo de acusação negativa nessa lista, como se fizesse parte dos atributos que, não fosse o desejo do escritor de provocar escândalo e ser bem-sucedido, deveriam servir para levá-lo possivelmente à masmorra. A imprensa francesa chamou toda a celeuma em torno do escritor de "o caso Houellebecq". No *Le Monde*, pouco depois do lançamento de *Partículas elementares*, Marion Van Renterghem escreve: "Raras vezes um romance provocou a corrida de tanta tinta, incitou tantas paixões, tantas explosões de raiva e ódio".

Quando *O mapa e o território* ganha o Goncourt, o prêmio de maior prestígio na França, em 2010, um dos membros do júri, Tahar Ben Jalloun, reclama da decisão e diz que falta inspiração para a prosa do escritor, falta imaginação, e que tudo o que ele escreve nesse romance não passa de "tagarelice trivial sobre a condição humana num estilo de prosa afetada que reivindica ser um tipo de limpeza". No livro, Houellebecq inclui-se a si como personagem, definido como "um solitário com fortes tendências misantrópicas, que mal dirigia a palavra ao próprio cachorro" e levado a um fim tão impactante (é assassinado com requintes de crueldade) que desafia realmente qualquer padrão. Levado a falar a respeito do que pensa, o Houellebecq personagem diz: "É verdade, não sinto senão um débil sentimento de solidariedade para com a espécie humana…". Questões que envolvem a obra de Houellebecq giram em torno de saber se ele é satirista ou se fala sério (e, se for o caso, não passa no fundo de sujeito muito ressentido com algumas tendências fascistas). É como se o mundo, ou melhor, a parte dele que envolve leitores, estivesse em dúvida a respeito da capacidade irônica do escritor. Num ambiente de império do politicamente correto, é material explosivo, sem dúvida.

A questão, diz Carole Sweeney, autora de *Michel Houellebecq e a literatura do desespero*, é que a obra pode ser lida através de todo espectro político existente à disposição, o que deixa muita gente em posição de desconforto. Ao fazer crítica da tensão entre duas liberdades, moral e pessoal, e ao fazer crítica da mercantilização da vida humana nos "tempos líquidos" do capitalismo tardio, Sweeney escreve que "Houellebecq oferece uma crítica morna do capitalismo neoliberal tardio que nunca consegue se esquivar inteiramente das acusações de cumplicidade com seu objeto de investigação". É como se ele usufruísse com prazer daquilo mesmo que está a criticar.

Não é só a economia de mercado que domina, diz o próprio Houellebecq num ensaio, é mais além, sociedade de mercado, em que tudo, até mesmo relações pessoais e sentimentos, são quantificados e traduzidos em números e monetizados. Não é fácil e parece prevalecer um modelo de cinismo pernicioso que perpassa toda a obra. Num ensaio a respeito do escritor H. P. Lovecraft intitulado *Contra o mundo, contra a vida*, Houellebecq diz: "Não importa o que se diga, o acesso ao universo artístico é mais ou menos na totalidade a preservação daqueles que estão um pouco *de saco cheio* com a vida".

Cada novo livro provoca outra onda de reações. Quando traça plano de negócios em *Plataforma* para se montar indústria de turismo sexual eficiente;[4] quando faz a França sucumbir ao islamismo em *Submissão* e

---

4 A certa altura de *Plataforma,* é possível ler: "De modo geral não sou um sujeito bom, não é um dos traços marcantes do meu caráter. O humanismo me enoja, o

o narrador se beneficiar do novo cenário; quando fala da dependência humana da indústria farmacêutica para manter um fio de sanidade em *Serotonina*, Houellebecq parece conseguir expor nervo dolorido, sempre de forma muito provocadora. Neste último, ele escreve que os homens de modo geral "não sabem viver, não têm qualquer familiaridade com a vida, nunca se sentem inteiramente à vontade, estão sempre correndo atrás de diferentes projetos" e, enquanto fazem isso, se esquecem de viver de verdade e quando se dão conta do problema é tarde demais, a vida passou. Logo no início, tem frase perturbadora que o escritor é tão hábil em produzir: "Se afinal fracassei, se agora a minha vida termina com tristeza e sofrimento", a culpa não é, ele diz, dos pais, cujo único demérito foi terem lhe dado um nome que detesta, Florent-Claude. O resto é por própria culpa, apenas.

Se viver o suficiente, o ser humano vai aprender a dominar angústia, dor e desespero que o corroem. É como se o cérebro conseguisse controlar um pouco, com o passar do tempo, todas as dores, ou seja, é como se idade fosse amortecedor eficaz paras aflições. Ou pelo menos, se não criar imunidade completa, consegue criar alívio ou carapaça de proteção em torno do problema central. É claro que a morte sempre está no horizonte e essa perspectiva fatal sempre permanece como principal fonte de angústia, fonte insuperável, se querem saber. Em *Serotonina*, está claro que não é o cérebro que produz esse efeito, sozinho, mas a química promovida pela indústria farmacêutica em cápsulas sedutoras e que em última instância alteram a disposição cerebral das pessoas aos poucos.

Tem certa artificialidade nos primeiros livros de Houellebecq que cria espécie de ruído para o leitor. Em *Partículas elementares* isso é muito evidente. Os personagens vivem de maneira muito pedestre num primeiro momento e quando começam a se engajar numa discussão filosófica avançada, soa artificial que aquelas pessoas, que estavam nutrindo os mais básicos instintos, necessidade de sexo, ou fome, estejam agora a conversar a respeito do que deu certo ou errado em suas vidas, sem qualquer transição preparatória para a mudança. Nos romances mais tardios, a transição se faz de maneira mais suave e, do modo como entendo, é mais bem resolvida. Quando François fala a

---

destino dos outros me é totalmente indiferente, não lembro de ter experimentado jamais qualquer sentimento de *solidariedade*". Antes, no mesmo livro, ele havia anotado: "É na relação com o outro que a gente toma consciência de si, e é isso que torna insuportável a relação com o outro".

respeito do tema de estudo, J.-K. Huysmans, em *Submissão*, por exemplo, isso parece fazer parte do roteiro e até mesmo do contraste da vida algo organizada, algo caótica, de professor universitário. O contraste está mais diluído e sutil, mas também, me parece, mais eficaz.

Mas ouso dizer também (e de maneira aparentemente contraditória) que um dos efeitos interessantes dos livros seja justamente fazer transições de maneira mais brusca. O sujeito que se masturba ou assiste a filmes pornôs e faz comentários toscos a respeito de si ou do mundo em volta, num livro de Houellebecq, é o mesmo que no instante seguinte vai chegar em casa e ler Chateaubriand ou Rousseau e consegue às vezes, no curso de uma conversa, dizer algo realmente importante e diferente. Talvez, é minha hipótese, seja esse um dos papéis da literatura, exacerbar diferenças e contrastes que o humano é capaz de propiciar. O mesmo que chafurda na lama pode ser o que conquista os mais altos desígnios no minuto seguinte, e algo desse contraste certamente decorre muito do legado de James Joyce, especialista nessas fricções entre o mundo mais pedestre e o mais abstrato.

123

O subsolo
sombrio das ideias

As primeiras frases de *Memórias do subsolo*, uma novela de Fiódor Dostoiévski publicada em 1864, repetem por três vezes o substantivo homem, nuançado por adjetivos negativos. "Sou um homem doente... Um homem mau. Um homem desagradável." Ele crê que sofre do fígado e embora tenha instrução suficiente para poder se recusar a ser supersticioso, mantém-se atrelado à superstição. Ou seja, não procura médico. Se lhe dói o fígado, "que doa ainda mais".

Nem mau de verdade consegue ser, como logo em seguida esclarece. "Não consegui chegar a nada, nem mesmo tornar-me mau: nem bom nem canalha nem honrado nem herói nem inseto." Trata-se de homem que revolve a própria indecisão e procura se posicionar contra afrontas que as circunstâncias o obrigam a engolir. Mas ele se recusa a isso, na mesma medida em que se recusa a agir, embora seja livro inteiramente voltado para a preparação para que um tipo de ação seja tomada em algum momento.

A genialidade de Dostoiévski que se manifesta nos grandes romances mas tem início nessa novela, de acordo com seu mais famoso biógrafo ocidental, Joseph Frank, consiste em pegar a estrutura do romance filosófico do século dezoito e acrescentar verossimilhança e densidade psicológica do romance de realismo social do século dezenove "e toda a tensão dramática do romance-folhetim urbano-gótico". Dessa caldeirada de situações que parecem não dizer respeito ao mesmo assunto, ele retira "a originalidade de sua arte de romancista". A expressão "homem do subsolo" (o narrador nunca é identificado) entra para a galeria de personagens arquetípicos, diz Frank.

A questão é que Dostoiévski não para quieto. Se você tenta dizer que ele é misantropo, ele se mostra o mais filantrópico e altruísta dos homens. Se você percebe a doença, ele dá jeito de mostrar saúde. Se quer reconhecer a insanidade, daí a pouco a ação mais racional e lógica toma conta. O escritor é mestre dos disfarces, não à toa um dos seus grandes críticos, Mikhail Bakhtin, fala em polifonia e em dialogismo muito a partir do que lê em Dostoiévski.

O subsolo do homem, está claro para muita gente, é a consciência. Mesmo que seja consciência assombrada pelo mal-estar da civilização, que não deixa de ser o mal-estar do indivíduo, desse homem mau e desagradável e doente que não consegue dar esbarrão num outro sujeito e, por conta desse gesto aparentemente simples mas de implicações de amplo escopo no campo da narrativa, borbulha os próprios e muitos ressentimentos, pessoais, sociais, de toda ordem.

O homem do subsolo fermenta ressentimentos terríveis.

Cuidado com ele.

124

Sim,
tem outro

É claro que me dá um estalo cujo resultado é fazer me dar conta de que há outro título possível. Alguns capítulos atrás eu disse que não havia outro título para este livro, mas tem, este aqui que agora lhes apresento. Tem, sim.

Esboço para ensaio.

Ensaio que não sai do lugar, não avança, é apenas isso, apenas esboço.

Esgrimir com veneno

Um modelo muito comum de livros é o manual para confronto, uma vez que o homem sempre gostou tanto de se bater em guerras e não parece ter existido sobre a face da Terra algum dia sem que houvesse conflito em algum lugar.

Os mais óbvios são o tratado do general prussiano Carl von Clausewitz, *Da guerra*, escrito no século dezenove, e o de Sun Tzu, *A arte da guerra*, do século quarto antes de Cristo, que, ao que tudo indica, chama-se na verdade *Estratégia militar de Sun Tzu*, mas, enfim, o mundo tem regras e lógicas e uma das inflexíveis tem a ver com títulos que estão consolidados e que é melhor deixar em paz.

O que são esses livros, quando você para e pensa bem, senão tratados da misantropia, em termos diretos? Não vou mencionar títulos mais, quero os menos óbvios. Por exemplo, há grande número de manuais publicados entre os séculos dezesseis e dezenove a respeito de espadas e como usá-las. Um dos mais conhecidos é o *Academia da espada*, escrito por Girard Thibault e publicado em Leiden, em 1628.

"Hoje o termo 'esgrima' lembra imagens familiares de um esporte competitivo", escreve Donald J. LaRocca na introdução de um catálogo a respeito de livros ilustrados de esgrima, "mas no passado, em vez de ser um evento esportivo, 'esgrima' se referia a métodos práticos de autodefesa." Entre 1500 e 1800, ele diz também, a esgrima era conhecida como "a arte e a ciência da defesa". Desde o *Livro da esgrima*, escrito em 1443 por Hans Talhoffer e baseado no que ele havia aprendido com um mestre nas técnicas de luta chamado Johannes Liechtenauer, passando pela *Nova obra de Achille Marozzo de Bolonha, mestre geral da arte das armas*, publicado em Modena, em 1536, até o livro de Thibault, reconhecido como um dos mais completos e belos tratados de esgrima, feito com a ajuda de muitos gravadores holandeses e devotado à escola espanhola de esgrima, como foi desenvolvida por Geronimo de Carrança e Luis Pacheco de Narváez, os manuais ajudam os combatentes a entenderem um pouco da teoria daquilo que pretendem em breve colocar em prática.

Quando Diderot vai escolher uma obra para ilustrar o verbete *esgrima* na *Enciclopédia*, recorre ao livro *Escola de esgrima*, livro de Domenico Angelo Malevolti Tremamondo, publicado pela primeira vez em Londres, em 1765, e depois reeditado, em 1787, em versão menor, mais portátil.

Do jeito veloz como falo a respeito do assunto, não é possível se deter e analisar o que cada um desses manuais aborda, diferentes escolas e modelos distintos de floretes, espadas e sabres, além das adagas que podem ajudar a compor instrumentos de luta e de enfrentamento. O que se pode dizer é que o assunto é muito vasto e o texto, me parece, tende a crescer ao infinito, sem pausa. Entretanto, sinto também que estou próximo do fim, que falei o que precisava e não devo mais me estender. Claro, não mencionei enorme número de escritores que numa lista mais severa seria obrigatório constar.

Gente como Rubem Fonseca, por exemplo, como esquecer o personagem de *O cobrador*, que logo no início do livro procura dentista, que se recusa a lhe arrancar um dente podre antes de receber. Ele reage, mas não quer pagar. O dentista tenta impedir o cliente de sair do consultório. "Odeio dentistas, comerciantes, advogados, industriais, funcionários, médicos, executivos, essa canalha inteira", explica, talvez para o leitor. "Todos eles estão me devendo muito." Logo, está disposto a cobrar. Depois de apontar revólver para o dentista e de destruir o consultório a pontapés, grita: "Eu não pago mais nada, cansei de pagar!, agora eu só cobro!".

Como não mencionar em pormenores o ensaio de Camus a respeito de Sísifo, ou melhor, a respeito do suicídio, ou Mersault, o personagem desconcertante de *O estrangeiro*? Como não mencionar Jean-Paul Sartre que ensina que o inferno são os outros, ou George Bernard Shaw, ranzinza praticante, ou Charles Dickens ou Mark Twain? Deste último, sempre me lembro da frase: "Tudo o que eu preciso saber é se trata de ser humano. Isto me é suficiente, pois não se pode ser coisa pior". E como não falar da profunda misantropia de Glenn Gould nos últimos dezoito anos de vida, isolado em casa para evitar contato com as pessoas, a sonhar com planetas em que é o único habitante? Um artista verdadeiro, ele argumenta, se quer usar o cérebro deve "isolar-se da sociedade". Mas ao mesmo tempo que penso em Glenn Gould, sou capaz de pensar na dupla de bonecos de dois velhinhos ranzinzas que viviam no camarote do show de variedades que era *Os Muppets*, e que só recentemente descobri que têm nome, Statler e Waldorf. Eles fazem comentários sarcásticos e francamente misantrópicos ao fim dos quadros, o que leva a pensar nessa tradição da misantropia como verdadeira crítica da humanidade, necessária mas ao mesmo tempo risível, mais para espicaçar e apimentar do que efetivamente para corrigir e reformatar.

Não é possível esquecer tendências fascistas de Louis-Ferdinand Céline, que a despeito delas escreve bem, ou do também fascistoide Ezra Pound. Nem se poderia esquecer do quão incômoda e provocadora é a obra de Marcelo Mirisola. Ou mesmo, para nem ficar nos mais óbvios e mal-humorados, no que há de misantropia na obra e na vida de Emily Dickinson. A curiosa escritora francesa Pauline Harmange, jovem contemporânea, autora de *Moi les hommes, je les déteste*, ou, em português ao pé da letra, detesto os homens, um manifesto de misandria, ou seja, de ódio aos homens. E o que falar da postura de Iliá Ilitch Oblómov, no romance de Ivan Gontcharóv? *Oblómov* parece ode à inação, mas que envolve muito de repúdio à humanidade e ao modo racional e produtivo que escolhe para todo mundo.

O problema da maioria desses autores é que fazem parte do grupo da misantropia escancarada, são do time do ódio praticante. A solução talvez seja pensar no grupo (o único que comportaria talvez Emily Dickinson) de ódio sorrateiro, que mal e mal aparece, a não ser que você escave bem, muito abaixo da superfície trivial.

Talvez.

126

Não faz sentido mas não tem importância

O melhor filme de Woody Allen, na minha opinião, é *Crimes e pecados*. Nele, um oftalmologista bem-sucedido está sendo chantageado pela amante, que ameaça revelar o caso deles para a mulher oficial, aliás, mulher curiosa, pois está casada com oftalmologista e nada vê. Rosenthal, esse sujeito, pede ao irmão canalha para dar jeito no problema, um matador de aluguel é contratado e era uma vez Dolores, a amante que insiste na chantagem. Assim os muito ricos resolvem conflitos, vem lá uma crise de consciência, mas no fim das contas tudo volta aos trilhos e a vida de privilégios continua como se nada tivesse ocorrido. Afora certo cinismo renitente como mensagem principal de fundo, a outra mensagem, aparentemente contraditória, vem do documentário, que um diretor, Clifford Stern, o próprio Allen é quem o interpreta, faz a respeito de um simpático filósofo, o velho professor Louis Levy. Cara de vovô, óculos gigantes, meio careca, cabelo na lateral totalmente branco, roupa sóbria, uma simpatia o sujeito.

Em várias cenas do filme, é possível ver tomadas com depoimentos do professor Levy e ele parece otimista empedernido, mesmo que o mundo desmorone em volta. Diz coisas como ser necessário avaliar bem as decisões morais que são tomadas na vida, algumas pesadas e penosas, outras nem tanto. "Na verdade, somos feitos da soma total de nossas escolhas", pondera. "Tudo se dá de forma tão imprevisível, tão injusta. É como se a felicidade não tivesse sido incluída nos desígnios da criação." Parece que prepara a cama para passar aquelas rasteiras que os filósofos são tão bons em dar. No entanto, continua: "Somos nós, com nossa capacidade de amar, que atribuímos sentido ao universo indiferente. E mesmo assim, a maioria dos seres humanos parece ter a habilidade de continuar tentando, e até de encontrar prazer em coisas simples, como a família, o trabalho, com esperança de que as gerações futuras alcancem uma compreensão maior."

Certo.

A gente vê o velho professor com sorriso simpático, ali na tela, e parece fácil acreditar na mensagem de esperança. Até que um belo dia o documentarista Cliff Stern recebe recado: professor Levy cometeu suicídio. Não só o filme que ele faz vai instantaneamente por água abaixo, mas toda mensagem de esperança e futuro promissor descem juntos pelo mesmo ralo. No humor cínico de cineasta, Cliff diz que não sabe nada a respeito de suicídio. Onde ele cresceu, no Brooklyn, as pessoas eram infelizes demais para pensar a respeito do assunto. E reclama da mensagem que o renomado filósofo deixou como bilhete de justificativa para o suicídio, sem aparentemente se dar conta do componente extra interessante que o recado tem: "Saí pela janela".

Reviravoltas desse filme são realmente impressionantes, porque continuam a mandar todo tipo de mensagem de que é preciso tentar, a despeito da falta de sentido de tudo. Que outra escolha os humanos podem ter? Sentar à beira do meio-fio da existência e chorar não é melhor alternativa. Talvez justamente porque a filosofia do professor Levy é composta parece que exclusivamente por paradoxos, faz todo sentido que a saída que escolhe para a vida seja suicídio. É possivelmente o único suicídio por motivo otimista na história dos suicídios. Talvez, cogitação que não ocorre ao velho professor Levy, o principal problema seja o fato de os humanos interporem Deus à ideia de procura de felicidade.

Quando conversa na própria imaginação com um paciente, Ben, rabino que está ficando cego (mas não desesperado), Rosenthal escuta dele, com ponta de ironia, dada a profissão de oftalmologista que tem, que Deus tudo vê, sugerindo que vê também por dentro pecados e crimes cometidos. Mas Rosenthal rebate para o paciente ou para a própria consciência: "Deus é um luxo que eu não posso me permitir". O problema está aí: se retira Deus da equação, o homem começa a agir como estúpido capaz de tudo, em vez de criar régua mais equilibrada para si e para a própria trajetória neste planeta.

No entanto, se Deus existe ou deixa de existir, tanto faz, a vida segue. Suicídio parece alternativa tão boa quanto qualquer outra. E, para efeitos do mundo real, o assassinato também não pode ser descartado.

127

Enfim, título

Por fim, quero apresentar minha última proposta de título, um dos que mais gosto e talvez o que vá prevalecer no fim das contas. Retirei da última crônica que o Machado de Assis publica em jornal, não sei se talvez é a última que de fato escreve na vida. Mas, enfim, se é a última publicada, fica sendo a última que escreve, mesmo se não for.

Ele começa a vida de cronista a falar justamente a respeito da atividade, e termina a vida de cronista no mesmo assunto, talvez para completar um círculo e remeter leitores a uma nova rodada de aprendizado, se possível. No início da crônica, publicada na *Gazeta de Notícias*, para a qual Machado exerce atividade de cronista desde 1883, em várias séries diferentes, ele diz: "Eu gosto de catar o mínimo e o escondido. Onde ninguém mete o nariz, aí entra o meu, com a curiosidade estreita e aguda que descobre o encoberto". Ele faz em seguida contraste entre grandes temas que jornais alardeiam, taxa de suicídio na França ou suicídio do chefe de polícia do Paraguai, para dizer que lhe interessa apertar os olhos "para ver coisas miúdas, coisas que escapam ao maior número, coisas de míopes". Há vantagem em ser míope, ele lembra, "é enxergar onde as grandes vistas não alcançam".

Pois bem, mas o título que pensei seria retirado da primeira frase, as outras só entraram aí para exibir um pouco do gênio de Machado. O título que pensei foi *O mínimo escondido*. Maneira de disfarçar o conectivo, ao mesmo tempo maneira de falar desse assunto tão importante, misantropia, mas relegado ao plano das coisas inúteis e perversas, das coisas que talvez mereçam ficar escondidas. É preciso olhar míope para perceber o que ainda temos todos para aprender com lições da misantropia. Uma delas, justamente esta: arreganhar para o restante da sociedade os dentes de cão. É esse o papel do misantropo eficaz.

128

Alternativa

Arregimentei muitos títulos para este livro, nenhum me deixou contente. Tenho até o momento de enviar os originais para gráfica para decidir afinal qual será o título.

Na verdade, tive ideia que seria ótima para se aplicar, mas meio impraticável, diante das amarras que o sistema literário impôs aos escritores. Imagine que o conteúdo fosse o mesmo em todos os conjuntos de exemplares deste livro, mas cada lote de sei lá, cem ou duzentos exemplares (talvez seja preciso calcular melhor isso, nunca fui bom com matemática e, além disso, é preciso levar em conta o tamanho da tiragem), o título mudaria, mas de algum jeito maroto que permite aos leitores perceberem que se trata do mesmo livro, ou seja, do mesmo conteúdo interno.

Não sei, talvez um desses placares de aeroporto que se alteram mediante barulhozinho curioso e divertido, a indicar novas rotas, novos horários, às vezes voos interrompidos, para tristeza dos passageiros, às vezes chegada da aeronave ao pátio das esperanças. O mesmo placar em todas as capas dos exemplares, meu nome em corpo menor, talvez seja suficiente para indicar aos leitores que se trata do mesmo livro. Ou advertência logo depois da folha de rosto, na qual se arrolam outros títulos usados e assim se evita que xs leitorxs distraídxs, o leitor, a leitora, possam se irritar se por acaso compram um outro exemplar do mesmo livro que se tem e, quem sabe, inclusive foi lido.

Volto a pensar que talvez o título deva destacar a função de alerta que um misantropo afinal exerce para o conjunto da sociedade, alerta a respeito das limitações do projeto de vida coletiva. E ao mesmo tempo algum tipo de sinalização para que não se deixe de lado nem se descartem como perniciosos os muitos misantropos que existiram ao longo da história da humanidade e os que certamente estão por nascer.

O misantropo é necessário. Essa a lição de hoje, meninos, meninas e meninxs.

129

Por que fui salvo pela leitura

Sou amálgama dos livros que li, tenha ou não gostado deles, e das situações que experimentei na vida, tanto as que me fizeram bem quanto as que geraram traumas. Disse lá no começo que fui salvo pelos livros, é o momento de esmiuçar isso.

Daquilo que li, sou o produto do que consegui reter por conta própria e do que esqueci, mas também daquilo que permanece e nem me dou conta que ficou, porque está no nível do inconsciente.

Leituras somam muitas horas, demasiadas mesmo, talvez um número exagerado – e dado o pouco que resulta disso, não poucos dirão: serve para quase nada ter lido tanto. Porque tem isso, às vezes o excesso de leitura te leva ao modo automático, como se estivesse a cumprir tarefa autoimposta: vou chegar ao fim do livro, do capítulo, da página, do parágrafo, como se fosse funcionário do mês com metas a cumprir. Não é assim que se deve ler, é claro, eu prolonguei esse equívoco por muito tempo antes de aprender. Leitura pouco proveitosa, apenas para poder dizer que li tal ou tal livro, tal ou tal autor, quando a leitura representou quase nenhuma alteração em mim a não ser a arrogância de ter lido.

Poucas vezes tive coragem de abandonar leitura iniciada, o que hoje faço com cada vez mais facilidade. É simples fechar livro ingrato: agora não. Nem agora, nem nunca, na verdade. Mesmo dos que li no piloto automático, alguma coisa retive.

Na vida chamada real, a quem conheço de verdade? É sempre a pergunta comparativa que me faço, quando coloco nos pratos da balança vida ou livros. Pessoas que conheço sempre se apresentam para mim mediadas por palavras, que servem mais para mentir do que para dizer. O que realmente pensam e sentem é mistério insondável que se recusam a esclarecer. Com livros a história é totalmente outra. Esses se abrem para mim e mostram com alguma frequência o interior dos personagens, dão acesso a dilemas, inquietações, dúvidas, preconceitos, juízos variados, equívocos, processos e hesitações, para dizer o mínimo. Na literatura realmente tenho impressão de conhecer alguém, o que me é vetado sistematicamente em qualquer outra situação. Por isso disse no começo deste livro que livros me salvaram. Ao me abrir o interior dos personagens, me confirma o paradoxo: a vida só vale a pena se puder manter misantropia e leitura de livros. Quanto mais leio, mais entendo a vida e habitantes dela, mas também mais quero distância. Na literatura segredos e mistérios têm solução, parece. O contrário do que acontece na vida.

Em outras palavras, não quero vida, prefiro literatura, me basta. Ou ainda, literatura é mais vida. Se pudesse, mergulhava completamente nos livros, virava um homem no papel. Sempre posso, para obra não lida, ter leitura crítica diferente que me reanima e me mostra outros valores, diferentes daqueles que julgava ter até o momento, ou seja, literatura faz com que me confronte comigo e com outras ideias e avance. Com literatura, aprendi que valores quase sempre convergem para verdadeiros arquétipos, grandes temas gerais, vida e morte e tudo o que diz respeito a esses dois polos opostos que governam tudo.

O mundo só me forneceu decepções e mágoas, para as quais literatura foi alento e bálsamo. Entre literatura e vida, embora aquela seja calcada nessa, não tenho dúvida, fico com as letras. A vida que se foda.

Leitura é forma de dissidência em relação à vida, jeito de radicalizar a solidão e — ao mesmo tempo e paradoxalmente — de estabelecer laços intelectuais, mas bem seletivos, na verdade, se for o desejo.

Literatura, no entanto, só existe porque existe confusão da vida, mundo e caos perpétuo. Não que ela tente melhorar nada, não é o intuito. Livros, narrativas registram, mostram, discutem, para ver se ajudam a melhorar a confusão, pelo menos um pouco. Mas talvez seja confusão o importante. Não sei. Só cheguei até aqui e me parece que faço o caminho de volta. Não tenho mais o que dizer. Encerro o caso. Completei talvez o círculo. Se tivesse que acrescentar alguma coisa, seria isto: literatura não se esquiva, o tempo todo, de mostrar que vida é inferno sem solução, mas faz isso de maneira honesta e transparente, sem procurar iludir os envolvidos.

Talvez seja hora de pensar em encerrar também minha misantropia, à qual estou apegado com tanta intensidade e cultivei com tanto afinco ao longo dos anos. É por isso que, mesmo que reconheça que chegou a hora de abandoná-la, hesito e receio dar passo incerto. Mas está na hora de fechar livros, quem sabe, ingratos ou gentis, e voltar viver, se eu ainda tiver algum tempo. Está na hora de converter teorias em práticas. Fim do capítulo e do livro da misantropia em minha vida.

Vou procurar Selma e ver se ela aceita falar comigo de novo. É um começo. Desejem-me sorte.

De quantos finais você precisa para concluir

130

"A felicidade não é coisa fácil", escreve Nicolas Chamfort, poeta, jornalista, humorista e moralista francês, além de sujeito que se mete numa morte horrível por suicídio. Por coincidência, nasce na mesma cidade que Blaise Pascal, Clermont-Ferrand, mas com diferença de cento e dezessete anos (Chamfort nasce em 1740; Pascal, em 1623). O que não quer dizer rigorosamente nada, mas enfim, agora está dito e fica aí para servir a algum propósito. Sei de gente que ama coincidências.

Em setembro de 1793, com medo de ser preso novamente por ter celebrado a morte de Jean-Paul Marat, jornalista jacobino e inflamado, que morre enquanto toma banho de banheira com facada no peito desferida por Charlotte Corday, Chamfort tenta dar tiro na cabeça, mas não se sai bem e o efeito não é letal. Então se esfaqueia no pescoço e no peito. Encontrado desmaiado sobre poça de sangue, só morre em abril do ano seguinte. Sim, leitor_^{x}&$_x$@*s, vocês teriam lido a frase entre aspas antes (com diferença que ela não estava entre aspas e num corpo menor), na epígrafe deste livro, se tivessem lido a epígrafe original. Ela é tão curta que não tinha como terem pulado por ela, certo? Mas encontrei Calímaco e tudo mudou.

O que não leram é a continuação da frase, que diz, ainda a respeito da felicidade: "É muito difícil encontrá-la em nós e impossível encontrá-la em outra parte".

Se quiserem continuar na tentativa, desejo-lhes sorte. E ao usar a palavra *sorte*, no fim do capítulo passado e agora neste, vejam que finalmente pareço pessoa positiva dessas que se encontram aos montes espalhadas por aí, a ponto de acreditar que sorte é produto bem distribuído sobre a face do planeta. Suponho que vocês não levaram a sério (nem devem) o que disse a respeito de ir procurar Selma. Não é o momento, não sei se um dia será. Além disso, não posso desmentir o clima geral deste livro e terminá-lo num tom otimista, não seria honesto.

Talvez tenha alcançado algum limite quando começo a falar esse tipo de bobagem e ele, o limite e o que está implicado, deixa claro que este livro chegou mesmo ao fim.

Paro por aqui, antes de qualquer conversão à vida. Se algo, posso dizer que misantropia é salvação, desde que possa se dar na companhia indispensável de livros. Embora não goste nem um pouco desse vocabulário cristão de *convertidos e salvos*. Que se fodam.

Não vou indicar cura pela misantropia a alguém, não sou desses, não acho que misantropia é para qualquer pessoa, mesmo; é apenas para os fortes de verdade. Cada um que se vire como puder. Sei que decepciono quem esperava de fato alguma conversão, mas a vida nada mais é que grande liquidação de decepções que afinal se convergem para a mais intensa, que por sorte (olha ela de novo) é também a última. O erro fatal que todos cometem é continuar em busca de felicidade. É evidente que enquanto a busca persistir, a felicidade não será alcançada.

Entendi uma coisa, ao longo de toda procura pela motivação da misantropia. O homem vive coletivamente porque sabe que morre solitário. Convívio é forma de negar a solidão da morte; também por isso é muito difícil abraçar solidão em vida, porque ela lembra a todos que por mais que você tenha se embrenhado na alegria da coletividade, no fim do caminho te espera passagem solitária que você terá que enfrentar desprovido de companhia. Inclusive o modo como o mundo ocidental lida com a morte ao longo da história mostra e reforça isso, cada vez mais a morte deixa de ser evento que envolve família para ser terceirizada e ocorrer longe, no ambiente antisséptico de hospital, por exemplo, em que o sujeito morre cercado de pessoas desconhecidas — modelo um tanto inóspito de morrer, é de se convir. Que a literatura crie Além fictício, é truque que usa para fingir que não liga para a extrema solidão que é morrer. No Além literário, espíritos se reencontram, ninguém está sozinho, um pouco como estar vivo e muito diferente do que de fato suponho que seja a morte, o grande Nada, a Misantropia Absoluta. Como disse e repeti várias vezes, fui salvo pela literatura, mesmo sabendo que ela é mentirosa. Do ponto de vista pessoal, entendi que o verdadeiro filósofo tem que ser também misantropo verdadeiro, aprender a viver com a própria solidão para conseguir aquilo que toda filosofia pretende ensinar aos demais: morrer em paz. Acho que encerro da melhor forma possível. Tenho apenas mais uma coisa para acrescentar.

Estou bem, vou ficar bem, vai ficar tudo bem.

- editoraletramento
- editoraletramento.com.br
- editoraletramento
- company/grupoeditorialletramento
- grupoletramento
- contato@editoraletramento.com.br

- editoracasadodireito.com
- casadodireitoed
- casadodireito